[美]
史蒂文·约翰逊
(Steven Johnson)
著

靳婷婷 译

死亡街区

The GHOST MAP

一场瘟疫如何重塑今日城市与世界

the story of London's most terrifying epidemic
—and how it changed science, cities, and the modern world

中信出版集团 | 北京

图书在版编目（CIP）数据

死亡街区 /（美）史蒂文 · 约翰逊著；靳婷婷译 .
北京：中信出版社，2025. 1. -- ISBN 978-7-5217
-7050-6

Ⅰ. I712.45

中国国家版本馆 CIP 数据核字第 2024WE4943 号

死亡街区

著者：　［美］史蒂文 · 约翰逊

译者：　靳婷婷

出版发行：中信出版集团股份有限公司

（北京市朝阳区东三环北路 27 号嘉铭中心　邮编　100020）

承印者：　北京通州皇家印刷厂

开本：880mm × 1230mm　1/32　　印张：9.75　　字数：201 千字

版次：2025 年 1 月第 1 版　　印次：2025 年 1 月第 1 次印刷

京权图字：01–2020–4996　　书号：ISBN 978–7–5217–7050–6

定价：65.00 元

服务热线：400–600–8099

投稿邮箱：author@citicpub.com

献给我生命中的女性：

我的母亲和姐妹，感谢她们在公共卫生第一线的出色工作

亚历克莎，感谢你带我进入亨利·怀特黑德的世界

还有马姆，感谢你在多年前让我认识伦敦……

赞　誉

《死亡街区》描绘了1854年伦敦的霍乱疫情暴发，约翰逊从这段历史中提取了一段关于人类智慧和全民同心协力的传奇……在上一本著作《涌现——蚂蚁、大脑、城市和软件的互联生活》中，约翰逊巧妙地提出了自下而上构建系统的观点。在《死亡街区》中，他揭示了这些原则如何在混乱、不断分解的现实世界中发挥作用。在第五本非虚构作品中运用多角度的方法解释日常生活的科学奥秘时，约翰逊也加入了一种广受欢迎的新元素，即由来已久的讲述故事的才能，这也是街头知识的另一种形式。

——《洛杉矶时报书评》

史蒂文·约翰逊以最精彩的视角向我们还原了历史：丰富多彩、环环相扣、引人入胜。这本书的内核是一本医学悬疑纪实，当今，也有人称之为流行病侦探故事……这本书堪称历史文学的杰作。

——《西雅图时报》

小细节和大创见的完美结合。

——《纽约时报书评》

在维多利亚时代的伦敦，城市曾被诋毁为物质和道德的粪坑。约翰逊认为，时至今日，尽管城市有时仍会背上污染和社会弊端温床的恶名，但在能源有限和经济被信息驱动的时代，城市仍是人类生存的最佳策略。如果《死亡街区》是大都市生活（约翰逊就住在布鲁克林）的衍生物，那么这的确是强有力的证据。

——《今日美国》

（约翰逊）记录了一个真正引人入胜的故事，并借助查尔斯·狄更斯、塞缪尔·佩皮斯、乔治·艾略特、简·雅各布斯和斯蒂芬·杰·古尔德的笔触加以讲述。这些人物，组成了一支生机勃勃的合唱团。

——《克利夫兰诚恳家日报》

这本书不仅是一则绝妙的医学侦探故事，还是理性与实证战胜迷信和理论的胜利，由约翰逊用引人入胜的细腻笔触娓娓道来。

——《芝加哥论坛报》

这是（一个）让人不忍释卷的故事……这是一本了不起的小书，很多内容都基于学术研讨会上发表的论文，与戴瓦·索贝尔的《经度——寻找地球刻度的人》有着异曲同工之处。不仅如此，《死亡街区》是一部更为雄心勃勃和引人注目的作品……扣人心弦。

——《华尔街日报》

约翰逊称赞斯诺是一位跨学科的思想家，说“他的思想在分子与细胞、大脑与机器之间欢快地跳跃着”。这也是这本书的妙处所在。约翰逊在伦敦的下水道、细菌的繁殖方式与城市的发展历程之间游刃有余地来回转换……让读者的大脑从这本书中获得滋养。

——《金融时报》

约翰逊追踪了一位名叫约翰·斯诺的麻醉师/科学家/侦探的轨迹，重现了他为挖掘（霍乱的）传播方式而进行的勇往直前且终获成功的尝试。通过重现这段历史，他重塑了一个发人深思的噩梦般的世界。在这个世界，人们与痛苦和快速死亡之间的距离，有时只有一杯水之隔。

——《娱乐周刊》

在《死亡街区》中，史蒂文·约翰逊阐述了一个引人入胜的侦探故事。在故事中，一位杰出的医生和一位教区助理牧师揭开了1854年伦敦霍乱暴发的秘密，并在其间揭示了终止这场特殊的瘟疫和防止其未来暴发的方式……这本书提供了一个精彩的视角，揭露了对既定理念的信仰如何让人们对新发现的实证予以忽视甚至完全视而不见，也描绘出扭转“人人确信”气味皆疾病这一思想顽疾的艰苦斗争，并全面呈现了争论双方的立场。

——美国联合通讯社

1854年9月初，霍乱席卷了伦敦市的宽街，在不到两周的时间里使得超过10%的居民命丧黄泉……（约翰逊）以全新的视角诠释了这段众所周知的历史，并提供了翔实的证据，让我们看到这件事如何彻底颠覆了科学和整个世界。

——《种子》杂志

这绝对是约翰逊迄今为止最好的作品，或许也是21世纪第一部经典城市规划著作……这是一段错综复杂但又让人一目了然的故事，社会、科学、生物和城市力量交织，引起了这场惨痛疫情的暴发，也衍生出最终的解决方案。

——《动力学摘要》

(《死亡街区》) 是一部引人入胜的科学悬疑作品。在史蒂文·约翰逊的笔下，这部作品变得更加丰富多彩。通过斯诺和怀特黑德对抗霍乱暴发的努力，约翰逊向读者展示了一幅关于城市和细菌之间彼此关联的宏伟画面：信息和疾病如何传播；思想和污水如何流动。简而言之，就是城市的整个生态系统“意味”着什么。《死亡街区》不仅是一段了不起的故事，还是一项值得我们借鉴的研究。

——《苏格兰周日报》

在这段充满戏剧性和英雄人物的悲惨故事中，约翰逊重现了1854年伦敦所有的现代化元素和疾病横行的污秽环境……约翰逊运用敏捷好奇的头脑，结合活泼的写作风格，为我们展示了时常支配人类文明的因果关系、命运无常和造化弄人……这是一段激动人心、引人入胜的故事，衍生出许多引人深思、扣人心弦的支线。

——《朴次茅斯先驱报》

约翰逊用他高超的笔触精心创作了一个关于病痛、坚持和救赎的故事，不仅让人不忍释卷，也引发了当今读者的共鸣。约翰逊将文明的发展、城市的架构和进化的过程中彼此交集的观点交织，营造出令人咋舌的效果。无论是斯诺发现零号病人的历程还是约翰逊对都市的支持与赞美，都引人深思，也给读者带来了畅快的阅读体验。

——《出版人周刊》（星级推荐）

在克利[①]的一幅名为《新天使》的画作中，一位天使看上去似乎正要从他一直凝视的东西旁离开。他双眼圆睁，嘴巴张开，双翅伸展。这就是人们对“历史之天使”的描绘。他的脸转向过去。我们眼中的一连串事件，在他看来却属于一场灾难，这场灾难不断堆起残骸，抛在他的脚下。天使想要留下来，唤醒死者，修补那破碎的世界。但是，一场风暴正从天堂袭来，猛烈地吹袭着天使的双翅，使他再也无法将之合拢。这场风暴不可抗拒地把天使刮向他所背对着的未来，而他面前的那堆残骸却逐渐朝天际越堆越高。这场风暴，就是我们所说的进步。

——瓦尔特·本雅明，《历史哲学论纲》

---

① 指保罗·克利（1879 年 12 月 18 日—1940 年 6 月 29 日），瑞士裔德国艺术家。——译者注

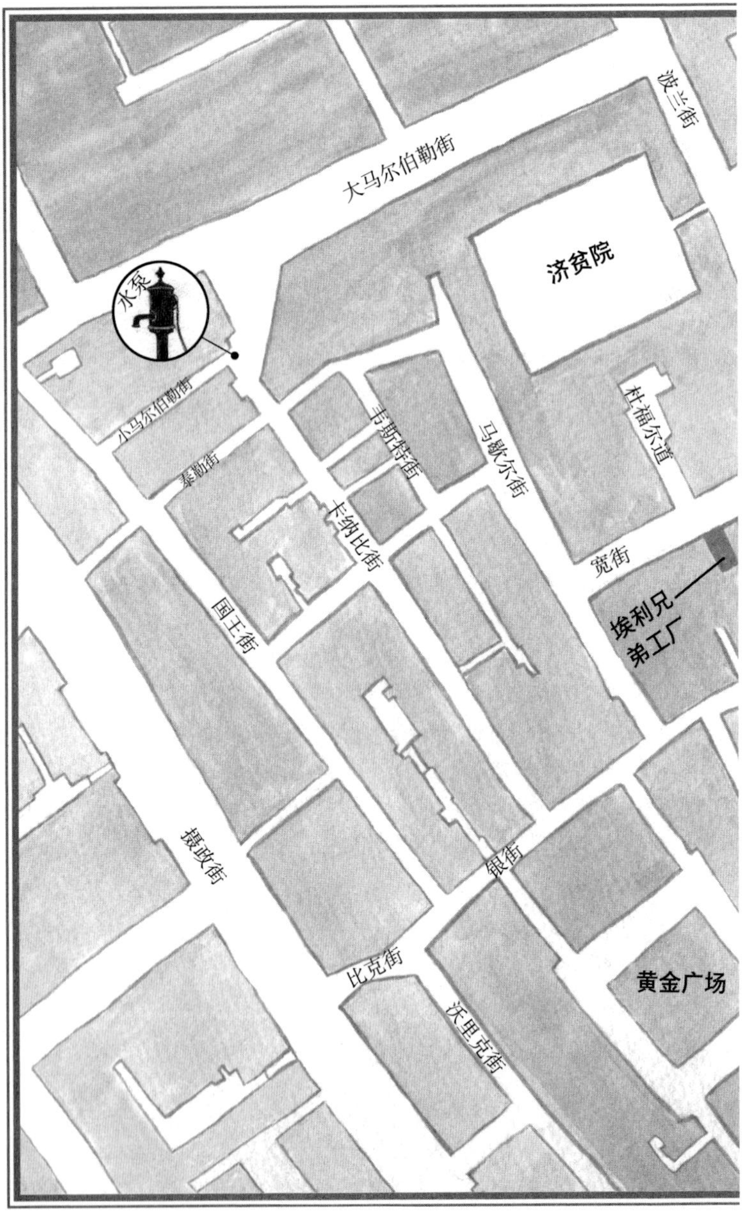
波兰街
大马尔伯勒街
济贫院
水泵
小马尔伯勒街
韦斯特街
马歇尔街
杜福尔道
泰勒街
卡纳比街
宽街
埃利兄弟工厂
国王街
摄政街
银街
比克街
沃里克街
黄金广场

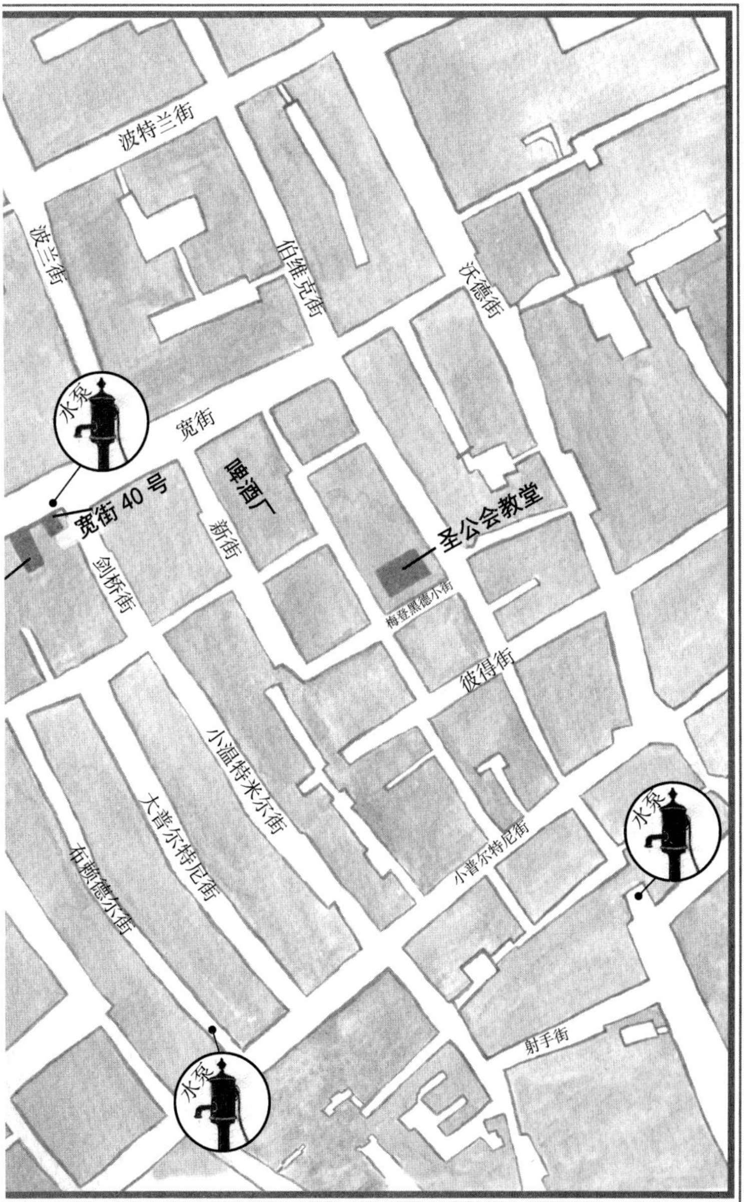

波特兰街
波兰街
伯维克街
沃德街
水泵
宽街
宽街40号
啤酒厂
新街
圣公会教堂
剑桥街
梅登黑德小街
彼得街
小温特米尔街
大普尔特尼街
布赖德尔街
小普尔特尼街
水泵
射手街
水泵

目录

序言

这是一则由四位主人公构成的故事：一种致命的细菌，一座庞大的城市，以及两个天赋异禀但性格迥异的男人。150年前[①]，在黑暗的一周里，在巨大的恐惧和人类的苦难中，四位主人公的命运在伦敦苏豪区西侧的宽街产生了碰撞。

通过讲述这次碰撞的故事，本书希望完整呈现出促成这次交集的不同层面的存在形式：从看不见的微生物王国，到人类个体的悲惨、勇气和友爱，再到思想和意识形态组成的社会文化领域，一直延伸至不断扩张的伦敦大都会本身。这是一则关于一幅地图的故事，而这幅旨在阐释挑战人类理解极限之体验的地图，就出现在这些各不相同的矢量的交点。另外，本书也是一次个案研究，寻访人类社会的变化途径，探究错误或无效的理念如何被更加正确的理念撼动和推翻。最重要的是，本书也提供了一个视点，引导读者将那黑暗的一周视为促使现代生活方式诞生的决定性时刻之一。

① 这里指1854年。——编者注

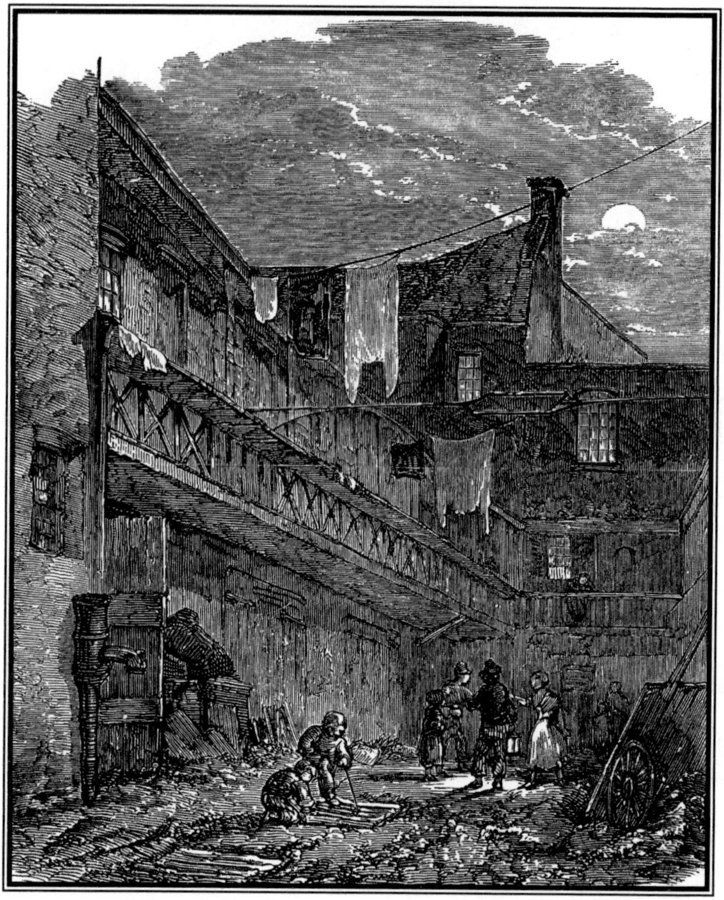

8 月 28 日，星期一

淘粪工

时为 1854 年 8 月，那时的伦敦，是一座拾荒者之城。这些职位的名称现在读来，就像是某种充满异域风情的生物学名录：捡骨者[①]、拾布者、拾狗粪者、挖泥工、清沟工、下水道搜寻者、清洁工、淘粪工、拾布妇女、河沟拾荒者、码头工人。这些人是伦敦的社会底层，至少有 10 万人之多。他们的数量如此庞大，如果分离出来组成自己的城市，那么这座城市的规模便要在当时的整个英格兰排到第五名。然而，这些人日常作息的多样性及精准度，要比他们庞大的数量更令人吃惊。早起在泰晤士河漫步的人，会看到河沟拾荒者在低潮时的淤泥中艰难跋涉，身穿近乎滑稽的垂坠棉绒外套，硕大的口袋里装满了从河边拾回的碎铜。这些人在胸前绑上一盏灯笼，帮助他们在黎明前的黑暗中看清东西，

① 指捡拾骨头进行售卖、用于制造胶水或肥料等的人。——译者注

他们还会携带一根约 2.4 米长的竿子，用来探测前方的地面，并在失足陷入泥沼的时候将自己撑出来。那根竿子加上灯笼透过上衣发出的诡异光芒，让他们看上去活像是衣衫褴褛的巫师，在污糟的河边细心搜寻着魔法硬币。在他们身旁跑来跑去的是清沟工，大多数是孩子，穿着破衣烂衫，满足于捡拾河沟拾荒者看不上的东西：煤块、旧木头以及碎绳。[1]

河的上方，在城市的街道上，拾狗粪者靠搜集狗粪（俗称“pure”）勉强度日，而捡骨者则搜寻着任何还残存骨头的尸体。[2]在伦敦街道地下那狭窄而不断延伸的地道网络里，下水道搜寻者在这座大都市流动的污水中艰难跋涉。每过几个月，一团浓度异常高的沼气便会被某人的煤油灯点燃，而这个倒霉的人便会在地下约 6 米处一条未经处理的污水河中被烧成灰烬。

换句话说，这些拾荒者居住在一个由粪便和死亡组成的世界里。在其最后一部伟大小说《我们共同的朋友》中，狄更斯在开篇处描写了一对在河沟拾荒的父女搭档，他们在泰晤士河上偶然发现了一具浮尸，并郑重其事地把尸体身上的钱币攫为己有。“死人属于哪个世界？”[3]因从死尸身上偷东西而受到另一位拾荒者指责时，这位父亲反诘道，“那个世界。金钱属于哪个世界？这个世界。”狄更斯的言下之意是，生与死这两个世界，已经开始在这些边缘空间中共存。这座大都市繁华的商业诞生出了一个反面，这是一个身份象征与价值计量不知何故与现实世界如出一辙的“幽灵阶层”。亨利·梅休在其 1844 年的开创性作品《伦敦劳工和伦敦贫户》中，记录了捡骨者的日常作息，让我们来看一看这令人咋舌的精准度。

> 捡骨者通常要用 7~9 个小时才能完成一天的拾荒，在此期间，他们要背着 13~25 千克的重物，走三四十千米的路。在夏天，他们通常会在晚上大约 11 点的时候回到家；到了冬天，他们要到凌晨一两点才能到家。一回到家，他们便会开始分拣包里装着的东西。他们将碎布与骨头分开，又将骨头与破铜烂铁分开（如果有运气捡到这些东西的话）。他们将碎布按白色或彩色分成几堆；如果捡到了帆布或麻袋，就把这些也装进一个单独的包裹中。完成分类后，他们便将这几堆碎布拿到布料店或旧货店，换些钱来。根据碎布干净与否，每磅① 的白色碎布能换来 2~3 个古便士。白色的碎布是很难找的，这些碎布大多数很肮脏，因此与彩色的碎布混在一起，以每 5 磅 2 个古便士的价格出售。[4]

时至今日，流浪者仍在后工业化城市中游荡，但他们很少能表现出捡骨者在进行“即兴作业”时那条理清晰的专业头脑，主要原因有两点。首先，现在的最低工资和政府援助已经相当可观，从经济上说，靠拾荒勉强度日已经不再必要了（而在工资较低的地方，拾荒仍然是一个重要的职业，比如墨西哥城的拾荒者）。其次，捡骨者的生意之所以没落，还因为绝大多数的现代城市拥有处理城市居民产生的废物的复杂系统（实际上，最接近维多利

① 1 磅 ≈ 0.454 千克。——编者注

亚时代拾荒者的美国人——那些你偶尔看到在美国超市外徘徊的收集铝罐的人——就是靠这些废物处理系统赚取收入的）。但是，1854 年的伦敦是一座尚处于维多利亚时代的都市，靠着伊丽莎白时代的公共基础设施勉强支撑。即便以今天的标准来看，这座城市仍是一个庞然巨物，方圆约 48 千米的城中，满满塞着 250 万人口。然而，垃圾回收中心、公共卫生部门、安全的污水排放系统，这些我们现在认为这种人口密度理应配备的体系，几乎还未被发明。

就这样，这座城市便随机应变地拼凑出一个临时解决方案——当然，这是一个自动生成、未经计划的解决方案，但仍完全契合了社区的垃圾清理需求。随着垃圾和粪便的增多，一个地下垃圾市场逐渐发展起来，并与已存在的生意紧密相连。各司其职的专家开始出现，每个人都尽职尽责地将货物运送到合法市场的对应地点：捡骨者将货物售卖给熬骨人，拾狗粪者将狗粪卖给鞣革工人，用来清理为去除动物毛发而在石灰水里浸泡了数周的皮革制品上的石灰。（就像一位鞣革工人所说的，大家普遍认为，这是"整个制造过程中最不受人待见的环节"[5]。）

我们很自然地倾向于将这些拾荒者视为悲惨的人物，并对这样一个允许成千上万人通过捡拾人类垃圾来谋生的体系提出强烈谴责。从很多角度来看，这样的反应都是正确的。（无可否认，那个时代的伟大革命者的反应就是如此，狄更斯和梅休就是其中的两位。）然而，这样的社会义愤中也应掺杂一定程度的感叹与敬意：没有任何中央计划者协调行动，也没有任何教育背景，但这个流动的底层阶级，变戏法般创造出了一个对超过 200 万人所产生的垃圾进行处理和分拣的完整体系。在许多人看来，梅休的《伦敦劳工和伦敦贫户》的伟大贡献，就在于他愿意去观察和记录这些贫困潦倒之人的生活细节。从这些记录中所得出的见解同样富有价值。在对这些数字的统计中，梅休很快发现，这些人远非游手好闲的流浪汉，而是在他们的社区中执行着一项重要的职能。他写道："清除一座大城市的垃圾，或许要算最重要的社会活动之一。"[6] 维多利亚时代伦敦的拾荒者不只是在清除垃圾，他们还在回收垃圾。

废物回收通常被认为是环保运动衍生出的一项发明，就像我们现在用来装洗涤剂瓶和汽水罐的蓝色塑料袋一样现代。但实际上，这却是一门古老的技艺。约 4000 年前，希腊克里特岛上的克诺索斯居民已经在使用堆肥坑了。中世纪罗马城的很大一部分建筑，是用从罗马帝国时期的废墟中偷来的材料建成的。（在成为旅行地标之前，罗马竞技场其实一度被用作采石场。[7]）堆肥和粪肥形式的废物回收，在中世纪欧洲城镇的爆发性发展中发挥了关键作用。高密度人群的生存需要大量的能量投入才能维持，首要的便是可靠的食物供应。中世纪的城镇没有高速公路和集装箱船给居民运送食物，因此，这些城镇的人口规模便受到周边土地肥沃程度的限制。如果周边土地只能种植足够养活 5 000 人的粮食，那么 5 000 人便成了人口上限。然而，通过将有机废物犁入土地，早期的中世纪城镇提高了土地的生产力，由此提高了人口上限，从而制造出更多的垃圾，还有越发肥沃的土地。这个反馈循环，将低地国家[①]的大片沼泽转变成了整个欧洲最多产的一片土壤。过去，除了彼此孤立的小群渔民，这片地区无法供养复合型的人群。时至今日，荷兰却成了世界上人口密度最高的国家之一。

废物回收几乎成了所有复杂体系的一大标志，无论是都市生活的人造生态系统，还是细胞中的微观结构。我们的骨头本身就是自然选择在数十亿年前开创的回收计划的产物。所有有核生物都会产生多余的钙作为废物。至少从寒武纪时期开始，有机体便开始将这些钙储备起来，加以充分利用，如创造贝壳、牙齿和骨骼。我们之所以能直立行走，便多亏了进化过程对回收利用有毒废物的“天赋异禀”。

废物回收是地球上最富多样性的生态系统的一个重要属性。我们重视热带雨林，是因为它们拥有庞大而交错的有机体系统，充分利用养分循环中的每一个细微的生态位，对太阳提供的能量几乎不造成任何浪费。雨林生态系统珍贵的多样性不仅仅是生物多元化的一个新奇罕见的例子。这个系统的多样性，正是雨

① 指欧洲的荷兰、比利时和卢森堡三国。——译者注

林能如此出色地捕获流经它们的能量的原因：一种生物捕获了一定能量，而在处理这些能量的过程中产生了废物。在一个高效的系统中，这些废物便会成为生物链中另一种生物的新的能量来源。（夷平雨林的做法之所以短视，原因之一就在于这种高效：雨林生态系统中的养分循环如此丝丝入扣，使得土壤通常很不适合耕种，因为所有可用的能量在注入森林土壤的途中被吸收一空了。）

珊瑚礁也在废物处理方面展现出类似的才能。珊瑚与一种叫作虫黄藻的微藻建立了一种共生关系。由于光合作用，藻类能吸收阳光，并利用它将二氧化碳转化为有机碳，并在这个过程中生成作为废物的氧气。在此之后，珊瑚便将氧气用于自身的新陈代谢循环之中。我们本身也是好氧生物，因此往往不会将氧气视为一种废物，但从藻类的角度来看，氧气却是名副其实的废物，因为氧气就是其代谢循环过程中释放出的一种无用物质。珊瑚自身则会以二氧化碳、硝酸盐和磷酸盐的形式产生废物，所有这一切都有助于藻类的生长。珊瑚礁大多数位于养分贫乏的热带水域，其之所以能养活如此密集和多样的生物种群，主要原因之一就是其严丝合缝的废物回收链。这些珊瑚礁便是海洋中的城市。

无论是由天使鱼、蜘蛛猴还是人类构成的族群，其极高密度的背后或许存在许多原因，然而，少了有效的废物回收方式，这些密集的生命群体就无法长时间生存。无论是在偏远的热带雨林还是城市中心，绝大多数的回收工作都是在微生物层面上完成的。如果没有细菌驱动的分解过程，这个世界在千万年前就会被垃圾和死尸淹没，而维持生命的地球大气层，则会与金星上不宜居住的酸性地表环境趋同。如果有某种失控的病毒使得地球上所有哺乳动物灭绝，那么地球上的生命仍将继续延续，基本上不会受到什么影响。但如果细菌在一夜之间消失，那么地球上的所有生命会在几年内消失殆尽。[8]

在维多利亚时代的伦敦，人们是看不到这些微生物清道夫的活动的，当时的绝大多数科学家根本不知道世上其实充斥着使他们的生命成为可能的微小生物，更遑论普通人了。但人们可以通过另一种感官通道来察觉这些微生物的存在：嗅觉。在对当时伦敦的大篇幅描述中，没有哪篇不会提及这座城市的恶臭。[9]这些恶臭中有些来自工业燃料的燃烧。最令人厌恶且最终推动了整个公共卫生基础设施形成的气味，来自细菌分解有机物那稳定而持续的过程。下水道中那些致命的沼气本身，就是数百万微生物孜孜不倦地将人类粪便转化为微生物生物质过程的产物，而各种不同的气体则是由此产生的废物。你可以将那些激烈的地下爆炸事件看作拾荒者和清道夫之间的某种小规模冲突，即下水道搜寻者与细菌的对战，二者虽然生活在不同规模的世界中，但仍为同一块领地而互不相让。

而1854年的夏末，在河沟拾荒者、清沟工和捡骨者正在开展一天的拾荒工作时，伦敦却正在走向另一场更加可怕的微生物与人类的大战。事实证明，在帷幕落下之时，这场战争成了这座城市所经历的最为致命的一场恶战。

伦敦的地下拾荒市场有着自己的等级和特权体系，其中接近顶层的是淘粪工。就像《欢乐满人间》中备受喜爱的烟囱清洁工一样，淘粪工也在合法经济的边缘以独立承包商的身份工作，尽管他们的工作要比清沟工和河沟拾荒者脏污许多。城里的房东雇用这些人将“夜香”从住宅满溢的化粪池中清走。收集人的粪便是一份受人敬重的职业，在中世纪，这些人被称为“淘粪工”和“清厕工”，他们在废物回收系统中扮演了不可或缺的角色，通过将粪便卖给城墙之外的农民，推动伦敦发展为名副其实的大都市。（后来的企业家发现了一种技术，可将从粪便中提取的氮重新利用于火药制造。）虽然淘粪工及其后代能得到较为丰厚的薪金，但工作条件却是致命的：1326 年，一个名叫理查德的倒霉淘粪工就掉进了化粪池里，活活溺死在人粪之中。[10]

到了 19 世纪，淘粪工已经为自己的工作编排出了一套精准的“舞蹈”。他们在午夜到凌晨五点之间的夜班时间四人一组进行工作：一名“绳工”，一名“洞工”，还有两名“桶工”。这支四人小组要在化粪池的边缘固定好提灯，然后用尖锄等工具将覆盖它的木板条或石板移走。如果粪便已经堆积到一定程度，“绳工”和“洞工”便会用桶将粪便舀出。粪便清理到一定程度时，几个人会将一个梯子放下去，“洞工”便会下到坑中，用桶将剩余的粪便舀出。“绳工”帮忙将装满的桶拉上来，然后转交给“桶工”，由他们将粪便倒进自己的手推车里。一般来说，淘粪工都会收到一瓶杜松子酒作为劳动的奖励。就像有人告诉梅休的那样：“我敢说，在伦敦，每清理三个化粪池，就有两个甚至两个以上会送出一瓶杜松子酒；仔细想想，我敢说概率应该高达3/4。”

这项工作污秽不堪，但报酬很高。实际上，简直高得有些离谱了。由于地势便于抵御侵略，当时的伦敦已成为欧洲城市中最具扩张性的城市，远远延伸至它的罗马城墙之外。（在19世纪的另一大都市巴黎，几乎同样多的人口只得挤在一半大小的区域中。）对淘粪工而言，这种扩张便意味着更长的运输时间，当时的农田大多数在16千米之外，而这也推高了他们清除粪便的价格。到了维多利亚时代，淘粪工每清理一个化粪池就会收取1先令的费用，其工资至少是普通技术工人的2倍。对许多伦敦人而言，清除粪便的成本已经超过了任之堆积的环境成本——对房东而言更是如此，因为他们大多数不住在这些满溢的化粪池之上。19世纪40年代，一位土木工程师受雇对两座正在维修的住宅进行勘查，他所描述的景象已经司空见惯：“我发现，两座房子的整个地窖堆满了差不多1米高的粪便，这些都是多年来从化粪池中溢出的粪便堆积而成的……穿过第一座房子的走廊时，我发现院子里覆盖着粪便，这些从厕所溢出的粪便已经堆积了差不多15厘米高，有人垒起了砖头，好让住户在路过时不脏脚。”[11] 另一段描述则刻画了伦敦东区中心斯皮塔福德的一个垃圾堆的情景：“那里垒起了一堆体积与一座大房子相等的粪便，而粪坑中的污物就丢弃在一个人工池塘里。人们放任这些污物在露天环境下风干，甚至为了加速风干时常加以搅拌。”[12] 1849年，《伦敦纪事晨报》上发表了一篇关于当年霍乱暴发地的概述性文章，梅休在其中描述了这样一番怪诞的景象。

> 接下来，我们来到了伦敦街上……17年前，霍乱首次在这条街的1号暴发，并将其可怕的毒性沿街传播。但今年，病毒却是在街的另一头出现的，并以同样的严重程度反方向蔓延。我们沿着下水道那恶臭熏天的堤岸前行，阳光照射在一条狭窄的水道之上。在刺眼的阳光下，这液体呈现出浓浓的绿茶般的颜色；在阴影处，看上去则与黑色的大理石无异。实际上，与其说是泥水，不如说这东西更像稀泥。但我们被告知，这是可怜的居民们唯一能喝到的水。在惊恐注视之时，我们发现污糟的废物正在顺着排水管和下水道倾入河中；在开放的大街上，一整排没有门的室外男女混用厕所就建在河的上方；一桶桶污物被泼入河中的声音此起彼伏；沐浴其中的流浪男孩的四肢，却在鲜明的对比之下显得洁白如帕罗斯岛的大理石。尽管如此，当我们站在那里，对刚才那可怕的场景感到难以置信时，我们却看到对面公寓中的一个小女孩用绳子将一个锡罐放到水中，把她身边的一只大桶盛满。在悬于这条河上的每一户阳台上，我们都可以看到一模一样的桶，这是居民们放在那里让污水沉淀的。这样一来，一两天后，他们便能将液体从污垢、秽物以及带病毒的固体颗粒中撇出来。就在那个小女孩尽量轻缓地将她的锡罐悬荡着放入河中的同时，隔壁

公寓里又有人将一桶粪便倒入了水中。[13]

毋庸置疑，维多利亚时代的伦敦有其招牌式的奇观：水晶宫、特拉法加广场，还有重建后的威斯敏斯特宫。但是，伦敦也有另一层面的奇观，并且同样引人注目，比如满溢未经处理污水的人工池塘，还有房子大小的粪堆。

淘粪工工资的提高，并非造成这股“粪便潮”的唯一原因，抽水马桶的激增也加剧了这场危机。16 世纪晚期，约翰·哈灵顿爵士发明了一种冲水装置，还在里士满宫为他的教母伊丽莎白女王安装了一个实用版冲水马桶。但直到 18 世纪晚期，一位名叫亚历山大·卡明斯的钟表师和一位名叫约瑟夫·布拉默的家具木工，为哈灵顿设计的这台装置的改进版申请了两项独立专利，冲水马桶才开始普及。后来，布拉默将在富人家中安装抽水马桶发展成了一项利润颇丰的业务。根据一项调查，在 1824—1844 年，抽水马桶的安装量增长了 10 倍。另一个高峰发生在 1851 年举办的首届世界博览会期间，当时，一位名叫乔治·詹宁斯的制造商在海德公园安装了供公众使用的抽水马桶。据估计，使用的游客达到了 82.7 万人。博览会上壮观的全球文化和现代工学展品无疑引起了游客的注意，但对许多人来说，最让他们瞠目结舌的，要数坐在可冲水马桶上的初次体验了。[14]

就生活质量而言，抽水马桶可谓一项重大的突破，但给城市的污水问题造成了灾难性的影响。由于缺少了可以连接的可用下水道系统，因此绝大多数抽水马桶只是将其中的污物冲进了既有的化粪池中，极大增加了满溢的可能性。根据一项估算，在 1850 年，伦敦每户家庭平均每天用水约 727 升。而到了 1856 年，由于抽水马桶的大肆流行，伦敦家庭每天的平均用水量达到了 1 109 升以上。

但是，导致伦敦垃圾清除危机的最重要因素，却是一个简单的人口统计问题：在大约 50 年的时间里，产生垃圾的人数几乎增至原来的 2 倍。1851 年的人口普查显示，伦敦人口为 240 万，是世界上人口最多的城市，而 18 世纪与 19 世纪之交，这座城市的人口只有约 100 万。即便有了现代化的市政基础设施，也难以应对这样的人口爆发性增长。而在没有基础设施的情况下，200 万以上的人口突然被迫共享 230 平方千米以上空间的局面，已不再是一场即将降临的灾难，而是一场永久存在、周而复始的噩梦，是一个巨大有机体通过向自身生境排放垃圾所造成的自我毁灭。在淘粪工理查德惨死事件发生的 500 多年后，伦敦正在重演这一场景：在自己的粪便中活活溺死。

这么多人拥挤地生活在一起，造成了一个不可避免的恶果：死尸的激增。19 世纪 40 年代初，一位名叫弗里德里希 · 恩格斯的 23 岁的普鲁士人，为他的工厂主父亲开展了一项考察任务。

这次考察不仅诞生出一篇城市社会学的经典论文，还激发了现代社会主义运动的开始。恩格斯描述了他在伦敦的所见所闻。

（穷人的）尸体的境遇不比动物遗骸的境遇好。圣布赖兹的贫民墓地是一块自查理二世时代以来沿用至今的露天沼泽地，四处都是成堆的骨头。每到周三，流浪汉的尸体都会被扔进一个洞深超过 4 米的洞中。一位牧师嘟嘟囔囔地主持完葬礼，然后便有人往坟墓里填上松土。到了下一个周三，人们会再把洞里的土挖开，周而复始，直到洞被完全填满。整片街区都弥漫着刺鼻的恶臭。[15]

伊斯灵顿的一处私人墓地将 8 万具尸体塞进了一个原本应容纳约 3 000 具尸体的地块。那里的一位掘墓人告诉《泰晤士报》，他得“站在及膝深的尸骨之中，跳到尸体上，好把它们硬塞进坟墓底部最难触及的犄角旮旯，然后再将新尸体堆放进去”[16]。

在一个同样凄惨的背景下，狄更斯在《荒凉山庄》开篇不久便把一位对鸦片成瘾的无名法律公文手抄员埋葬，此人因吸食鸦片过量而丧命。而这个插曲，也引发了该书最著名也最富激情的宣泄之语。

一片被包围的教堂墓地，瘟疫弥漫，肮脏不堪。在那里，恶性疾病正传染给那些苟且弥留的我们亲爱的兄弟姐妹……这里的四面八方都被房屋包围，只有院子中一条臭气熏天的狭窄小道通往铁门——每一个罪恶的生灵都在向死亡靠近，而每一个剧毒的死亡因

> 子都在向生命袭来。在这里，它们将我们可爱的兄弟埋在几十厘米的地下；在这里，它们将他播种在腐败之中，让他在腐败之中归于尘土。一个在万千病床前复仇的冤魂，一段留给未来的可耻证言，证明文明和野蛮曾如何在这狂妄之岛上并肩同行。[17]

阅读这最后几句话，就等于接触到了20世纪思想的主导叙事模式的前身，这是一种理解第一次世界大战中高科技大屠杀的方式，也是一种剖析集中营泰罗制管理的途径。在欧洲被法西斯主义笼罩时，社会理论家本雅明写就了高深名作《历史哲学论纲》，他在其中对狄更斯的原创口号做了改写："没有一份关于文明的记载不同时是一份关于野蛮的记录。"[18]

文明和野蛮之间的对立，几乎与有城墙的城邦一样古老。（城墙一经竖立，就有野蛮人做好了攻城的准备。）恩格斯和狄更斯却提出了一个新的反转理念：文明的进步产生了野蛮这一不可避免的废品，而野蛮对文明的新陈代谢的作用，就如上流社会那锃亮的尖塔和有修养的思想一样不可或缺。野蛮人并非冲进城门，而是在城内培养出来的。马克思接受了这一观点，将之融入黑格尔的辩证法中，为20世纪带来了翻天覆地的改变。但是，这一理念本身来源于某种生活体验，这就是活动家们依然爱说的"实地经验"。从某种意义来说，这种理念源自目睹人类被埋葬在这种亵渎阴阳两界之环境中的惨状。

但是，狄更斯和恩格斯弄错了一个关键的问题。无论墓地的情景有多么可怖，尸体本身是不大可能传播"恶性疾病"的。恶臭的确刺鼻，但不会“感染”任何人。一座堆着腐烂尸体的集体坟墓无论对感官还是人格尊严都是一种侮辱，但从这里散发出的气味不会对公共卫生构成威胁。没有人因维多利亚时代伦敦的恶臭而丧命。但成千上万人的死亡，却是由于对恶臭的恐惧使人们对这座城市真正的危险视而不见，并因此实施了一系列错误的改革，到头来反倒使这些危机进一步加剧。并非只有狄更斯和恩格斯抱有这些理念，几乎整个医疗和政府机构都陷入了同样的致命错误：从弗洛伦斯·南丁格尔到先驱改革家埃德温·查德威克、《柳叶刀》的编辑，再到维多利亚女王本人。从传统来说，知识史凸显的是具有突破性的创见和理念的飞跃。然而，地图上的盲点和充斥着错误与偏见的黑暗大陆，也有属于自己的神秘魅力。如此多的聪明人为何会在这么长的时间里犯下如此严重的错误呢？他们为何会对与自己最基本理念背道而驰的海量确凿证据视而不见呢？这些问题也理应引出一门属于自己的学科——错误社会学。

对死亡蔓延的恐惧有时会持续数世纪之久。1665 年伦敦大瘟疫中期，当时的克雷文伯爵[①]在伦敦市中心以西的城乡接合区域购买了一块叫作“苏豪地”的土地。他在那里修建了 36 栋小房子，用以“接收”罹患瘟疫的“穷苦而不幸的人”。每天晚上都有人用装死尸的手推车将几十具尸体倒入土中。据估计，在几个月的时间里，便有超过 4 000 名瘟疫患者的尸体被埋葬在那里。附近的居民给这里起了一个恰如其分的阴森可怖的名字：“克雷

① 克雷文伯爵为贵族头衔，此处指第一代克雷文伯爵威廉·克雷文。——译者注

文伯爵瘟疫地”，或简称为“克雷文地”。在之后的整整两代人中，由于惧怕被感染，没有一个人敢在这片土地上打地基。最终，这座城市对寻找栖身地的迫切需求战胜了对疾病的恐惧，而那些瘟疫隔离所的墓地，也成了时尚的黄金广场，入住的大多数是贵族和胡格诺派移民①。[19]在接下来的一个世纪里，这些尸骨未受到城市商业的冲击，而是在地底静静长眠，直到1854年夏末，又一次疾病暴发席卷黄金广场，那些可怕的冤魂卷土重来，在其葬身之地游荡起来。

虽然有克雷文地的存在，在瘟疫过后的几十年中，苏豪区仍然迅速发展为伦敦最时尚的街区之一。17世纪90年代，有近100户显赫家庭在此落户。1717年，威尔士②王子和王妃在苏豪区的莱斯特府邸定居。黄金广场本身由优雅的乔治亚风格的排屋构成，是远离南面几个街区皮卡迪利广场喧嚣的避风港。但到了18世纪中叶，上流人士继续大举西迁，在迅速崛起的梅费尔区建起更加宏伟的庄园与联排别墅。到了1740年，黄金广场的显

① 胡格诺派是16—18世纪的法国基督教新教教派，因受天主教政府迫害而于17世纪末逃离本国，并在欧洲、美洲和非洲建立定居点。——译者注

② 威尔士，全称威尔士公国，是大不列颠及北爱尔兰联合王国（英国）的政治实体之一。——译者注

赫家庭只剩下 20 户。一种新兴的苏豪居民开始崭露头角，其中最具代表性的，是在 1757 年诞生于宽街 28 号的一位袜商家的儿子。这个天赋异禀而麻烦不断的孩子，在日后成了英国首屈一指的诗人兼艺术家，他的名字叫作威廉·布莱克。在他快 30 岁的时候，他回到苏豪区，在由兄弟经营的已故父亲的店铺旁开了一家印刷店。之后不久，布莱克的另一位兄弟在宽街 29 号对面开了一家面包店。[20] 就这样，在几年的时间里，布莱克家族便在宽街上建立了一个迷你帝国，在同一街区拥有三家独立的商店。

艺术眼光和创业精神的结合，为该区域定下了持续几代人的基调。随着城市工业化程度越来越高，贵族阶层逐渐搬出，这片区域也变得越发破败。房东们全都将老式的排屋分割成了独立的公寓；房子之间的院子，被随意堆砌的垃圾场、马厩和临时搭建扩增的建筑占满。狄更斯在《尼古拉斯·尼克尔贝》中对这种情景做了精辟描述。

> 黄金广场所处的伦敦那一区，有一条古老、衰落而破败不堪的街道，两旁是两排参差不齐的寒酸而高耸的房子，仿佛已局促不安地相互对视了几年之久。那些房子的烟囱也仿佛因为除了对面的烟囱无甚可看而变得惨淡而阴郁……从大小来看，这里曾经的住客要比现在的住客条件优越。而现在，这些房子全都按周整层或单间出租，每扇门上的门牌或把手，几乎和门内的套间一样多。出于同样的原因，窗户的外观也各不相同，用各式各样很容易想到的常见百叶窗和窗帘装饰着。每一条走廊堵得让人几乎无法通行，有形形

色色的孩子，还有大小各异的盆罐；有襁褓中的婴儿和约 1/4 升的小罐，也有发育成熟的姑娘和差不多两升的罐子。[21]

到了 1851 年，在当时构成大伦敦的 135 个街区中，苏豪区西侧的伯维克街分区人口最为稠密，大约每公顷住 1 068 人。（而当今摩天大楼林立的曼哈顿，每公顷也只容纳大约 250 人。）在苏豪区的圣路加教区，每公顷建有七八十幢房子。相比之下，在肯辛顿，每公顷平均只有五幢房子。

然而，尽管环境拥挤脏乱，但或许正是出于这个原因，这个区域成了创意的温床。这一时期居住在苏豪区的诗人、音乐家、雕塑家和哲学家的名单，读上去就像是启蒙时期英国文化教科书上的索引。埃德蒙·伯克、范妮·伯尼、珀西·雪莱、威廉·霍加斯，都在其人生的不同阶段在苏豪区居住过。1764 年，与 8 岁的儿子、神童沃尔夫冈·莫扎特同来伦敦时，列奥波尔德·莫扎特曾在弗里斯街租了一套公寓。1839—1840 年，弗兰茨·李斯特和理查德·瓦格纳在到访伦敦时，也曾在附近短住。

记者简·雅各布斯曾经写道："新思想需要旧建筑。"这句箴言也完美地适用于工业时代之初的苏豪区：一群空想家、怪人和激进分子，就生活在这个百年前已被富裕阶层抛弃了的支离破碎的空壳之中。艺术家和叛逆者占用一个日渐衰败的街区，甚至对这种腐朽破败乐在其中。现在的人对这种套路已是司空见惯，但是，当布莱克、霍加斯以及雪莱第一次在苏豪区拥挤的街道安家时，那里尚且是一种全新模式的城市住宅区。这些人仿佛不但没有因这种肮脏的环境却步，反而斗志昂扬。以下是对迪恩街一处典型住宅的描述，写于19世纪50年代初。

> （公寓）有两个房间，有街景的那一间是客厅，后面则是卧室。整个公寓没有一样完好结实的家具。所有东西都是残缺、破损、支离破碎的，到处都是手指厚的灰尘，一切都杂乱得一塌糊涂……走进……公寓……你的视线会因烟草和煤的烟雾而模糊，让你就像在洞穴里一样四处摸索，直到双眼习惯了烟雾，如同置身大雾中一样，你渐渐开始辨清了几样东西。一切都肮脏不堪，一切都覆满灰尘，连坐下来也成了危险的事。[22]

这间两室阁楼里有七位住客：一对普鲁士的移民夫妇，以及他们的四个孩子和一个女仆。（显然，这位女仆不怎么爱掸灰。）然而，不知何故，这些狭窄破旧的房间没有严重妨碍到丈夫的工作效率，但人们还是不难理解他为何会对大英博物馆的阅览室如此钟情。原来，这位年过30岁的丈夫名叫卡尔·马克思。

马克思来到苏豪区的时候，那里已经变成了一种典型的多功能经济多样化街区。当今的"新城市主义者"将这种街区奉为繁荣都市的基石。几乎每个住址都是由带有门面房的两到四层住宅楼组成的，其间偶尔穿插着较大的商业空间。（但与典型的新城市主义环境不同的是，苏豪区也有一定的工业，比如屠宰场、制造厂以及锅炉。）按照当今工业化国家的标准，这里的居民算是接近赤贫的穷人，但按照维多利亚时代的标准，这些人却是由低收入工人和中产阶级创业者构成的。（按照清沟工的标准，他们当然已经很阔绰了。）然而，在其他区域都很繁荣的伦敦西区，苏豪区的情况却很反常：这是一片由贫穷的工人和恶臭的工业区组成的孤岛，被梅费尔和肯辛顿的高档排屋包围。

时至今日，这种经济上的断层仍然隐藏在苏豪区周边街道的实体布局之中。这一区域的西部边界是摄政街的宽阔街道，其街道上建筑物灰白色的外立面闪闪发光。从摄政街向西，你便能进入梅费尔时至今日仍然时髦奢华的被包围物。然而奇怪的是，摄政街上川流不息，熙熙攘攘，在苏豪区西部狭窄的小街和巷道上却很难看到这种景象，这主要是因为那里很少有直接通往摄政街的通路。在附近四处走走，你会感觉这里仿佛设立了一道路障，让你无法触及只有几米之隔的奢华大道。的确，街道的布局明显就是作为一道路障来设计的。当约翰·纳什[①]将摄政街设计成连接马里波恩公园[②]和摄政王在卡尔顿庄园的新家的通路时，他曾把这条路规划为一条所谓的封锁线，将梅费尔的富人与苏豪区逐渐庞大的工人阶级分隔开来。纳什的意图很明确，就是创造“一条完整的隔离带，将贵族和绅士居住的街道与技工和商人阶层居住的狭窄街道、简陋房屋分隔开……我的目的是，新建的街道应当穿过连接上层人士居住的所有街道的东部入口，但要把东边所有的贫民街道隔开”。

---

① 约翰·纳什（1752 年 1 月 18 日—1835 年 5 月 13 日），是摄政和乔治时期英国最重要的建筑师之一。——译者注

② 当时作为皇家狩猎场的马里波恩公园，是现在摄政公园的前身。——译者注

1854年夏末，一场骇人的灾难席卷了苏豪区，但周边地区却安然无恙，在这一系列事件中，这种社会性的地域划分扮演了至关重要的角色。这场有选择的攻击仿佛证实了有史以来所有精英主义的陈词滥调：瘟疫袭击的是堕落穷苦之人，却绕过了只有几条街之隔的上层人士。毋庸置疑，这场瘟疫当然会将这些“简陋的房子”和“贫民街道”彻底摧毁，任何去过这些肮脏的街区的人都能预感到这场灾难的降临。正如任何上流人士都会告诉你的那样，是贫穷、堕落和贫贱的出身创造了疾病肆虐的环境。当初他们设置路障，就是出于这个原因。

然而在路障之后，即摄政街贫贱的另一侧，商人和技工却在苏豪区的简陋房屋中生存了下来。这片区域是当地商业不折不扣的引擎，几乎每处住宅中都容纳着某种小买卖。各种各样的店面在现代人听来着实古怪，其中有放在当今市中心也不会显得突兀的杂货店和面包店，但在这些店铺旁边，还有缝纫铺和瓷牙作坊这样的生意。1854年8月，在黄金广场以北一个街区之隔的宽街上行走，你会依次看到：一家杂货店、一家女帽作坊、一家烘焙店、另一家杂货店、一家鞍架作坊、一家木雕作坊、一家五金店、一家服装剪裁店、一家雷管作坊、一家旧衣店、一家鞋楦作坊和一家名叫“泰恩河畔纽卡斯尔”的酒馆。从职业来看，男装裁缝要比其他任何行业的收入丰厚很多。鞋匠、家仆、泥瓦匠、掌柜以及女装裁缝的收入在一个水平上，他们都排在男装裁缝之后。

19世纪40年代末的某天，一位名叫托马斯·刘易斯的伦敦警察和妻子一起搬进了宽街 40 号，离酒馆只有一门之隔。[23] 这幢房子有 11 个房间，最初的设计是为了容纳一个家庭和几个仆役的。现在，房子里住着 20 个住户。在那个绝大多数住宅平均每间屋子要容纳 5 人的区域里，这样的房子已经很宽敞了。托马斯和萨拉·刘易斯住在宽街 40 号的客厅里，刚开始和出生不久的小儿子同住，但体弱多病的小儿子在 10 个月时便夭折了。1854 年 3 月，萨拉·刘易斯诞下了一个生来体质就比已故的小儿子更加健康的女孩。由于自身的身体问题，萨拉·刘易斯无法给婴儿哺乳，但会拿奶瓶喂她米浆和牛奶。小女孩在人生第二个月得了几场病，但夏天的大部分时间还算健康。

刘易斯家的第二个婴儿仍有一些不为人知之处，这些细节都被历史之风随意吹散。比如说，我们不知道她的名字，也不知道是怎样的一连串事件导致她在 1854 年 8 月下旬感染了霍乱。当时的她还不足 6 个月大。在差不多 20 个月的时间里，这种疾病在伦敦一些地区再次肆虐，上次暴发是在 1848—1849 年的革命期间①。（瘟疫和政治动乱的周期重合由来已久。[24]）但是，1854 年的霍乱大多暴发在泰晤士河以南，黄金广场基本上幸免于难。

8 月 28 日那天，一切都变了。大约早晨六点，当城市中的其他人还在这个闷热夏夜的末尾努力多睡上最后几分钟时，刘易斯家的婴儿开始呕吐，并排出带有刺鼻气味的绿色水样粪便。萨拉·刘易斯派人请来了一位叫作威廉·罗杰斯的当地医生，此人

---

① 这里指 1848 年革命，即 1848—1849 年欧洲各国爆发的武装革命。——译者注

在几个街区外的伯纳斯街上经营着一家诊所。等待医生到来的时候，萨拉将带有粪便的尿布在一桶温水中浸湿。趁着小女儿难得入眠的几分钟里，萨拉·刘易斯顺着楼梯走到宽街40号的地下室中，将脏水倒入房前的化粪池里。

一切，就是这样开始的。

诺埃尔街
伯维克街
小教堂街
马尔伯勒街
波兰街
沃德街
波特兰街
沃德马厩
波特兰马厩
济贫院
波兰街
本特尼克街
伯维克街
爱德华街
达克巷
杜福尔道
马歇尔街
南小道
水泵
啤酒厂
伯维克街
哈姆广场
宽街
新街
考克小街
霍普金斯街
马尔伯勒小道
比街
赫斯本德街
佩尔特街
威廉玛丽巷
小温特米尔街
大普尔特尼街
上詹姆斯街
布赖德尔街
银街
上约翰街
小普尔特尼街
昆斯黑德巷
黄金广场
大温特米尔街
沃里克街
水泵
水泵
酿酒街
安密斯巷
史密斯巷
哈姆巷
下詹姆斯街
特街
惠灵顿马厩
惠灵顿马厩
下约翰街
黄金道
酿酒街
谢拉德街
布尔巷

亨利·怀特黑德

9月2日，星期六

眼窝深陷，双唇青紫

刘易斯家的婴儿生病后的两天里，黄金广场的生活继续在喧嚣中进行着。在附近的苏豪广场，一位名叫亨利·怀特黑德的和善的神职人员走出与一位教友同住的宿舍，在清晨时分朝伯维克街圣路加堂漫步而去，他被那里任命为助理牧师。当年只有28岁的怀特黑德出生于海滨小镇拉姆斯盖特，在一所叫作查塔姆中学的名牌公立学校接受教育，其父是那里的校长。怀特黑德是查塔姆中学的优等生，以英语作文全校第一的成绩毕业，后进入牛津大学林肯学院，在那里树立起善于交际和待人友善的名声，并将这样的名声延续一生。他成了知识分子小酒馆生活方式的忠实践行者：晚餐时与三两好友坐在一起，细品一根烟斗，在深夜时分讲几个故事，辩论政治，或者探讨伦理。当被问及自己的大学岁月时，怀特黑德总说，他从人身上学到的东西要比从书本上学到的还要多。

从牛津大学毕业时，怀特黑德已经决意进入圣路加堂这家圣公会教堂，并于几年后在伦敦接受任命。他的宗教事业丝毫没有减弱他对伦敦酒馆的喜爱，他仍频繁出入弗利特街附近的老店，如公鸡酒馆、柴郡芝士酒馆和彩虹酒馆。怀特黑德在政治观念上是自由主义，但就像他的朋友常说的那样，他在道德观念上却是保守派。除了在宗教上受到的培训，他头脑敏锐、讲求实证且对细节过目不忘。另外，他对不同寻常的想法有超常的包容度，且不受大众舆论陈词滥调的误导。人们常常听到他对朋友说："提醒你一句，少数派的意见几乎一定是正确的。"[25]

1851 年，圣路加教区的牧师给了怀特黑德一个职位，并告诉他，这个教区适合"更在乎人们的认可而非掌声"的人。在这里，怀特黑德就如伯维克街贫民窟居民之中的一位传教士，在这嘈杂的街区中成了一个受人尊敬且被人熟知的人物。一个与怀特黑德同时代的人捕捉到了那时圣路加教区街道上的乱象与嘈杂。

> 穿过摄政街时，你看不出那分隔"未知的贫贱之辈与无知的显赫之流"①的街道和小巷之间的距离是多么短。但对要从这些入口深入苏豪区未知的贫民之域、一睹比克街或伯维克街街景的人来说，如果想一探伦敦穷人的生活方式，便会找到许多让人瞠目和好奇的东西。你的出租马车在一个推手推车卖果蔬的人面前突然停下，车夫问你是不是要去圣路加教区的伯维克街。如果你透

① 此说法出自英国诗人马修·阿诺德的《伦敦西区》。——译者注

露那就是你的目的地，对方便会用字正腔圆的苏豪口音礼貌地强调说，你得到下周末才能穿过层层障碍，很快，你便会被迫相信这句预言中包含着真理。狭窄的街道上，并排排列着小贩的货摊和手推车。卖猫肉的、贩鱼的、屠夫、水果商、玩具商和那熟悉的贩卖废物的拾荒者，挤来挤去地大声叫卖："上好的肉嘞！肉！肉！快来买！快来买！快来买！来这儿买！来这儿买！来这儿买！小牛肉！小牛肉！今天有小牛肉！您喜欢什么？卖啦！再来一单！鱼便宜卖啦！熟透的樱桃嘞！"你的目的地是圣路加教区的伯维克街，你很快就看到一排半住宅半哥特式的昏暗窗户。一个男人正在铁栏门的正对面给鳗鱼剥皮。你听到一声尖叫，于是反应过来，其中一只反抗命运的可怜生物已经从这男人的手中挣脱，正在人群中穿行呢。[26]

在 8 月末的炎热与潮湿中，苏豪区的气味从化粪池和下水道飘入空中，从工厂和熔炉里弥散开来，想闻不到都不可能，其中一些恶臭来自城市中心随处可见的牲畜。一位从现代穿越回维多利亚时代伦敦的游客，不会因为在城市街道上看到成群结队的马匹（以及它们的粪便）而瞠目结舌，但会诧异于黄金广场这样拥挤的社区中竟居住着如此多的家禽家畜。成群结队的牛羊从城市中穿过，史密斯菲尔德的大型牲畜市场通常会在两天内出售 3 万只绵羊。苏豪区边缘马歇尔街的一家屠宰场平均每天都要屠宰 5 头公牛和 7 只绵羊，这些牲畜身上的鲜血和污物则顺着街道上的集水沟流干。没有合适的牲口棚，居民们就把传统的住宅改建成

“牛舍”——一间屋里可以容纳 25 头或 30 头牛。有的奶牛则被绞盘吊到阁楼，关在黑暗之中，直到牛奶耗尽。[27]

即使是宠物也会让人抓狂。一个住在银街 38 号高层的男子，竟在一间房里养了 27 只狗。他将大量的狗粪放在房顶，任由烈日炙烤。街上的一位女杂工，则在她的单间公寓里养了猫、兔子和 17 只狗。

而人群的拥挤几乎同样令人窒息。怀特黑德常会讲起一个故事，在拜访一个人员众多的家庭时，他询问一位贫穷的妇女是如何在如此逼仄的房间里生活的。这位妇女回答：“是这样的，先生，在绅士把房间中间占去之前，我们过得还是挺舒服的。”话落，她便指了指房间中央用粉笔画出的圆圈，那里画出的是“绅士”有权占据的区域。[28]

亨利·怀特黑德那天早晨的行程本是悠闲地四处走访：在顾客大多数由机工组成的咖啡馆小驻，到教区居民家中拜访，离开教堂与圣詹姆斯济贫院的被收容者共处片刻，那里居住着 500 多名伦敦贫民，他们被迫终日从事苦力。[29] 他或许已经造访过了埃利兄弟工厂，这座工厂有 150 名员工，生产出 19 世纪最为重要的军事发明之一：在任何天气条件下都可引爆火器的“雷管”。（老式的燧石引爆系统很容易被小雨浇灭。）由于几个月前克里米亚战争爆发，埃利兄弟的生意异常火爆。

在宽街的狮子啤酒厂，70 名雇工在那里忙着各自的工作，啜饮着作为工资一部分的麦芽酒。一位住在宽街 40 号刘易斯家楼上的裁缝——我们只知道他姓氏的首字母为 G——正在做工，妻子偶尔搭把手。在人行道上，伦敦街头劳工之中的上层挤作一团：修理工和制造商、果蔬商和街头小贩都在高声叫卖，从烤饼到年鉴、从鼻烟壶到松鼠，应有尽有。其中很多人的名字亨利·怀特黑德都知道，他的一天一定是由一段段在人行道和客厅里进行的平顺而鼓舞人心的谈话组成的。毫无疑问，高温一定是人们谈论的主要话题：连续几天，最高气温都在30℃以上，而自打8月中旬以来，市里就几乎没有下过一滴雨。可以聊的话题还有克里米亚战争的战况，以及一位名叫本杰明·霍尔的新上任的卫生局局长，他誓要将前任局长埃德温·查德威克大胆的卫生运动继续下去，但不会像他那样得罪那么多人。这座城市的居民刚刚读完狄更斯抨击北方工业化小镇焦煤镇的长篇巨著《艰难时世》，最后一个章节几周前在《家常话》杂志上进行过连载。除此之外，能让对教区居民了如指掌的怀特黑德轻松挑起话头的，还有日常生活中的琐事：一桩即将到来的婚礼、一份失去的饭碗，还有家里即将诞生的第三代。但是，怀特黑德在事后回忆自己进行的所有谈话时却发现，颇为讽刺的是，在那个灾难性的一周的头三天里，他独独遗漏了一个话题：这些谈话中，没有一个谈及霍乱。

想象一下那一周宽街的鸟瞰图，并像延时电影一样对画面进行加速。绝大多数的活动是一片模糊不清的喧嚣都市场景，就如狄更斯在《小杜丽》结尾中所写："那些聒噪的、急切的人，那些傲慢的、鲁莽的、虚荣的人……像往常一样制造着他们的喧嚣。"[30]但就在这无尽的嘈杂混乱之中，某种规律却像无序水流中的旋涡一样出现了。街道上充斥着维多利亚时代的交通高峰期车流人流，在破晓时涌起，又随着夜幕降临落下；每天，圣路加堂的一场场礼拜都有一股股人潮涌入；最繁忙的街头小贩前排起了一条条几人的队伍。在宽街 40 号的门前，就在刘易斯家的婴儿正在遭受疾苦的几米处，人行道上的一个地点整天吸引着一股股不断变化的人潮聚集于此，就像是一股由微粒组成的旋涡，沿着排水沟旋转而下。

他们是到那里汲水的。

长期以来，宽街的水泵作为洁净井水的可靠来源被人熟知。水泵延伸至街道表面以下 7.6 米处，其深度远远超过了深达 3 米并将伦敦大部分区域人为抬高的垃圾的深度，水泵穿过一路延伸至海德公园的沙砾层，深入浸满地下水的沙子和黏土组成的砂脉之中。住在其他水泵——一个在鲁伯特街，另一个在小马尔堡街——附近的许多苏豪区居民，会为了宽街井水的甘甜滋味而选择多走几个街区。那里的水比其他水泵的水更加清冽，还有一丝碳酸化的甘甜。出于这些原因，宽街上的水便自动渗入了当地错综复杂的饮水网络之中。街道一端的咖啡馆用泵出的水煮咖啡，附近的许多小店则售卖一种用泡腾粉和宽街井水制成的叫作“果子露”的甜品，黄金广场的酒馆也会用井水来稀释烈酒。

即便是搬到黄金广场的“移民”，也仍对宽街的井水情有独钟。苏珊娜·埃利的丈夫在宽街创立了雷管工厂，她在丧偶之后搬到了汉普斯特德区。但她的儿子埃利兄弟却会定期从宽街装满一大罐水，用手推车把水送给她。除此之外，埃利兄弟还常常将两个大桶盛满井水，供他们的员工在工作日享用。在 8 月下旬的那几天，阴凉处的气温也飙升到了 30℃，又没有凉爽的微风，想必大家对清凉井水的渴求非常强烈。

关于 1854 年 8 月那酷热的几天中人们的饮水情况，我们掌握了详细的信息。我们知道，埃利兄弟在周一给母亲送去了一罐水，而她在几天后与来访的侄女一起分享。一个探望化学家父亲的年轻人在沃德街的一家饭店里享用布丁时喝下了一杯井水。一位来沃德街与一位友人共进晚餐的军官，在吃晚饭时喝下了一杯来自宽街的井水。那位 G 姓的裁缝也让他的妻子带着水罐数次到他作坊门外的水泵中打水。

我们也知道，那一周，有一些“不随大流”的人出于种种原因并未饮用从那口井里泵出的水：狮子啤酒厂的工人饮用的麦芽酒，是用著名的新河公司提供的水调配的；那个通常要靠 10 岁小女孩从井里汲水的家庭断了几天水，因为小女孩得了感冒，需要卧床养病。著名鸟类学家约翰·古尔德也是井水的“常客”，但在那个周六，他并没有接受别人给他的一杯井水，而是抱怨水里有一股恶心的味道。虽然住在距离水泵只有几米的地方，但托马斯·刘易斯从未对这里的水有好感。

在那看似平淡无奇的一周里，所有这些凡人生活的琐碎细节竟在人类史册中保留了将近两个世纪，这着实让人感到奇怪。当那位化学家的儿子用勺子取食那块甜布丁时，他怎么也不会想到这顿饭的细节会引起维多利亚时代伦敦所有人的兴趣，更别提 21 世纪的公民了。这就是疾病，尤其是流行病颠覆传统历史的一种方式。包括伟大的军事战争和政治革命在内的绝大多数具有世界历史意义的事件，对亲身经历的参与者而言都具有使其自我觉知的历史意义。这些亲历者明白，他们的决定会被载入史册，并在未来几十年或几个世纪中被人剖析。然而，流行病却是从隐秘处创造历史的：它们能够改变世界，但参与者无一例外由普通人组成，他们遵循着自己既定的惯例，丝毫没有意识到自己的行为将会被记载下来以供后代研读。当然，当他们着实认识到自己正置身于一场历史危机之中的时候，一切往往为时已晚，因为对普通人而言，无论是否情愿，他们创造这种独特历史的主要方式就是死亡。

然而，记录中还是丢失了一些信息，丢失了那些比布丁和麦芽酒的故事更加细腻而且关乎实际体验的因素，比如，在人们对霍乱知之甚少的那个时代，在拥挤熙攘的那座城市中，感染这种疾病到底是一种什么感觉。在那年夏末的一周中，我们有关于几十个人活动轨迹的条分缕析的记录，也有统计生死的各种图表。但我们如果想要重新构建在那场疾病暴发时人们的内心体验，包括身体和情感上遭受的折磨，那么就会发现历史记载有所欠缺。这时，我们必须动用自己的想象力了。

或许是在周三的某个时候，宽街 40 号的 G 姓裁缝开始感到一阵难以名状的难受，伴随胃部轻微的不适感。最开始的症状与轻微的食物中毒完全没有区别。但是，笼罩在这些症状之上的，却是一种更深层的不祥预感。想象一下，每次感受到轻微的肠胃不适时，你就知道自己完全有可能会在接下来的 48 个小时内一命呜呼。不要忘了，无论是没有冰箱、供水不洁，还是对啤酒、烈酒和咖啡的过量饮用，当时的饮食和卫生条件都为消化系统疾病创造了温床，即便这些不致引发霍乱。想象一下，在头顶盘旋的达摩克利斯之剑[①]下过活的感受：每一次的胃痛或水便，都预示着即将到来的噩运。

这座城市的居民曾经在恐惧中生活，伦敦当然也没有忘记它所经历的大瘟疫[②]和大火灾[③]。但对伦敦人来说，这场霍乱的具体威胁在于，这是工业时代及其全球航运网络的产物：1831 年以前，英国国土上尚不存在一例已知的霍乱病例。然而，这种疾病实际由来已久。公元前 500 年左右的一篇梵语文章描写了一种致命的疾病，通过消耗尽患者身上的水分来夺走其生命。希波克拉底选用白色藜芦花作为治疗方法。然而，这种疾病存续了至少 2 000 年，主要分布在南亚次大陆。1781 年，驻扎在印度甘贾姆镇的英军暴发了霍乱，超过 500 人染病，霍乱首次进入伦敦人的视野。两年之后，英国各家报纸的消息称，一场可怕的疾病在

---

① 达摩克利斯之剑暗喻人们面临的迫在眉睫且永远存在的危险。——译者注

② 指 1665—1666 年在伦敦暴发的瘟疫。——译者注

③ 爆发于 1666 年 9 月，大火连烧 3 天，是伦敦历史上最严重的火灾之一。——译者注

印度的哈尔德瓦尔暴发，夺去了两万名朝圣者的性命。1817 年，正如《泰晤士报》的报道，霍乱“带着超乎寻常的毒性……蔓延”[31]，穿过土耳其和波斯一路传播到新加坡与日本，甚至蔓延至遥远的美洲，直到 1820 年才基本消失。英国幸免于难，这也让当时的权威人士大张旗鼓地举行了一整场阅兵仪式，用种族主义的陈词滥调鼓吹英国优越的生活方式。

然而，这只是霍乱发出的一次警告。1829 年，这场疾病的传播真正拉开了序幕，波及亚洲、俄国甚至美国。1831 年夏天，一场疾病席卷了几艘停泊在距伦敦约 50 千米的梅德韦河中的船只。直到那年 10 月，霍乱病例才在英国内陆出现，那是在东北部的桑德兰镇，从一个叫作威廉·斯普罗特的男子开始，而他也是第一位因霍乱而在故土上丧命的英国人。翌年的 2 月 8 日，一位叫作约翰·詹姆斯的伦敦人成了首例在伦敦市丧命的霍乱患者。等到疾病暴发接近尾声的 1833 年，英格兰和威尔士的死亡人数已经超过了 2 万。在第一次暴发之后，这种疾病每隔几年就会突发一次，将数百人早早送入坟墓，然后再次潜伏起来。然而，长期趋势并不乐观。1848—1849 年的疫情暴发，在英格兰和威尔士夺去了 5 万人的生命。[32]

那位 G 姓先生的病情在周四急转直下，所有这些历史或许如梦魇般压在他的心头。他或许开始在夜间呕吐不止，很可能经受了肌肉痉挛和剧烈腹痛的折磨，也肯定一度忍受着难耐的干渴的袭击。但是，在整个经历中，最突出的要数一种可怕的症状：大量的水分从他的肠道中排出，奇怪的是，这些水分无色无味，其中只伴有白色的微小颗粒。当时的医生称之为“米泔便”。一旦开始排出米泔便，你便很可能在几个小时内魂归西天。

即便是在与疾病为肉体带来的痛苦做斗争时，G 姓先生也非常清楚自己的命运。霍乱的一种特殊的诅咒在于，在疾病发展到晚期之前，患者会一直处于精神警觉状态，对疾病所带来的痛苦以及所剩寿命突如其来又令人无奈的缩短，他们都一清二楚。几年前，《泰晤士报》一篇关于这场疾病的长篇报道对其可怕的症状进行了描述：“当生命的部件突然停止活动时，随着体液数次大量喷涌而出，被抽空的身体便成了湿软而毫无生气的……一堆皮肉，而皮肉之中的思想却丝毫不受影响，仍然保持着清醒——从无神的双眼之下透出，闪烁着未被浇灭的鲜活之光——这就是灵魂，它带着恐惧，透过一具死尸向外张望。”[33]

到了星期五，G 姓先生的脉搏已经微弱得几乎无法检测，一层面具般的青蓝色粗糙表皮裹在脸庞之上。他的病状，应该与 1831 年这段对威廉·苏普罗特的描述一致：“面容萎缩，眼窝深陷，双唇青紫，与下半身皮肤的颜色一样；指甲……则是乌青色的。”[34]

从某种程度来说，以上内容大部分是推测。但是，有一点是我们可以肯定的：在周五下午一点，就在刘易斯家的婴儿在隔壁默默经受折磨的同时，G 姓先生的心脏停止了跳动，而这距离他第一次出现霍乱症状不到 24 个小时。在接下来的几个小时内，又有十几名苏豪区的居民一命归西。

虽然没有直接的医学描述，但经过一个半世纪的科学研究后，我们有能力对在几天时间里将G姓先生从一个健康的功能正常的人，转变成一具萎缩的蓝皮尸体的细胞活动进行精确描述。霍乱是一种细菌，即一种由有脱氧核糖核酸（DNA）链的单细胞组成的微生物。即便缺少动植物真核细胞的细胞器和细胞核，细菌仍比病毒更为复杂，因为从本质上说，病毒就是裸露的遗传密码链，如果不感染宿主，便无法存活和复制。单从数量来看，细菌是这个星球上最成功的生物。你的 1 cm^2 的皮肤上，就很可能存在着10万个彼此独立的细菌细胞；一桶表层土壤中含有的细菌细胞则达到数十亿。有的专家认为，尽管细菌体积甚微（大约只有百万分之一米长），但从生物量来看，细菌构成的细菌域却可能是最大的生物形式。

然而，比细菌的数量更让人称奇的是其生活方式的多样性。所有以复杂真核细胞为基础的生物（植物、动物、真菌），都能通过光合作用和有氧呼吸这两种基本新陈代谢策略中的一种存活下来。鲸、黑寡妇蜘蛛和巨杉等多细胞生物的世界中或许存在着惊人的多样性，但所有这些多样性的存在基础是两种基本的生存策略：呼吸空气和获取阳光。与此不同的是，细菌谋生的方式却让人眼花缭乱：它们可以从空气中直接吸收氮，从硫黄中提取能量，在深海火山的沸腾液体中茁壮成长，数以百万地生活在一个人的结肠之中（大肠杆菌就是如此）。如果没有细菌开拓出的新型代谢方法，我们连呼吸的空气都不会有。除了一些不寻常的合成物（蛇毒就是其中之一），细菌可以分解一切生物的分子。[35]因此，细菌既是地球至关重要的能量供应者，又是最主要的能源回收者。就如斯蒂芬·杰·古尔德在其著作《生命的壮阔：古尔德论生物大历史》中所讨论的，对“恐龙时代”或“人类时代”的探讨虽然是博物馆宣传册的好素材，但实际上，在“原始汤”① 时代之后，地球上便一直是“细菌时代”。像人类这样的其他生物，则仅仅是副产品而已。

霍乱细菌的学名为霍乱弧菌。在电子显微镜下，这种细菌看上去有些像漂浮的花生：在一根弯曲的杆状物上，一根旋转着的叫作鞭毛的纤细尾巴推动细菌前进，与快艇的舷外马达相似。单个霍乱弧菌对人体是无害的。根据人的胃的酸度不同，需要 100 万 ~1 亿个细菌才会致病。由于我们的大脑很难掌握细菌所在的微观宇宙中的生物尺寸，因此 1 亿个细菌乍听起来不像是一个很容易在不经意间被摄入体内的数目。但是，若想要被人眼探测到，

① 20 世纪 20 年代科学家提出的一种假说认为，地球上的所有生物都来自漂浮在“原始汤”周围的原胞。——译者注

每毫升的水中大约需要 1 000 万个细菌。（一毫升的水大约是一杯水的 4/1000。）一杯水中可含有 2 亿个霍乱弧菌，却丝毫不显浑浊。[36]

想让这些细菌构成威胁，你就必须将这些微小的生物摄入体内，仅靠身体接触是无法致病的。霍乱弧菌需要找到进入你小肠的途径。一旦找到，便会发动一场双管齐下的进攻。一开始，一种叫作毒素共调菌毛（TCP）的蛋白质会帮助细菌以惊人的速度繁殖，将细菌黏结成一个分为数百层的致密团块，覆盖于肠道的表面。在这场高速的细菌数量暴增中，霍乱弧菌会朝肠道细胞注入一种毒素。最终，霍乱毒素会破坏小肠的一个主要代谢功能——维持身体的整体水分平衡。小肠的肠壁上分布着两种细胞：一种细胞吸收水分并将水分传递至身体的其他部分；另一种细胞分泌水分，使之最终成为废物排出体外。在一个健康而含水的身体内，小肠吸收的水分要比分泌的水分多，但是霍乱弧菌的侵入逆转了这一平衡：霍乱毒素会欺骗细胞，使之急速将水分排出，在所知的极端情况下，有的人在几个小时内就会失去 30% 的体重。（有的人说，霍乱这个名字本身就来源于希腊语中表示“屋檐水槽”的词语，而屋檐水槽的作用就是在暴雨过后将奔流的积水排尽。）排出的液体中含有小肠上皮细胞的碎片（之所以被人称为“米泔”，就是因为这些白色颗粒），还含有大量的霍乱弧菌。一次霍乱发作可导致人体排出多达 20 升的液体，每毫升液体中的霍乱弧菌数量约为 1 亿个。

换句话说，一次意外摄入 100 万个霍乱弧菌，便可能在三四天内产生 1 万亿个新生细菌。这种生物有效地将身体转化成了一座供其以百万倍的规模进行自我复制的工厂。即便工厂存活不过几天，那也没什么可惜的，因为通常会有另一座工厂，就在不远处等待着被殖民。

霍乱致死的真正原因很难确定；人体对水的依赖性很强，当大量体液在如此短的时间内被排出体外时，几乎所有的主要器官会开始衰竭。从某种意义上说，死于脱水是有违于地球生物起源本身的一场可怕灾难。我们的祖先最早是从年轻地球的海洋中进化而来的，虽然一些生物设法适应了陆地上的生活，但我们的身体仍然保留了对其起源于水的遗传记忆。所有动物的受精过程都是在某种形式的液体中进行的，胚胎在子宫中漂浮，人类血液中盐的浓度几乎与海水相同。演化生物学家林恩·马古利斯写道："那些完全适应了陆地生活的动物物种用了一个绝招，将其之前的环境也一同带到了陆地上。没有任何动物能真正完全脱离由水组成的小宇宙……无论山顶有多么高耸干燥，无论静修之地有多么幽僻和现代，我们的汗液和泪水从本质上说仍是海水。"[37]

严重脱水带来的第一个主要影响，便是体内循环的血液体积的缩小，即随着水分的剥离，血液会变得越发浓稠。血液体积的缩小会导致心脏泵血的加速，以维持血压，并保持大脑与肾脏等重要器官的正常运转。在这个身体内部的“分诊”过程中，胆囊和脾脏等不关乎生死的器官开始停止运转。四肢的血管收缩，会产生持续的刺痛感。由于大脑在早期仍能继续获得充足的供血，因此对于霍乱弧菌对其身体的进攻，霍乱病人有着清醒的意识。

随后，心脏无力维持足够的血压，身体开始出现低血压症状。心脏急速泵血，肾脏则竭力地保留尽可能多的液体。头脑开始变得模糊；有的患者会感到头昏眼花，甚至昏死过去。米泔便仍继续排出。这时，霍乱患者的体重或许已经在 24 个小时内下降了 10% 以上。最终，肾脏开始衰竭，在血液循环中，一场微观世界的模拟开始上演，而重现的便是助推霍乱在如此多的大城市大肆蔓延的废物处理危机：废物开始在血液之中累积，导致尿毒症。病患失去知觉，甚至昏迷过去，其重要器官开始衰竭。在几个小时内，病患就命染黄沙了。

然而在病患的周围，在他浸湿了的床单上，在他床边的一桶桶米泔便中，在化粪池和下水道中，却满是新生的生物。这些数以兆计的生物，正在耐心等待着下一个可以侵染的宿主。

我们有时会说某种生物“渴望”某种环境，尽管生物自身肯定不具备自我意识，也不具备人类所定义的欲望。在这种情况下，所谓渴望是指一种目的，而非手段：生物体想要得到某种环境，因为相比于其他环境，这种环境可以使它进行更有效的繁殖，如盐水虾“渴望”盐水，白蚁“渴望”腐烂的木材。将生物体置于其“渴望”的环境中，它就会更多地出现在这个世界上；使其脱离环境，这种生物在世界上就会变少。

从这个意义上说，霍乱弧菌最“渴望”的，就是一种人类经常摄入他人排泄物的环境。霍乱弧菌不能通过空气传播，甚至无法通过绝大多数体液进行传播。最后的传播途径几乎都是殊途同归：被感染者通过这种疾病带来的标志性剧烈腹泻将细菌排出体外，而另一个人则会通过某种方式将其中一些细菌摄入体内，通常是通过饮用被污染的水这一途径。若将霍乱弧菌置于一个食用粪便不足为奇的环境中，霍乱便会滋生、肆虐，攻占一个接一个的肠道，繁衍出更多的细菌。

在智人历史的绝大多数时间里，霍乱弧菌这种依赖于排泄物的传播途径，意味着它们无法实现有效的传播。自文明诞生以来，人类文化便表现出了一种对多样性的强烈喜好，但是食用别人的排泄物，却与我们所知的任何禁忌一样遭人避讳。由于摄取他人排泄物的行为未能普及，因此霍乱便驻留在恒河三角洲盐水水域的原始家园附近，靠食用浮游生物生存。

实际上，因与霍乱患者进行身体接触而患疾也并非不可能，只是传染的概率很小。比如说，在处理被排泄物弄脏了的亚麻织品时，一群肉眼看不见的霍乱弧菌或许会聚集在你的指尖上，如果不清洗，便有可能在你吃饭时进入口中，不久后便会在你的小肠内开始它们致病的繁殖。然而从霍乱的角度而言，这种繁殖通常非常低效，因为只有少数人可能直接接触另一个人的排泄物，尤其是如此剧烈而致命的疾病的患者的排泄物。而且，即便有一些“幸运”的细菌能设法附着在一根“误入歧途”的手指上，也仍无法保证它们能活到进入小肠的那一刻。

霍乱之所以在几千年来受到抑制，主要是出于两个因素：总的来说，人类不愿有意食用彼此的排泄物；另外，如果真的偶有意外摄入人类排泄物的情况发生，这种循环也不太可能继续下去，从而使细菌无法找到一个临界点，使其通过不断增加的速度在人群之中传播，就像流感或天花等疾病更易传播的方式那样。

然而，经历了凭借少数几条可用的传播途径存活下来的旷日持久的斗争，霍乱弧菌终于等到了一个好时机。人类开始在人口密度达到前所未有高度的城市地区聚集：50 个人挤在一座四层排屋之中，每公顷大约要住 990 个人。城市被这些人的排泄物淹没。而这些又恰恰是与当时的大型帝国和大型公司的航线连接越发紧密的城市。当阿尔伯特亲王第一次宣布举办世博会的想法时，他的演说中包含了这样几句乌托邦式的句子：“我们生活在一个最为神奇的转变时期，这种转变往往会迅速将那伟大的时代引向每段历史所指的方向，即人类大一统的实现。”[38] 毫无疑问，人类的联系的确越来越多，但其效果往往不尽如人意。伦敦和巴黎的卫生条件，很可能直接受到德里卫生条件的影响。被联系在一起的不仅是人类，还有人类的小肠。

有了这些遍布全球的商业网络，在这些无序扩张的新都市空间中，越界便成了难免之事：饮用水中充斥着污水；摄取人类排泄物中的微小颗粒的反常现象，却变成了生活中的常事。对霍乱弧菌来说，这却是一个好消息。

在人口稠密的城市居住区，饮用水的污染所影响的，不仅是流经人体小肠的霍乱弧菌的数量，还使得这种细菌的致死率大大提高。人们很早就在传播疾病的微生物身上发现了这一进化原理。细菌和病毒的进化速度比人类快得多，其中有几个原因。首先，细菌的生命周期快得不可思议，一个细菌能在几个小时内产生 100 个后代。新出生的每一代都为基因创新打开了新的可能性，或许是通过既有基因的新组合，又或许是通过随机的基因突变。人类的遗传变化则要放缓几个数量级，要想把基因传递给新一代，我们必须先经历至少整整 15 年的成熟过程。

其次，细菌的武器库里还有一种武器。细菌并不局限于像所有多细胞生物那样以受控的线性方式传递基因。对微生物来说，基因的传递更像是一场“群魔乱舞”。一个随机的 DNA 序列可以漂浮到邻近的细菌细胞中，立即参与某项重要新功能的构建。我们已经习惯了 DNA 从父母到孩子的垂直传递，因此，只借用小段遗传密码的理念听起来非常荒谬，但这只是我们作为真核生物存在的偏见而已。在病毒和细菌所在的肉眼不可见的领域之中，基因移动的方式要比我们漫无边际得多，这当然会产生许多糟糕的新组合，但同时也以快出很多的速度将其“革新”战略传播开来。正如林恩·马古利斯所写，“从本质上说，世界上所有的细菌都能进入唯一一个基因库，从而接触整个细菌领域的适应机制。与突变相比，重组的速度更快。对真核生物来说，要想在全球范围内适应细菌在几年时间内适应的变化，或许需要 100 万年”[39]。

因此，像霍乱弧菌这样的细菌极有能力为应对环境的变化而快速进化出新的特性，尤其是使自我繁殖的难度大幅降低的变化。通常情况下，像霍乱弧菌这样的生物体都要面临一个困难的成本效益分析：一种非常致命的菌株可以在几个小时内复制数十亿个自己，但这种繁殖的成功通常会导致为繁殖提供条件的人体的消亡。如果这些数十亿份拷贝不能迅速进入另一个肠道，那么整个过程就毫无意义，致命性更强的基因也无法进行自我复制。在传播风险较低的环境中，更明智的策略是对人类宿主进行低强度的攻击，也就是说进行较少的繁殖，让患者的生命维持得长一些，以求随着时间的推移，一些细菌细胞能找到通往另一条肠道的途径。在那里，这个过程便能重新上演了。

但是，一个供水遭受污染的人口密集城市居住区为霍乱弧菌解了围。没有什么理由能阻止细菌尽最大可能地迅猛繁殖，从而导致宿主很快丧命，因为细菌很可能会从当前宿主的排泄物中被迅速传播到另一位宿主的肠道中。这样一来，细菌便可以将所有的能量全部灌注到繁殖量上，而不必再考虑宿主的寿命长短了。

不消说，细菌对发展这种策略是完全没有任何意识的。随着霍乱弧菌总体种群平衡发生变化，这种策略也在自行演变。在传播率低的环境中，致命的菌株会消亡，而温和的菌株则会在种群中占主导地位。在传播率高的环境中，致命的菌株的数量则会迅速超过温和的菌株。没有哪种细菌知道成本效益分析，但仰仗惊人的适应能力，它们能以一个群体的身份进行分析，孤立个体的生与死都服务于一个分布广泛的微生物集群。低级的细菌没有意识。尽管如此，它们仍拥有一种集体智慧。

此外，即便是人类意识也有其局限性。从人类生存的规模来看，这种意识往往很敏锐，但在其他规模层级上，就与细菌一样无知了。当伦敦及其他大都市的居民第一次以如此多的数量聚集时，当他们开始为储存和清除排泄物以及从河流中汲取饮用水而建造精密设备时，他们对自己的行为有着清楚的觉知，并且筹划了某种明确的策略。但是，他们对这些策略给微生物带来的影响全然不知。此举不仅会使细菌数量增多，还会使其基因密码产生改变。无论是享受着崭新抽水马桶的伦敦人，还是享受着来自南华克水务公司昂贵的私人供水的伦敦人，都不仅仅是在将自己的私人生活设计得更加便捷和奢华。与此同时，他们也在无意之中用自己的行动对霍乱弧菌的 DNA 进行着改造，将这种细菌培育成一种更致命的杀手。

霍乱令人扼腕的讽刺之处在于，这种疾病有一种极尽质朴和不涉及精密技术的“解药”——水。通过静脉注射和口服疗法摄入水分和电解质的霍乱患者，十有八九能够扛过这场疾病。因此大量研究会通过刻意让志愿者感染此病来研究其疗效，研究者知道，通过补水，这场疾病便会弱化成一场不舒服的腹泻。你或许会认为，当时的一些医生已经想到了补液疗法，因为病人的症状毕竟是排泄大量的水分。如果你在寻找疗法，那么从补充一些流失的液体开始，这不是合情合理吗？事实上，在 1832 年霍乱首次暴发数月后，英国的一位名为托马斯·拉塔①的医生便准确地找出了向病患血管里注射盐水的疗法。[40] 与现代的治疗方法唯一不同的是拉塔所用的剂量：为了确保康复，治疗必须用到数升水。

可悲的是，拉塔的发现被淹没在随后几十年大量涌现的霍乱疗法中。尽管工业时代的科技取得了长足进步，但维多利亚时代的医学并不能被称为科学方法的结晶。阅读当时的报纸和医学杂志，最引人注目的不仅有人们提出的形形色色的治疗措施，还有参与这场讨论的五花八门的人员：外科医生、护士、兜售专利药品的庸医、公共卫生当局、纸上谈兵的化学家，所有人都在《泰晤士报》和《环球报》上发表文章（或是花钱发布分类广告），介绍他们炮制的“可靠”疗法。

这些无休无止的公告反映出一段古怪的历史交叠时期——我们基本上已经远离了那段历史——大众传播兴起之后、专业医学科学出现之前。老百姓积累民间疗法和家常诊疗的历史由来已久，

① 托马斯·艾奇逊·拉塔是 19 世纪英格兰苏格兰医学先驱，他将生理盐水治疗法引入患者的治疗中。——译者注

但在报纸出现之前，除了口口相传，他们一直没有一个可以分享自己的发现的平台。与此同时，在维多利亚时代，我们现在习以为常的医学分工——研究人员对疾病和潜在疗法进行分析，医生根据他们对研究的最准确的评估为病人开出疗法——才刚刚进入萌芽阶段。不断壮大的医学机构的确存在——著名杂志《柳叶刀》就是一个很好的例子，但其威望还远远不能用至高无上来形容。无须获得学位，你就可以跟全世界分享风湿病或甲状腺癌的疗法。在很大程度上，这意味着当时的报纸上满是时而荒谬谐谑、几乎毫无用处、对疑难杂症药到病除的承诺，但事实证明，这些病症要比那些庸医吹嘘的难治许多。然而，这种无人监管的系统同时也让真正有卓识的人有可能绕过权威机构，尤其是当权威当局尚且不敢用科学方法直面问题之时。

可是，庸医疗法的盛行也产生了一种意料之外的连带效果，它推动了持续一个多世纪的全新广告修辞以及报纸和杂志的商业模式的出现。截至19世纪末，专利药品制药商成为报纸行业最主要的广告客户，就如历史学家汤姆·斯丹迪奇所指出的，他们是“第一批认识到商标和广告、标语以及标识的重要性的人……由于制作这些药物本身的成本通常很低廉，因此在营销上花钱便成了明智之举”[41]。我们现在生活在一个将形象看得比实质重要的社会中，我们的欲望不断地被各类营销信息的虚假承诺煽动，这些话已是陈词滥调。从真正意义上说，这种状况可以追溯到充斥着维多利亚时代报纸专栏的稀奇古怪的消息，它们吹嘘，某种价格低廉的灵丹妙药中含有无尽的疗效。

不难想象，专利药品产业迫切想要为19世纪最为棘手的疾病提供治疗方案。在1854年的8月，《泰晤士报》分类广告的一位天真的读者或许会自然而然地认为，既然有这么多唾手可得的疗法，霍乱肯定已经面临消亡了。

> 发热与霍乱：每间病房都应使用桑德尔牌消毒剂来净化。这种强效的消毒剂可以瞬间将异味消除，并使空气充满清新的香味。——摄政街与牛津街环形交叉路口，316B号，香水制造商J. T. 桑德斯；所有药店及香水店均有售。价格：1先令。[42]

尽管专利药品广告在今天的我们看来荒诞可笑，但它们仍招来了充满怨言的信件，为买不起这些昂贵药品的下层阶级打抱不平。

> 先生：最近，我在您的权威刊物上读到了几封信件，全都与时下的热点话题有关，即药商们对蓖麻油价格的哄抬……这个城镇里有一个人大胆地站了出来，以在墙上张贴布告的方式公开宣布，他准备以每盎司①1个古便士的价格出售品质最高的冷榨蓖麻油，他希望树立的榜样能引起普遍的效仿。当然，先生，当一个药商能足够坦率地向世界宣称，他有能力以每盎司1个古便士而非3个古便士的价格销售这种商品，并且仍能凭此获得足够的利

① 盎司为质量和容积单位。药衡盎司为质量单位，1药衡盎司约等于31.1克。——译者注

润，那么人们的脑子中难免生出疑问：多年以来，在向穷人出售蓖麻油时，这类商人是否一直在坐地起价，并从中牟取暴利。[43]

在这些句子中，你能看到另一种现代思想的开端。现在，这股怒气已经转移到了那些跨国制药公司对物价的哄抬上。但是，至少这些大型制药公司往往销售的还是真正有效的药品。出售暴利的蓖麻油，或是将之作为施舍捐赠出去，两害之间孰轻孰重是很难判断的，因为至少高昂的价格会让人们对这种有毒的东西敬而远之。

这根链条的上一段，是写给《泰晤士报》的信件，这些信件往往是由那些有资质的医务人员写的，通过提供他们的疗法（或是质疑别人的疗法）较为隐晦地牟取商业利益。1854 年夏末，市警局的主治医师①G. B. 查尔兹便提笔给《泰晤士报》写了一封信，描述他对腹泻这一种最明显的霍乱症状的百试百灵的疗法。这是他在 8 月 18 日写的信。

恳请您……在您的专栏里给我留出空间，不仅用来重申我已经说过的关于乙醚和鸦片酊的内容，还要让我解释这些药物在进入胃部后是如何起作用的。如果还需要任何关于其效力的确证，那么我将邀请那些对药效持怀疑态度的人亲自拜访市里的任何一家警局，每家都存放着这种药剂，他们可以确凿地验证，药品的

① 在英国警局为被拘留者提供临床评估的医生，以保障被拘留者的健康和福利。——译者注

确是由警局保管的……你想要一种尽快起效的药物，而不必经受缓慢（且像在这种病症的治疗中那样捉摸不定）的消化过程。如果阿片类药物的特性是有价值的，并且这些价值也受到了所有当局的认可，那么越早通过积极生产来发挥这些特性，收效就越好……先生，最后我谨指出，我作为一位公职人员，将这些疗法公布给您的众多读者，在我看来不过是在履行一项公务而已。[44]

从形式上讲，这些庄重的结束语是这类体裁的标配，当然，这些言论之严肃与现代读者对这种疗法的嗤笑形成了鲜明的对比。毕竟，一位高级执法人员竟在日报上撰文，旨在鼓励人们靠服用海洛因来治疗自己的肠胃不适。如果读者不相信他的话，大可以直接去附近的警局，亲耳听听警察对这种“药物”的高度评价。这虽与“抗击毒品”的理念大相径庭，但并非完全没有医学价值，因为滥用阿片类药物十有八九会带来便秘这种副作用。

霍乱的疗法是当时报纸上一个持续的话题，引发了无休止的争议。周二的时候，某位医学博士在报纸上发表文章，大力鼓吹自己的亚麻籽油鸡尾酒加热敷配合疗法；到了周四，另一位医学博士便开始列出因使用这一疗法而丧命的病人名单了。

先生：受到约翰逊医生关于使用蓖麻油治疗霍乱之奇效的劝诱，我刚刚用实践检验了他的疗法，我很遗憾地说，检验的结果惨不忍睹……

先生：请允许我恳请住在城市里的读者不要被您的投稿人的

来信误导，不要认为吸食鸦片能对霍乱起到任何预防作用，或是对流行病的蔓延起到任何影响……[45]

最终，医疗权威在报纸上的不断争论演化到了自相嘲弄的地步。在宽街霍乱暴发的那一周，《笨拙》杂志刊登了一篇具有强烈批判意味的社论，题为《当医生们彼此质疑时，该听谁的？》。

看到如此多的医生之见任意流于各家报纸的专栏之中，实在令人反感。每天坐在桌旁吃早餐时，若仍有此类“下作无礼的内容”流通于我们的双眼之下，以致读者的健康、耐心以及神经受到极大伤害，那么到了最后，将此等舆论作为公害处理便势在必行了。如果那些在报纸上登文章的医生能最终就其霍乱处方得出一个结论，那么公众或许会为他们付出的心血心怀感激。然而，如果一位医生所谓的“万无一失的药物”却成了另一位医生口中的“致命毒药”，如果今日的特效药到了明天就要被诋毁为致命毒药，那么我们便会感到迷惑和惊恐，遵从医生们彼此矛盾的指导，竟会如此危险。[46]

对于霍乱的治疗，普通医生意见的不统一，毫不亚于那些专利药品的制药商或在报纸上刊登信件的人。有的时候，霍乱是用水蛭来治疗的，这基于体液学说，即病人身上的问题都应该从病人自身清除。如果霍乱患者的血液因脱水而变得异常黏稠，那么病人就必须放更多的血。与市警局主治医师 G. B. 查尔兹的提议相左，许多医生都会开出泻药，想要压制这种本来就以致命速度将液体排出身体的疾病。蓖麻油或大黄之类的泻药被广泛使用。同时，医生们也倾向于将白兰地当作一种疗法，而众所周知，这种酒具有脱水的副作用。霍乱在各种疾病之中已经算是很难熬的了，因此没有疗法比疾病本身更令人痛苦，虽然如此，人们提出的许多疗法反倒加剧了由霍乱引发的生理危机。而那些少得可怜的积极效果，却绝大多数属于安慰剂的性质。当然，在由这些民间疗法、商业万灵药以及伪科学的处方所编织的复杂网络中，你几乎永远也找不到病人真正需要的建议——补充水分。

星期五的早晨，逐渐加剧的恐惧感尚未跨越黄金广场附近区域的边界线。酷暑终被打破，城市中的其他人都在享受凉爽而晴朗的天气。人们无从知晓，在他们中间，一场可怕的疾病正在掠夺第一批患者的生命。《伦敦纪事晨报》上唯一一篇关于霍乱的文章，讲述的是这种疾病在克里米亚战争前线已不像此前那么肆虐，听起来颇有些乐观的意味："终于摆脱了 8 月份的危机，我们或许有望在战场上见证瘟疫的减弱和积极军事行动的重启。毫无疑问，霍乱造成的最惨重后果已成过去，在很大程度上，其在盟军中肆虐的范围得到了缩小、毒性得到了减弱。舰队虽然遭到病毒袭击的时机稍后，但似乎也度过了混乱的危机。”[47]

然而在黄金广场拥挤逼仄的客厅中，恐惧感却不可避免。周四午夜前几个小时，疫情达到了新的高峰。在几个小时的时间里，数百位居民因相互传染而身染重病，许多病例甚至波及全家，使得整个家庭只得在令人窒息的黑屋中苟且自救。

一家人挤在一间屋子里，在一个集体之中忍受着各自最痛苦的折磨，这些可怕的画面或许是宽街疫情暴发的所有场景中最让人难以忘怀的。当然，即便是在发达国家，一家人陆续死亡的事情也时有发生，但此等惨剧通常只需几秒钟或几分钟，如车祸、坠机或自然灾害。然而，一家人一起缓慢而痛苦地走向死亡，并在过程中对自己的命运有着清晰的意识，这算得上是死亡之书中极尽黑暗的一个章节。时至今日，这种情形仍在世界的某些地区继续上演，这对我们所有人而言，都不啻一大耻辱。

一夜之间，圣路加堂助理牧师亨利·怀特黑德的上门走访变成了一场守灵之旅。[48]破晓不过几分钟的时间，他便被叫到一座住宅中，那里躺着四个奄奄一息的人，他们的皮肤紧绷在骨头上，已经呈现出灰青色。那天早晨，他所造访的每一座房子里都出现了同样骇人的景象，整个社区都处于摇摇欲坠的边缘。快到中午的时候，他遇见了一位读经人和圣路加堂的另一位助理牧师，发现这两人在途经这一带时也目睹了同样的惨状。

怀特黑德的行程将他带到格林巷附近的彼得大街上的四座住宅里，他在那里发现疾病已然肆虐。看来，那里住宅里一半的住户都在过去的24个小时内染病。在格林巷西北角一栋最为宏伟的宅院里，12名住户最终全都魂归西天。然而在很大程度上，霍乱却“放过了”格林巷中狭窄而污七八糟的住所。（在那里居住的200位居民中，最终丧命的只有5人。）当怀特黑德来到这个区域最污七八糟的一座住宅走访时，他惊奇地发现，这里居然没有一位居民染病。

这一对比令人震惊。而且，1849年在对位于彼得街的那四座住宅进行调查时，教区当局对房子的清洁程度大加赞扬，但周围的房子满是污秽和煤灰。怀特黑德意识到，与当时盛行的看法不同，似乎无法从住家的卫生条件预测疾病。

从几个方面来说，这些见解都打上了这位年轻助理牧师的鲜明烙印。在这动荡的时期，他具备了沉着冷静和善于探究的智慧，也愿意对正统提出挑战，或至少愿意接受实践的检验。这种检验本身就依赖于他掌握这一区域及其居民的第一手资料。他之所以能在疾病的发展初期发现这些规律，是因为对环境有着细致入微的了解：哪些住宅因其卫生条件而受到赞扬，哪些又被认为是街区中最脏乱狼藉的。如果没有这样的认识，一不小心便会接受老旧的错误观念。

那一天，苏豪区的街道上也徘徊着其他几位医学侦探，他们在寻找线索，想要构建起因果逻辑。周六早晨，离日出还有几分钟之时，一名叫作约翰·罗杰斯的迪安街的卫生官员从沃克巷步行至伯维克街，尽力到过去24个小时内发病的所有人家中探访一遍。罗杰斯之前曾经目睹过霍乱暴发，但很明显，黄金广场正在发生的这次暴发是极不寻常的。霍乱很少会在人群中暴发；毋庸置疑，霍乱能让数以千计的人失去生命，但这种惨剧通常需要数月或数年的时间。渐渐地，罗杰斯听闻一家人在一夜之间一病不起的传言。看来，这次的瘟疫正在以骇人的速度肆虐：短短12个小时内，患者便从完全健康坠入死亡之谷。

按照行程，罗杰斯走过了伯维克街6号，这是一位名叫哈里森的当地知名外科医生的家，罗杰斯在工作上与他打过交道。路过房前时，一股刺鼻的恶臭从他背后传来，让他在人行道上趔趄了几步，他强忍住呕吐的冲动。事后，他将这股恶臭描述为“能在这座大都市中不幸吸入的最令人厌恶和作呕的气味”。镇定下来之后，罗杰斯后退几步，发现这股恶臭是从路边的一个集水沟中散发出来的。这是人行道旁的一道沟渠，专门用来在暴雨时汇集地表径流。罗杰斯停驻的时间不长，不够弄清集水沟中的腐烂物质是由什么肮脏的东西混合而成的。但是，在继续前进的路上，他心想，这股恶臭强烈到足以塞满6号的整座房屋。

几个小时之后，他得知外科医生哈里森已于当天早上过世。罗杰斯不假思索地说出他的判断：“是那个集水沟夺走了他的性命！”他开始猛烈抨击为身边的人带来灭顶之灾的糟糕的城市卫生条件。然而，死亡才刚刚开始。到了那个周末，伯维克街6号的其他7位居民也罹患了霍乱。除了一个人，其他人全都一命呜呼。[49]

回到宽街40号，一夜之间，刘易斯家的婴儿已因筋疲力尽而奄奄一息。在凌晨时分，她的父母拨通了曾在本周早几天的时候为她治过病的威廉·罗杰斯医生的电话。他在 11 点过几分到达，那时，小刘易斯已经死了。

当天下午，怀特黑德拜访了一个他长期保持密切往来的六口之家（由于没有关于这家人姓名的记载，我们暂且把他们叫作“沃特斯通斯一家”）：两个成年男孩、两个青春期女孩，与他们的父母同住在黄金广场附近的三间相互连通的低层房间里。他在到达时发现，一向以机智和开朗博得他喜爱的两姐妹中的妹妹，在经历了因霍乱而痛苦挣扎的无眠之夜后，已经陷入了时而清醒、时而昏迷的状态。她的身边，围着她的哥哥和一位前来帮忙的勇敢的邻居。怀特黑德与这几个男人挤在公寓中央那间狭小的房间里低声对话，就在这时，小女孩仿佛恢复了一点儿神志。

她一度抬起头来，追问母亲和姐姐的情况。她的哥哥却都缄口不言。女孩儿焦虑地看着房间两侧两扇紧闭的门。还没等人说话，她就已经明白了真相——每扇门后面都摆着一口棺材。她能听到抽泣的声音，那是她的父亲发出的声音，他就在门窗紧闭的前厅中，趴在亡妻的尸体上。

似乎附近一半的居民都把自己关在了屋里，或许是想要独自承受痛苦，又或许是要躲避为整个街区带来瘟疫的那不知名的肮脏溢出物。那个夏天的下午，房间之外，在那过分耀眼的太阳眩光中，在伯维克街的尽头处，有人升起了一面黄色的旗帜，提醒居民霍乱已然发起了袭击。然而，这无异于多此一举，因为一车车正在被人沿街拉走的死尸，已经赫然出现在人们的眼前。

约翰·斯诺

9 月 3 日，星期日

调查员

到了星期日早晨，一股诡异的宁静笼罩了苏豪区的大街。平日里街头小贩的嘈杂如今已消失。附近绝大多数的居民要么已经撤离，要么正躲在家中默默受罪。在过去的 24 个小时内，他们之中已有 70 人失去了生命，另有数百人正在死亡的边缘挣扎。在宽街 40 号门前，水泵只吸引了几个流浪汉。街道上最多见的，是行色匆匆地巡视的牧师和医生。

疫情暴发的消息已经传遍了整座城市，甚至传到了更远的区域。前天还在沃德街享用布丁的化学家的儿子，已于那个周日在他威尔斯登的家中去世。在接收来自那危机四伏的城区的难民时，整座城市都在屏息观望，等待着黄金广场的暴发是否会在未来几天在更广泛的区域重演。在霍乱肆虐的年代，单个教区便有 70 人死亡的消息不算是奇闻。但是，想要夺去如此多患者的生命，往往需要几个月的时间。然而，无论宽街的这种霍乱菌株是何品种、来自何处，都在一天之内造成了骇人听闻的惨剧。

虽然这种疾病在很大程度上局限在大约方圆五个街区的区域内，但苏豪区的其他地区也进入了高度戒备的状态。许多人收拾行李，去投奔住在乡下或者城里其他地方的朋友或家人。有的则锁上大门、紧闭窗户。绝大多数人不惜一切代价地对黄金广场及其周边区域避而远之。

然而，苏豪区的一名常客却对这场疫情保持了密切的关注。[50] 他的据点便是他位于苏豪区西南边萨克维尔街的寓所。有的时候，在黄昏将近之时，他会从家里出发，穿过空荡荡的街道，径直走向疫情暴发的中心。来到宽街 40 号之时，他会停下脚步，在昏暗的光线下花几分钟时间检查水泵。他从井里打出一瓶水，凝视几秒钟，然后转身走回萨克维尔街。

约翰·斯诺时年 42 岁。他在 30 岁刚出头的时候，便在职业上取得了一连串无论用什么标准来衡量都令人咋舌的成就。与医疗机构或卫生改革运动中的绝大多数成员不同，斯诺出生在一个贫寒的家庭，是约克郡一位工人家里的长子。小时候的他缄默而庄重，在学业上的抱负远超他卑微的出身。14 岁时，斯诺在泰恩河畔纽卡斯尔的一名外科医生门下当学徒。17 岁时，他读到了约翰·弗兰克·牛顿于1811年发表的著名宣言——《回归自然：为素食者辩》——并立即转变成了一名素食主义者。不久之后，他就成了一位严格的禁酒主义者。在此后的成年生活中，他几乎酒肉不沾。[51]

当霍乱于1831年年末暴发之时，在纽卡斯尔当学徒的斯诺目睹了这种疾病的破坏力。当时，疫情席卷了当地一口叫作基灵沃思的矿井，而他则对幸存者进行了治疗。年轻的斯诺发现，这些矿井中的卫生条件非常糟糕，工人们没有单独的排泄场所，无奈之下，他们只得挤在同一个黑暗而密不透风的洞穴里进食和排泄。霍乱暴发的根源深埋于这些贫困工人所处的社会条件，而不是他们生来就容易感染这种疾病。在霍乱无所顾忌地蔓延之时，这一理念便在斯诺的脑海中深深扎根。这只是模糊的想法，还远远算不上真正的理论。但即便如此，这个想法还是深深烙印在了他的心头。

在19世纪上半叶，一位对医疗行业感兴趣的英国年轻人面前有三条主要的职业道路可选。他可以在药剂师那里当学徒，最终从药剂师协会获得执照，并凭执照调配医生开出的处方药。经过一些培训之后，他便有权开办自己的诊所，用当时糟糕落后的疗法对病人进行治疗，或许还要偶尔操刀小手术或客串牙医。更有雄心的人会在医学院继续进修，并在此后进入英国皇家外科医生学会，成为一位名副其实的全科兼外科医生，负责从治疗轻微的感冒到切除足部囊肿再到截肢等各种工作。在这二者之上的，便是医学博士这一大学文凭，获得这一文凭的人通常被称为医师，而不是层次较低的外科医生和药剂师。一张大学文凭便能打开私立医院的大门，那里的医师可以与资助医院的富有捐资人交际。[52]

很小的时候，斯诺就意识到他的野心让他远远不能满足于当一名外省药剂师。1835 年，他搬回了约克郡，并在那里参加了日渐壮大的禁酒运动；而在 23 岁时，他却决心遵循 19 世纪风靡一时的“成长类型小说”① 中的经典路线：一位拥有伟大志向的外省年轻人向大城市进发，誓要让自己扬名于世。斯诺是用一位诚恳而年轻的见习医生所惯走的方式赶赴伦敦的：他既不骑马，也不坐马车，而是独自走了 300 多千米蜿蜒的道路。

到了伦敦，斯诺在苏豪区安顿了下来，并就读于亨特医学院。不到两年的时间，他便获得了药剂师和外科医生执照，并在黄金广场向东步行约 5 分钟的弗里斯街 54 号开办了一家全科诊所。当时，医生开办诊所是需要创业精神的。伦敦新兴医疗中产阶级之间的竞争非常激烈：其他四名外科医生的办公场所就在斯诺的诊所的几个街区外，附近仅有的医师则住在苏豪区另一端的黄金广场。虽然有如此多竞争对手住在附近，斯诺的诊所还是很快地红火起来。就性格而言，他不是那种友善且爱唠叨的典型普通医生。在床边诊疗时，他沉默寡言且情绪平淡。然而，他是一位卓越的医生：观察敏锐、思维敏捷，对之前的病例有超乎寻常的记忆力。当时的人们尽可能不受迷信和教条的影响，斯诺也是其中之一，但是，维多利亚时代早期医学中行不通和扭曲的概念，仍不可避

① 成长类型小说，也称教育或教养小说，这种文学流派源于德国，故事内容侧重于主角的心理和道德成长。——译者注

免地限制了他的医术。对当时绝大多数的执业医生而言，疾病由微小细菌传播的理念，就如仙女存在于世一样荒谬。正如市警局的主治医师 G. B. 查尔兹写给《泰晤士报》的信中所说，人们将鸦片酊作为包治百病的处方药的事例比比皆是。维多利亚时代医学界的口头禅全是：先来点儿鸦片试试，明早再给我打电话。

斯诺似乎与任何传统的社交生活都毫不沾边，他远离病患，把时间花在他的“副业项目”上，这些项目源自他作为外科医生的诊疗实践，同时也暗示了他的终极志向之高远。他开始向当地的刊物投稿，就当时的医疗和公共卫生问题发表意见。他发表的第一篇论文刊登在 1839 年的《柳叶刀》上，论述了砷在尸体保存中的应用。[53] 在接下来的 10 年中，他陆续发表了近 50 篇文章，涉及的主题范围之广令人咋舌，比如铅中毒、死胎的复苏、血管、猩红热以及天花。他向《柳叶刀》投递了多篇批判科学界草率的文章，以致主编最后不得不在杂志上给了他几句隐晦的责备，他暗示：“斯诺先生最好自己去做出些什么东西，而不是一味批评别人做出的成果。”[54]

毋庸置疑，斯诺决心要创造出自己的东西，他也将高等学历看作达成这一目标的一道重要桥梁。1843 年，他从伦敦大学获得了医学学士学位。一年后，他通过了高难度的医学博士考试，成绩在学生中名列前茅。他已是当之无愧的约翰·斯诺博士了。按照绝大多数标准，他成为一个令人刮目相看的成功案例：一位工人的儿子，现在竟坐拥一家生意兴隆的诊所，还身兼前程似锦的研究员和讲师工作。在他以前的一位教授的推荐下，他受邀加入了威斯敏斯特医学会，并很快成为一位受人尊敬的积极成员。换作任何一位医师，都会渐渐习惯于这个舒适的领域，只求治疗越来越上流的客户，以实现渐进式的进步，并在此过程中提升自己的社会声望。然而，斯诺却对伦敦上流社会的浮华视而不见。除了那些填补医疗权威世界观盲点的亟待解决的问题，没有任何其他东西能引起他的兴趣。

斯诺在余生中继续担任执业医师，然而，他最终的声誉却来自他在诊室之外所追求的事业。斯诺在调查中为自己定下的目标并不低。在与那个时代最无情的杀手开展的战斗中，他扮演了至关重要的角色。然而，在有能力与霍乱搏斗之前，约翰·斯诺先将目光投向了维多利亚时代一个最严重的医疗缺陷，即疼痛管理。

说到残酷的身体暴力，在维多利亚时代的社会中，几乎没有什么能与外科手术这一专业医疗行为相提并论。除了鸦片和酒精，当时的社会没有其他形式的麻醉剂。而且鉴于其副作用，这二者也只能被适度使用，因此从实际操作而言，外科手术与最残忍的酷刑几乎没有区别。速度是外科医生最引以为豪的技能，因为长时间的手术对医生和病人来说都是一种难熬的折磨。现在需要几个小时才能完成的手术，在当时的用时却不到三分钟，为的就是尽量减少疼痛。一位外科医生夸口说，他可以“在吸一撮鼻烟的时间里把一侧的肩膀截掉”。

1811 年，长居苏豪区的英国作家范妮·伯尼在巴黎接受了一次乳房切除手术。在次年写给妹妹的一封信中，她详细描述了自己的经历。在喝下唯一的止疼药——香甜酒之后，她走入由 7 位医生组成的团队在她家中拼装起的隔间，在这阴森的空间里，放满了纱布、绷带以及骇人的手术工具。她在临时搭建的床上躺下来，医生们用一块轻薄的手帕将她的脸蒙住。“那可怕的钢铁刺入乳房之中，将静脉、动脉、肌肉和神经割破，彼时彼刻，我无须任何人给我发出放声哭喊的指令。我开始惊声尖叫，在整个切割过程中，这嘶吼都毫无间断地持续着，我的耳朵竟然没被震聋，这真让我诧异！那疼痛可真是钻心……然后，我感觉到刀子在我的胸骨上摩擦着、刮着！手术继续进行，我忍受着这场折磨，全然说不出话来。”[55] 在手术后因过度惊吓而昏死过去之前，她瞥见了她的主刀医生——“他的脸色几乎与我的一样苍白，脸上满是鲜血，他露出悲伤、忧虑和近乎惊恐的表情”。

1846 年 10 月，在波士顿麻省总医院，一位名叫威廉·莫顿的牙医首次公开演示了将乙醚用作麻醉剂的方法。消息迅速传至大西洋彼岸，同年 12 月中旬，伦敦的一位叫作詹姆斯·罗宾逊的牙医开始在他的病人身上使用乙醚，现场通常还有一群目瞪口呆的医务人员。到了 12 月 28 日，他又一次成功地完成了一次拔牙手术。在房间注视着他的，还有一如往常般沉默而机警的约翰·斯诺。

新年伊始，对乙醚的期待已经超出医学界，乙醚逐渐走入了大众媒体的视野。《笨拙》杂志刊登了讽刺社论，提倡将乙醚用在难以相处的妻子身上。然而，这种神奇的麻醉剂在实践中却不可靠。应用的效果有时无懈可击：病患会在整个手术过程中昏昏入睡，不久后醒来时，他们对手术完全没有记忆，疼痛的感觉也减轻了许多。但是，有些病患却无法昏睡过去，或是会在某场极其精密的手术中突然恢复意识。再也没有苏醒过来的病患也不在少数。

斯诺很快做出了假设，认为乙醚的不可靠性很可能是剂量的问题，他着手进行一系列相关实验，来确定输送这种神奇气体的最佳方法。斯诺从他的早期研究中发现，任何气体的浓度都会随着气温发生巨大的变化，但是，乙醚麻醉的早期采用者在手术过程中却没有将室温纳入考虑范围。一位在寒冷的房间里接受乙醚麻醉的病人所用的剂量，要比在被旺火温暖的房间的病人所用的剂量低很多。到了1月中旬，斯诺编制出了一份《乙醚蒸气强度计算表》。原来，温度上升约11℃，剂量便几乎需要翻一倍。1月底，《伦敦医学时代学报》刊登了斯诺的表格。

为采集数据从而对乙醚性质进行数据分析，斯诺开始与一位叫作丹尼尔·弗格森的外科医生仪器制造商合作，共同制造一种能最有效地控制剂量的吸入器。斯诺的想法是，改装著名的朱利叶斯·杰弗里汽化器以输送乙醚，迫使乙醚通过设备中心的金属螺旋，从而在乙醚被传输至病人口中时最大限度地扩大与乙醚接触的金属表面积。这台设备被放置在一大桶热水中，将其热度传给金属装置，并通过金属装置提高乙醚的温度。医生只需控制水温，剩下的都由设备来处理。一旦医生对乙醚的温度有了一个可靠的预测，就能以很小的差异来确定合适的剂量了。1847 年 1 月 23 日，斯诺首次向威斯敏斯特医学会展示了他的装置。

考虑到乙醚麻醉的概念在三个月之前尚不存在，斯诺在这段时间的效率着实惊人。首次看到有人使用乙醚的两周之内，他便发掘出了这种气体的基本特性，不仅如此，他还设计出一种当时最先进的用来输送乙醚的医疗设备。然而，他的研究才刚刚开始。在接下来的几个月里，他对乙醚麻醉的生物原理进行了探索，涵盖乙醚刚被吸入肺中的状态、随血液循环的过程，以及所产生的心理效应。1847 年晚些时候，当医学界将注意力转移到乙醚的竞争对手氯仿时，斯诺也同样对其特性进行了潜心研究。1847 年，斯诺便发表了一篇关于麻醉理论和实践的开创性专论——《论外科手术中乙醚蒸气的吸入》。

几乎只靠在自家进行的研究，斯诺便完全获得了对这个尚处于萌芽阶段的领域的精准理解。他在位于弗里斯街的住处布置了一处小型动物园，里面养着鸟、青蛙、老鼠和鱼，并在那里倾注了大把的时间，用来观察这些生物对各种剂量的乙醚和氯仿的反应。除此之外，他也将自己的诊所作为实验数据的来源，他也毫不介意地把自己当作实验对象。作为禁酒主义者的斯诺，或许是同代人中最有头脑的医生，正因如此，他进行研究的场景才如此妙不可言，甚至有些自相矛盾的讽刺意味。他独自坐在只有烛光照明的凌乱公寓中，身边尽是些呱呱叫的青蛙。摆弄了几分钟由他最新发明的吸入器后，他将吸嘴固定在脸上，并开始释放气体。不到几秒钟的时间，他便一头栽在了桌子上。几分钟后，他苏醒了过来，透过模糊的视线查看时间，然后握起笔，开始记录数据。[56]

对乙醚和氯仿的精准理解，使得斯诺在伦敦医学界的身份更上一层。他成了伦敦市最受欢迎的麻醉师，一年协助进行的手术达数百例。到了19世纪50年代，建议使用氯仿缓解分娩不适的医生越来越多。1853年春天，在精通科学的阿尔伯特亲王的鼓励下，第八个孩子产期将至的维多利亚女王决定尝试使用氯仿。她的麻醉师人选可谓毫无悬念。斯诺在病例簿中对这例手术的叙述要比平常详细了一些，但语气中并未流露出这项殊荣对他职业的重大意义。

> 4月7日星期四：在女王分娩时施用氯仿。她从星期天开始便感觉到轻微的疼痛。今天上午大约9点，女王感觉到疼痛加剧，于是便派人去请洛考克博士，他发现，宫口已经出现轻微扩张。10点刚过，我便收到一封来自詹姆斯·克拉克爵士的短信，让我到宫中去。我与詹姆斯·克拉克爵士、弗格森博士以及洛考克博士（他大部分时间都在）待在一间离女王居所很近的房间里，直到12

点。12 点 20 分，我站在女王房间里的一台座钟旁，将大约 15 滴量（0.9 毫升）的氯仿按剂量滴在一块折叠的手帕上，并开始随着女王的每次阵痛而施用一些。在开始使用氯仿时，分娩的第一阶段已经接近尾声。用药时，女王陛下表现出极大的宽慰，子宫收缩时的痛感非常轻微，而收缩间隙的痛感则完全缓解。在任何时刻，氯仿的药效都没有达到让人完全失去意识的程度。洛考克博士认为，氯仿延长了疼痛的间隔时间，并在一定程度上延缓了分娩。按房间里的座钟时间，婴儿于 1 点 13 分出生（比预计时间早 3 分钟）。因此，氯仿的吸入时间为 53 分钟。胎盘在几分钟后娩出，女王的精神和身体状态都很好，并表示对氯仿的效果非常满意。[57]

斯诺对麻醉学的研究，使他从一个出身卑微的外科医生跃升至维多利亚时代伦敦社会的最高点。但从某种程度上说，斯诺的研究最令人称奇之处，并不是他所跨越的社会阶层之广，而是他在智识层级上的飞跃，也就是他的大脑在不同经验领域中轻松自如的转换。斯诺是一位名副其实的融通型思想家。这个词最先是由剑桥大学哲学家威廉·胡威立在 19 世纪 40 年代提出的，并因哈佛大学生物学家爱德华·威尔逊而广为流传。胡威立写道："从一类信息中进行的归纳与从另一类信息中进行的归纳同时发生时，便产生了归纳法的融通。由此产生的融通，便是对使之产生的理论之真实性的检测。"[58] 斯诺的研究，便是利用一个层面的调查数据来对其他层面呈现的功效或性能进行预测，从而不断在不同学科之间架起桥梁，而其中的一些学科在他的时代几乎不能被纳入实用科学之列。在对乙醚和氯仿的研究过程中，他已经将气体本身的分子特性、气体与肺部细胞及血液的相互作用、这些特性在整个人体系统循环过程中的变化，以及这些生物变化所产生的心理效应探索了一番。他甚至超越自然世界的范畴，探索出最能准确反映我们对麻醉剂的理解的技术模型。斯诺对个别而孤立的现象不感兴趣，他在意的，是链条与网络，是层级与层级之间的跃迁。他的思想在分子与细胞、大脑与机器之间欢快地跳跃着。[59] 正是这种融会贯通的研究，促使斯诺在短得惊人的时间内在这一新兴领域挖掘到如此多的信息。

即便如此，斯诺在知识上对乙醚和氯仿的追求却是有上限的，他的研究只能停留在个体对象的层面上。链条的下一环，也就是由集体而非个人构建的城市和社会联通的世界，却没有被纳入他对麻醉剂的调查研究范围。斯诺或许曾经照顾过女王的“身体”，但个人的身体所连成的“政体”，却一直在他的参照系之外。

然而，这一切都终将因霍乱而改变。

我们无法准确得知是怎样的一系列事件，使约翰·斯诺在19世纪40年代晚期将兴趣转向了霍乱。毫无疑问，对这位在职的医师和研究者而言，这种疾病已是他生活中的“常客”。这或许与他麻醉师的工作有着直接关联，因为一些对实证不像斯诺那样严谨的氯仿早期使用者，（错误地）将氯仿鼓吹为治疗霍乱的一种潜在的有效药物。当然，作为十余年来英国最严重的一次瘟疫，1848—1849 年霍乱的暴发使得这种疾病成了当时最亟待解决的医学难题之一。对于像斯诺这样沉迷于医学实践和科学带来的智力挑战的人，霍乱便自然成了他的终极猎物。

关于霍乱的各种理论，几乎与霍乱病例一样不计其数。但在 1848 年，参与这场争论的人被分成了两大阵营——传染病学家和瘴气论者。霍乱要么是类似流感的某种在人与人之间传播的病原体，要么就是不知道通过什么途径而留存于肮脏空间的“瘴气”之中的物质。在 19 世纪 30 年代这种疾病首次传播至英国时，传染病理论便吸引了一些追随者。1831 年的《柳叶刀》发表的社论称：“我们只能推测一种毒素的存在，其传播独立于风、土壤、空气提供的所有条件以及海洋设置的所有屏障。简而言之，这种毒素将人类作为其传播的主要媒介。”[60] 然而，绝大多数的医师和科学家认为，霍乱这种疾病的传播媒介是有毒的大气，而非人与人之间的身体接触。一项对美国医师在此期间所发表的声明的调查发现，认为这种疾病本质属于接触性传染的人还不到 5%。

到了 19 世纪 40 年代，瘴气论已经拥有了一批颇有威望的拥护者，如卫生局局长埃德温 · 查德威克，伦敦市最重要的人口统计学家威廉 · 法尔，以及许多其他公务员和议员。民间传说和迷信也站在瘴气论者这一边：人们普遍认为，内城区肮脏的空气便是绝大多数疾病的罪魁祸首。瘴气论虽然在霍乱的传播问题上尚不存在明确的正统理念，但其追随者比其他任何解释模式要多出许多。值得注意的是，自 1832 年霍乱登陆英国之后，在渗透大众和科学传媒的所有讨论中，几乎没有人提到过霍乱可能是通过被污染的水传播的。即便是那些相信这种疾病是在人与人之间传播的传染病学家，也没有看出介水传播设想的合理性。

在 1848 年疫情的公开报告中，斯诺发现了一个非常能说明问题的细节，就这样，他对霍乱的调查工作拉开了帷幕。几年以来，来自亚洲的霍乱一直没有在英国出现，最近却在欧洲大陆暴发，德国的汉堡市便是暴发地之一。那年 9 月，几日前离开汉堡的德国“易北号”蒸汽船在伦敦停靠。一位名叫约翰·哈诺德的船员在霍斯利当区的一处旅社登记入住。9 月 22 日，他突发霍乱，在短短几个小时之内便一命呜呼。几天后，一位姓布伦金索普的男子入住这间房，并于 9 月 30 日突发霍乱。不到一周的时间，霍乱开始在周边蔓延开来，并最终波及全国。等到疫情在两年后逐渐平息之时，死亡人数已经达到了 5 万。[61]

斯诺立即意识到，这一连串的事件对传染病模型的反对者构成了严峻的挑战。其中的巧合如此之多，就连瘴气论也无法自圆其说。同一间屋子在一周时间里出现两例霍乱病例，这或许与瘴气论相吻合，如果有人相信是屋里原本存在的某种有毒病原体导致住户中毒的话。但是，若说在这位来自霍乱肆虐城市的水手入住的当天，这间房子就突然被有毒气体充斥，那就是在牵强附会了。就如斯诺在后来所写的一样，“有谁会怀疑，上文中提到的来自汉堡的船员约翰·哈诺德的病例，就是布伦金索普患上重病的真正原因呢？几年以来，整个伦敦唯一一例真正出现的这种来自亚洲的霍乱病例，就在这个房间里，而布伦金索普又偏偏选了这里，并住下。如果霍乱在某些情况下可以被传播开来，那么在其他情况下也是如此的可能性不是最大的吗？因为，简而言之，类似的效果是由类似的起因造成的”。

然而，斯诺也认识到了传染病学观点的漏洞。为哈诺德和布伦金索普提供治疗的那位医生，在两人出现米泔便症状时与他们在同一间屋里共处了几个小时，但他没有染上这种疾病。很显然，霍乱不是靠近距离接触传播的。不仅如此，这种疾病最令人困惑的地方之一是它好像能在城区之间传播，并在途中跳过某些房子。霍斯利当区后续出现病例的地点，与哈诺德原先住宿的住所中间隔着几幢房子。你可以与一位奄奄一息的病人共处一室而安然无恙，但不知为何，那些完全避免了与病患直接接触的人，却只因与之住在同一个街区而没能躲过霍乱的魔爪。斯诺意识到，揭开霍乱之谜的关键，就在于找到这两个看似矛盾的事实间的共通点。

我们不知道斯诺碰巧发现这个谜题的答案的时机，到底是在1848年霍乱第一次暴发后的几个月中，还是说这个想法已在他的潜意识萦绕多时。十几年前，还是一名外科医生学徒的年轻的他在救治垂死矿工时，或许已经形成了这种直觉。我们知道的是，在霍乱于霍斯利当暴发后的几周里，随着死亡的脚步开始踏过更广阔的城区甚至蔓延到城区之外时，斯诺展开了一项艰苦卓绝的调查：他咨询了研究过霍乱患者的米泔便的化学家，给霍斯利当的供水与排水部门写信索要信息，并大量阅读了关于1832年霍乱大暴发的描述。到了1849年年中，斯诺已经积累了足够的信心，决定公开他的理论。斯诺认为，霍乱是由患者摄入的一种尚未定性的病原体引起的，摄入途径或许是通过直接接触其他患者的排泄物，或者更有可能的情况是通过饮用被这些排泄物污染的水。没错，霍乱具有传染性，但其传染方式却不同于天花。卫生条件对防治这种疾病而言至关重要，但是，污浊的空气与其传播无关。霍乱不是被吸入的，而是被吞咽的。

斯诺的介水传播理论是围绕两项研究构建起来的，事实表明，他在这两项研究中体现出的才能，都在五年后的宽街疫情暴发期间起了至关重要的作用。1849年7月下旬，霍斯利当的托马斯街发生霍乱疫情，导致约12名生活在贫民窟的居民死亡。斯诺对现场进行了彻底的考察，发现了充足的证据来支持他不断完善的理论。这12个人全都住在一排叫作“萨里排屋”的彼此相连的农舍中，共用农舍前小院中的一口孤井。一条排放污水的排水沟顺着房前延伸，连接小院尽头的污水明沟。排水沟的几条大裂缝使污水得以直接流入井中，在夏季暴雨期间，整个小院都会被恶臭的污水淹没。因此，单单一例霍乱病例才得以如此迅速地传染了萨里排屋的所有住户。

托马斯街公寓的布局，为斯诺的调查提供了一个绝妙的病例对照研究。萨里排屋的背后是一组房屋，而这组房屋也面朝一个叫作“特鲁斯科特”的小院。这些房屋的脏乱程度与萨里排屋不相上下，居民的构成也同样是贫困的工人。从本质而言，这两处的居民同处于一种环境之下，除了一个关键的区别，即打水的水源不同。尽管这两群人的住所仅仅相距几米，但在萨里排屋的 12 个人相继死亡的两周时间里，特鲁斯科特小院里却只有一人丧命。如果疫情暴发是由瘴气造成的，那么为何两个同样肮脏而贫穷的群体，其中一个群体遭受的损失却是一墙之隔的邻居的 10 倍呢？

对托马斯街疫情暴发的调研，不但展示了斯诺的实地调查技巧，还显示出他对传播模式、卫生习惯甚至建筑屋细节的敏锐洞察力。斯诺也对全市范围的统计数据进行了调查，从鸟瞰的视角审视疫情的暴发。在研究期间，斯诺搜集了向城市供水的各家公司的信息，此举揭示了一个惊人的事实：住在泰晤士河以南的伦敦人，更有可能饮用到发源于泰晤士河且流经伦敦市中心的河水。而泰晤士以北的居民，其饮用水的来源就更加多样了：有的公司用管道输送的是远离市中心的哈默史密斯区的泰晤士河河水，有的公司在北边的赫特福德郡的新河取水，有的公司的水则源于利河。然而，南伦敦供水公司的水，却恰恰来自伦敦市密布排水沟排污口的河段。任何在伦敦市民的肠道里繁殖的东西，都很有可能进入这家公司提供的饮用水中。如果斯诺对霍乱的理论确实是正确的，那么泰晤士河南岸的居民感染霍乱的概率，就要比住在北岸的居民高出很多。

接下来，斯诺研读了伦敦登记总长威廉·法尔统计的霍乱死亡登记表。他从中得出的发现，与供水线路所预示的规律不谋而合：1848—1849 年，伦敦大都会地区的死亡人数为 7 466 人，其中 4 001 人位于泰晤士河以南。这意味着那里的人均死亡率达到了约 8/1000，是市中心的 3 倍。在不断发展的西伦敦和北伦敦郊区，死亡率仅略高于 1/1000。瘴气论者倾向于将死亡率归咎于泰晤士河以南的工人阶级居住区的污浊空气，在驳斥这些人时，斯诺可以以东伦敦的居民区为例，因为那里或许要数城里最贫困拥挤的区域了。尽管如此，东伦敦居民的死亡率，却恰好只有泰晤士以南地区的一半。

你无论是从城区的一座小院还是从整座城市的社区寻找证据，都会一次次发现同样的规律——霍乱仿佛按照公用供水系统为自己做了“分区”。如果瘴气论果真正确，那么霍乱的分区为何会如此明显呢？为何霍乱会对一座建筑里的人赶尽杀绝，却让另一座建筑里的住户毫发无伤呢？为什么一个卫生条件或许更差的贫民窟，其死亡率却是另一个贫民窟的 1/2？

1849 年下半年，斯诺以两种形式将他的霍乱理论公诸世人：第一种形式是他自己出版了 31 页长的《霍乱传播方式研究》专论，意在供关系密切的医学界同人参考；第二种形式是他在《伦敦医学学报》上发表了一篇文章，其针对的受众要广泛一些。论述发表后不久，一位叫作威廉·巴德的乡村医生发表了一篇论文，得出了与霍乱的介水传播类似的结论。然而，巴德却未对霍乱或许可以通过大气传播的可能性予以否认，而且，他还错误地声称，在被污染的水源中以真菌的形式发现了霍乱的病原体。后来，巴德又对伤寒的介水传播发表了评论，这也是他最为当代人熟知的成就。不过，斯诺的霍乱理论已先于巴德一个月见诸报端，并且里面也并未出现真菌病原体和大气传播的错误线索。[62]

人们对斯诺的观点的反应总体是积极的，但其中也不乏怀疑。一位评论家在《伦敦医学学报》中这样写道："斯诺博士理应因致力于揭开霍乱传播之谜而得到行业的感谢。"但是，斯诺的病例研究尚不足以令人信服："（这些病例）并没有提供任何证据来验证其观点的正确性。"斯诺确切表明了南伦敦社区要比伦敦其他地区更容易暴发霍乱，但这不一定意味着这些社区的水就是造成这种差异的原因。或许这些区域的空气中存在北部贫民区没有的某种特殊毒物。又或许霍乱是一种传染性疾病，因此南伦敦的患者群只是反映出了迄今感染链的发展。如果最初病例的传播情况有所不同，或许东伦敦会受到更严重的侵袭，而南伦敦则会相对安然无恙。供水与霍乱之间存在一定的相关性，这一点斯诺已经用证据让人们接受。但是原因是什么，他尚未确定。

值得一提的是，《学报》提供的一种设想，或许能以令人信服的方法回答这个问题。

> 针对这个问题的"决断实验"①，便是将水输送到一个迄今尚未出现过霍乱的偏僻地域，而所有饮用这种水的人悉数感染，那些没有饮用这种水的人则逃过一劫。[63]

这条一闪而过的方案在斯诺的脑中萦绕了整整五年。随着

① "决断实验"一般用于科学中，是指用来确定某一假设或理论是否优于当前科学界普遍接受的其他假设或理论的实验。——译者注

斯诺的麻醉事业的逐渐发展，他的声望也越发高涨，他继续密切关注着每一场霍乱暴发的细节，寻找着一个或许能对他的理论有所推动的案例。他继续寻找，继续研究，也继续等待着。当疫情在距离他萨克维尔街新办公室不足10个街区的黄金广场肆虐时，他已做好了准备。在那么短的时间内集中出现如此多的死亡病例，表明存在一个许多人使用的受到污染的中心水源。他需要在疫情尚处于全面暴发阶段采集水的样本。就这样，他穿过苏豪区，深入野兽之腹。

斯诺本以为被污染的水会出现肉眼可见的浑浊。但乍看之下，宽街的水让他大吃一惊，因为水几乎是完全清澈的。他也从该区域的其他几个水泵采集了水样，包括沃里克街、维戈街、布兰德勒巷以及小马尔伯勒街。所有其他水泵的水都要比宽街的水更加浑浊。其中，小马尔伯勒街的水样是最糟糕的。在那里汲水时，街上的几个本地居民说，那里的水质非常糟糕——糟糕到许多人宁愿多步行几条街区、跑到宽街去打饮用水。

斯诺急匆匆地赶回在萨克维尔街的居所，途中，他将所有线索在脑中过了个遍。鉴于水中并无杂质，或许宽街的水泵并非罪魁祸首？或许其他水泵中的某一口才是元凶？抑或还有别的什么力量在其中发挥着作用？在前面等着他的，将是埋头于样本分析和笔记之中的漫长一夜。他知道，如此大规模的暴发可以为他的论点提供至关重要的信息。他要做的就是找到契合的证据，并想出如何以一种能让怀疑者信服的方式来展示这些证据。或许在整个苏豪区，斯诺是唯一一个能从疫情暴发中找到一线希望的人。

当时的斯诺并未意识到，在那个周日的夜晚，在他步行回家的途中，就在距离宽街几千米外绿树成荫的汉普斯特德，五年前在《伦敦医学学报》提出的决断实验的基本模式终于成形。那周稍早，在喝完住在苏豪区的两个儿子定期送来的来自宽街的水后，苏珊娜·埃利病倒了。到了周六，她便一命呜呼，而拜访完姑姑回到伊斯灵顿家中的侄女，则于周日步其后尘。正当斯诺在显微镜下观察从水泵中采出的样本时，同样喝下了一杯来自宽街的水的苏珊娜·埃利的仆人，正在痛苦地与霍乱进行着生死搏斗。

在几周的时间里，汉普斯特德再也没有出现新的霍乱病例记载。

那天傍晚，亨利·怀特黑德很可能在苏豪区的街道上与约翰·斯诺擦肩而过。这位年轻的助理牧师又辛苦地熬过了劳累的一天，在太阳落山后仍在巡视。怀特黑德是带着希望开启这一天的，街道似乎已经不那么混乱，这让他不禁怀疑疫情已经出现了缓解。最初进行的几次探访也给了他乐观的理由：沃特斯通斯家的女孩病情有所好转，而在两天的时间里痛失平日身体健康的妻子和女儿的父亲，此时也开始安慰自己，如果仅剩下来的这个女儿能活下来，那么生活或许还是值得进行下去的。怀特黑德在人行道上与几位同事分享了他乐观的判断，并得到了一些共识。

然而事实证明，这安宁静谧是具有误导性的。街道之所以更加安静，是因为大多数的病痛都在百叶窗后悄然进行着。一天终了，又有 50 个人与世长辞，而新的病例继续以惊人的速度出现。当怀特黑德在一天末了回到沃特斯通斯家时，他发现妹妹仍在继续好转。但在隔壁的房间里，女孩的父亲却陷入了初患霍乱的痛苦之中。如果女儿活下来，生活或许真的值得面对，然而，决定权或许终归不掌握在父亲的手中。

令人心力交瘁的一天终于结束，怀特黑德回到自己的住处，倒了一杯兑水的白兰地，不知不觉又想起了沃特斯通斯一家位于低层的住所。他曾在前一天听到了一些流言蜚语，这种所谓的民间智慧可能最终会在未来几周见于报端：住在楼上的居民的死亡率，要比住在低层或二楼的居民高出很多。这种论点附带一个社会经济学上的优势，是一种对传统楼上 / 楼下阶级划分的反转。在当时的苏豪区，低层居住的一般是房东，而上层则出租给贫困的工人。上层住户死亡率的上升表明，穷人的体质或卫生习惯使他们不堪一击。这一简略且随意的概念，也从另一个角度重现了斯诺对霍斯利当两座住宅的描述：将两组人近距离安置在一起，如果其中一个群体明显比另一个群体更加脆弱，那就说明一定有某些其他变量在起作用。毋庸赘言，对斯诺而言，这变量便是供水。但楼上 / 楼下这类流言将变量放在了阶级上。生活在低层的是一个更优等的群体，难怪他们成功抵抗疾病的概率更高。

然而，当怀特黑德回顾过去几天的经历时，这些简单的假设却开始在他的脑海中破灭。没错，从表面来看，住在楼上的人的确死亡得更多，但是，住在楼上的人本来就比楼下的多得多。而且沃特斯通斯家的例子就清楚地证实，这种疾病是能够侵袭这些所谓免受惩罚的低层住户的。怀特黑德的面前虽然没有数字，但他从亲身经历和听到的传闻中形成一种直觉，在过去的48个小时内，住在较低楼层居民的人均死亡率其实更高。这的确是一个值得调查的事实，如果瘟疫从黄金广场蔓延开来的时间长得足够进行任何调查的话。

在15个街区之外的萨克维尔街上，约翰·斯诺也正在思考统计数据。他已经草拟了一份计划，请求提早看到威廉·法尔统计的死亡数据。或许在死亡人员的分布之中，会有什么因素指向某个被污染的供水水源。和怀特黑德一样，斯诺也意识到，在黄金广场的悲剧中，他的工作才刚刚开始。无论威廉·法尔给他提供了怎样的数据，他都必须辅以实地的调查。仅仅出于见证人大批死亡这一个原因，他等的时间越长，调查的难度也会逐渐加大。

那天晚上，斯诺和怀特黑德分享了另一个共同的经历。就在两人搜肠刮肚、辗转求索那天的最后几个小时，他们身边都摆放着从宽街水泵中汲出的水样。斯诺在家中的实验室分析水样，视线因昏暗的烛光而蒙眬不清。然而，怀特黑德却通过一种不同的方式对水加以利用，与其说是在实验，不如说更像一种消遣。这位年轻的助理牧师在水中掺入了25毫升的白兰地，然后喝了下去。

威廉·法尔

9月4日，星期一

也就是说，乔还没死

那个周一，伦敦上空升起夏末艳阳，但黄金广场周边的街道空空，这儿俨然成了一座鬼城。那些没有染病或不必照顾病患的人，大多数已经从这里逃离。很多门店当天房门紧闭。一片可怕的阴霾笼罩着埃利兄弟的工厂：20多名工人已一命呜呼，苏珊娜·埃利的死讯也很快传来。（埃利兄弟浑然不知，两人对母亲的一片孝心竟会是她死亡的重要原因。）G姓先生——第一批倒下的病人中的那位裁缝——的老婆，也在前一天晚上一病不起。

在这片满目疮痍的海洋中，出现了几座反常的孤岛。同在宽街，狮子啤酒厂距离水泵只有30米远，但其工作一切如“常”地进行着。在70位工人中，尚未有人丧命。格林巷中的公寓房间肮脏污秽、人满为患，但霍乱还是放过了它们的居民。在波兰街圣詹姆斯济贫院的500多名落魄的居民之中，只有少数人感染了这种疾病。而在短短三天内，在济贫院四周相对富裕的屋宅中，有一半居民魂归西天。

每当怀特黑德以为自己发现了燃起希望的理由时，另一拨悲剧便会袭来，为他天生的乐观之心泼冷水。他周一回到沃特斯通斯家探访时，发现那个他一直喜爱有加的活泼机智的小女孩虽然身体状况在前一天刚有好转，但又突然发病，在夜里逝去了。活下来的寥寥几个家人，则正在想办法向继续与疾病做斗争的父亲隐瞒女儿的夭折。

怀特黑德开始在教区居民中听到流言蜚语，将疾病的暴发归咎于近几年新修建的下水道。居民们嘀咕着，说挖掘工作打扰到了 1665 年大瘟疫期间埋藏在那里的尸体，将具有感染性的瘴气释放到了附近的空气之中。这是一种用伪科学语言渲染出来的鬼故事：一个时代的流行病患者的阴魂，在几个世纪后卷土重来，要让那些胆敢在其墓地上建造房子的移民家破人亡。具有讽刺意味的是，那些吓得魂飞魄散的黄金广场的居民其实猜对了一半：从某种程度上说，那些新建的下水道，真的与这场正在摧毁这座城市的大暴发不无关系，但其原因不是这些下水道打扰到了一座拥有近两百年历史的墓地。下水道之所以会夺走人们的生命，是因为其对于水而非对于空气的影响。

别的颠倒是非或真假参半的言论，也在附近区域乃至整座城市流传。这些民间传说之所以得以流传，部分原因在于 19 世纪中叶伦敦的通信系统是一种高速和龟速的奇特组合。邮政服务的高效是众所周知的，相比当今名副其实的蜗牛邮件[①]，其速

---

① 蜗牛邮件是指电子信息时代出现之前的所有邮件，即比电子邮件速度慢的传统邮件。——译者注

度更接近于电子邮件。一封早上 9 点发出的信件，在中午之前就能稳稳当当地被交到位于城市另一端的收件人手中。（当时的报纸上满是写给编辑的泄愤信，抱怨一封邮件要花上整整 6 个小时才能到达目的地。[64]）但是，若说面对面的交流效率惊人，那么大众传媒就没有那么可靠了。报纸是更广阔城市的日常情报的唯一来源，但不知何故，在差不多整整四天的时间里，市里各大报纸都对宽街的疫情暴发只字不提。最早的一篇报道出现在每周一期的《观察家报》上，但大大低估了这次疫情的规模："据悉，那个星期五将会久久萦绕在伯维克街居民们的脑海中。周五夜间身体尚且健康的 7 个人，在周六早晨却全部身亡。整个夜间，人们四处奔波，寻求医疗救助。整个街区的人仿佛都被下了毒。"[65]

各家报纸基本上对此话题保持沉默，苏豪区这场可怕瘟疫的消息通过流言蜚语迅速扩散。有人开始散布谣言，说整个街区的人全都一命呜呼，某种新出现的霍乱菌株只需几分钟的时间就能让人归西，死尸横在大街上，无人收集。大批家住黄金广场但在外工作的居民都迁了出去，因为雇主要求他们立即远离住处。

两方面的信息渠道都不可信。在疫情的"震中"，苏豪区惊恐万状的居民们也在相互交换信息。这场流行病同样以迅猛之势侵袭了大伦敦区域，成千上万的民众命悬一线，医院里人满为患、负荷超乎想象。

并非所有的当地人都屈服于这种消极绝望的恐惧。巡视中的怀特黑德在无意间意识到，自己正在回味一句每逢瘟疫必定流传开来的老话："瘟疫夺命数千，恐惧杀人数万。"然而，若说怯懦会让人更容易受到疾病的蹂躏，怀特黑德却并未看到任何证据。他后来写道："勇者和懦夫的死亡与存活，（全都）毫无规律可寻。"在惊恐万状中，有人因霍乱命丧黄泉，有人挺过了鬼门关。

恐惧虽不一定是导致疾病传播的因素，但向来是城市生活的情感基调。城市的建立一开始往往是为了抵御外部的威胁，比如，筑围墙防御，派士兵守卫。但随着城市规模的不断扩大，其内部的威胁得以凸显——疾病、犯罪、火灾，以及被很多人视为"软"威胁的道德沦丧。死亡无处不在，尤其是对工人阶级而言。一项来自 1842 年的死亡率调查显示，一般的"绅士"会在 45 岁时去世，而一般的商人在 25 岁左右就会死亡。[66] 劳动阶层的情况更糟：在贝斯纳尔格林，贫穷劳动阶层的平均预期寿命只有 16 岁。这些数字之所以低得惊人，是因为儿童的生命非常脆弱。1842 年的研究发现，记录在案的死者中有 62% 是 5 岁以下的儿童。然而，尽管死亡率惊人，但人口仍以惊人的速度不断增长。孩子们满街跑，也埋骨于墓地中。在一定程度上，这种矛盾的现实解释了儿童在维多利亚时代小说中的中心地位，其中尤以狄更斯的小说最为明显。对维多利亚时代的人们而言，纯真的儿童暴露于污浊的城市，这种构想包含着某种令人着迷的魔力。有趣的是，这一理念在同时期的法国小说中却几乎不见踪影。当狄更斯在《荒凉山庄》中介绍乔这个小男孩时，他含蓄地提及了那个时期令人触目惊心的儿童死亡率："乔还活着，也就是说，乔还没死，他苟活在一个被他的同类称作'托姆孤院'的荒凉之地。

这是一条黑暗而破败的街道，所有体面的人都避之不及。在那里，太过破败的疯人院会被一些大胆的流浪者占领，他们确立自己的领地之后，便开始着手向外出租。”[67] 字里行间，反映出都市中贫困窘境的黑暗现实。生活在这样一个世界中，就有如死亡的阴影无时无刻不笼罩在你的肩头。所谓的活着只不过是尚未死去而已。

一个多世纪之后，我们在身处优势回看往事时，很难说清这种恐惧在维多利亚时代民众的心头蒙上了怎样的阴影。从现实角度来看，一个大家庭在寥寥数天之内便全部丧命，如此突如其来的灾难，远比当今的恐怖袭击更加直接。在 19 世纪霍乱暴发的最严重时期，短短几周的时间，便会有 1 000 名伦敦民众因此病而死亡。而当时的伦敦人口规模仅有现代纽约的 1/4。想象一下，如果某种生物武器能在 20 天的时间里夺去 4 000 名平日里身强体健的纽约人的生命，那么这会带来怎样的惊惧与恐慌。人们在 1854 年处于霍乱中的生活，就如同置身于上述同量级的城市悲剧中，周复一周、年复一年地在世界上重演。在这个世界中，一家人在 48 个小时之内悉数丧命；在由含砷蜡烛照明的昏暗房间里，孩子们守在父母尸体旁忍受病痛折磨。而且，这样的例子比比皆是。

然而，疫情的暴发是有不祥之兆的。在霍乱无情地横扫欧洲大陆时，各大报纸也在追踪它穿过欧洲海港和贸易市镇不断蔓延的轨迹。霍乱于 1832 年夏天首次在纽约市出现时，是从北方开始侵袭这座城市的：始发于法国的船只抵达蒙特利尔后，霍乱用了一个月的时间沿着纽约北部的贸易路线向市区蜿蜒而行，然后便直接沿着哈得孙河顺流而下。每隔几天，报纸便会宣称霍乱又深入了一步。当霍乱最终于7月初到达纽约市时，整座城市几乎一半的居民已逃到了农村，造成了类似于当今长岛高速公路每逢美国独立日的交通拥堵。《纽约晚报》① 的报道如下。

> 通往四面八方的道路上，全是装载得满满的驿马车、出租马车，还有专业骑手驾驭的私家马车，人人都在惊慌失措地逃离市区，这情景就如我们想象中居民们逃离宗教古城庞贝或瑞吉欧的情形一般，仿佛火红的岩浆吞噬了他们的房屋，又仿佛四壁被地震晃得粉碎。[68]

霍乱传播的瘴气论，使得民众对霍乱的恐惧加剧。这种疾病不仅看不见，还无处不在。它可以通过集水沟渗出，也可以潜伏在泰晤士河上弥漫的黄色烟雾中。从这个角度来看，那些敢于留下来与疾病做斗争或是挖掘其根源之人的勇气便更加令人叹服，因为几乎所有人相信，仅仅是在疫情暴发的周边地区呼吸，便无异于在拿生命做赌注。约翰·斯诺至少还能将勇气建立在自己的信念之上：如果霍乱病原体真的在水里，只要不喝从黄金广场的水泵里打出的水，那么在疫情高峰期间冒险进入该区域就不会构成严重的威胁。然而，一次次与病人共处一室的怀特黑德助理牧师却没有这样的理论来缓解恐惧。即便如此，他在所写的关于宽街疫情的文章中，却没有一次提及他个人的恐惧。

---

① 《纽约晚报》创办于1801年，为《纽约邮报》的前身。——译者注

我们很难窥探这种只字不提背后的原因，很难提炼出怀特黑德心态的真相：他是否心惊胆战，但出于自己的信仰和对教区的职责而不得不采取行动？他是否受自尊所迫，所以不在事后的记录中提及自己的恐惧？抑或就像科学信仰之于斯诺一样，怀特黑德的宗教信仰也帮助他抵御了自己的恐惧？还是说，他只是因不断面对死亡而逐渐习惯了这种状态？

毋庸置疑，一定程度的适应定然会发挥作用，否则，我们很难想象伦敦民众如何挺过如此危险的时期，不因恐惧而惶惶不安。（然而，并非所有人都对这种焦虑“免疫”。只需看看维多利亚时代诸多小说中常见的歇斯底里的行为，你就会一目了然。昏厥的例子屡见不鲜，其罪魁祸首或许不仅仅是束身胸衣。）“9 · 11”恐怖袭击后，大城市居民的创伤后应激障碍病例的激增，通常会被归因于恐怖袭击引起的危险升级，尤其是在纽约、伦敦和华盛顿等标志性中心城市。但从长远来看，这种观点恰恰与实际情况背道而驰。我们之所以更加强烈地感受到恐惧，是因为我们对安全的预期在过去的百年中出现了大幅升高。在道德沦丧至“最低点”的 20 世纪 70 年代的纽约市，虽然犯罪率要高出维多利亚时代的伦敦，但居民的生活环境仍要比后者的安全许多。在 19 世纪 40 年代末和 50 年代的瘟疫肆虐期间，在人口规模只有当代纽约 1/4 的伦敦，只需短短几周的时间，便通常会有 1 000 名市民死于霍乱，而这种规模的死亡连上头条的资格也没有。因此，尽管这样的数字会让现在的我们瞠目结舌，但在当时引发的人们对死亡的恐惧却很可能无法与今天的标准同日而语。19 世纪的大众文学和私人记录之中充斥着许多阴郁的感情，比如痛苦、屈辱、劳苦以及愤怒。但是，鉴于死亡人数，这种恐惧并未真正达到当今人们所预期的严重程度。

比起恐惧，一种更为普遍的心态是事情不可能以这样迅猛的态势长期维持下去。这座城市正在朝某种重大的转折点进发，而这一转折点很可能会使18世纪的飞速发展功亏一篑。这种心态之中包含着深刻的辩证思想，有一种“物极必反”的韵味。这座城市的成功最终却恰恰滋生出使其毁灭的前提，就如狄更斯在《荒凉山庄》中借那位鸦片成瘾的法律手抄员的悼词提到的“复仇的冤魂”。

毋庸赘言，伦敦长期以来对社会评论家来说都是众矢之的，正如苏格兰医学家乔治·奇恩在18世纪末写下的这段“轻松明快”的描述。

> 数不尽的火焰、硫黄和烟煤，蜡烛和油灯中大量的牛油和其他动物油脂，倾入地下，流于地表。人们的呼吸和汗液的恶臭熏天，更不要提那些患病的人类和牲畜、拥挤的教堂、充斥着腐烂尸体的教会墓地与埋葬场、下水道、屠宰场、马厩、粪堆等，还有那不可避免的淤塞、发酵以及各种各样的原子的混合物所散发出的腐臭，足以侵蚀、毒害和污染方圆20英里①的环境，假以时日，必将让最健康的社会体系也遭到扭曲、削弱和破坏。[69]

① 1英里约等于1.6千米。——译者注

在一定程度上，这种厌恶可以归结为市中心与北部工业城镇之间由来已久的差异，从未像19世纪末那样被划分得如此泾渭分明：前者是商业和服务业中心，后者则是北部的工业和制造业中心。18世纪末，伦敦拥有的蒸汽机要比整个兰开夏郡还要多，而且直到1850年，伦敦一直都是整个英国的制造业中心。若在当今的伦敦商铺和居住区旁，大批与埃利兄弟工厂类似的厂房都会被很快挤走，但在1854年是随处可见的景象（气味更是随处可闻）。

对伦敦令人作呕的情况的各种描述，都不可避免地将这座城市想象成了一个统一的有机体，一副沿着泰晤士河畔伸展的、患癌般的躯体。在一篇读上去更像是医疗诊断而非经济预测的1813年的文章中，理查德·菲利普斯爵士曾做出以下预言。

> 终有一天，房子的数量会远远超过居民的数量，而一些区域要么被乞丐和贱民占据，要么就会出现人口骤降。这种疾病的传播必将会像萎缩病在人体内扩散一般，毁灭接踵而至，直到整座城市都成为残留下来的居民眼中的污秽之物，最终化为一堆废墟。这就是导致所有过度发展的城市衰落的祸根。尼尼微、巴比伦、安提阿以及底比斯都成了一堆堆的废墟。罗马、德尔斐和亚历山大也同样逃不过不可避免的厄运。伦敦也必将在未来某刻出于类似的原因而屈服于所有人类必经之命运。[70]

当代都市思维与维多利亚时代的世界观最大的不同，或许正是在这个问题上。从非常现实的角度来说，从来没有人试图将近300万民众塞进一个方圆只有48千米的区域内。大都会的概念尚未被实践证实。在维多利亚时代伦敦许多理智的居民以及无数来自海外的游客看来，想要维持如此大规模城市的计划，最终不过是昙花一现。到头来，野兽会被自己吞噬。

如今，至少在城市问题上，我们中的绝大多数人对如此大的规模不抱丝毫怀疑。让我们忐忑不安的是其他的问题：第三世界大都市中大规模的贫民窟，恐怖主义威胁，以及地球高速工业化对环境造成的影响。然而，对于拥有数百万甚至数千万人口的人类居住地的长期可持续性，我们中的绝大多数人却会不加争辩地接受。我们知道，这种模式是可行的。我们只是还没有弄清楚如何对这种模式加以完善。

因此，想要追溯1854年一位伦敦人的思维方式，我们必须记住一个重要的事实：一种对存在本身的怀疑笼罩在这座城市之上，并非怀疑伦敦本身有缺陷，而是质疑建造伦敦这种规模的城市的理念本身就是一个错误，一个很快就会被纠正过来的错误。

如果说伦敦在19世纪上半叶是一条臭不可闻和拥挤不堪的臭水沟，那么为何还有如此多的人决定搬到那里呢？毋庸置疑，总有人享受这座城市的活力与刺激、建筑和公园、咖啡馆的社交氛围及知识分子圈。（诗人华兹华斯的《序曲》之中，甚至包含了一段对购物的赞歌："琳琅满目的货物 / 一家又一家的店铺，挂着招牌和闪闪发亮的名字 / 商人所有的荣誉，都挂在头顶之上。"[71]）然而，既然有一位为了这座城市的大都会风格而搬到此处的知识分子或贵族，也就会有 100 名清沟工、推车小贩或是淘粪工。他们对这座城市抱有的审美，与前者截然不同。

与曼彻斯特和利兹同时期的爆炸式发展一样，伦敦的惊人发展也是一个难解之谜，无法通过将多个个体所做的决策简单相加来解释。从根本上说，这也是让众多的旁观者感到既困惑又恐惧的事情：这座城市仿佛拥有了自己的生命，已经变得难以操控。诚然，这座城市是人类选择的产物，但也是一种与个体需求和愿望背道而驰的由集体选择衍生出来的新形势。如果你通过某种方式对维多利亚时代英国的民众进行了一项调查，询问他们将 200 万以上的人口塞在一个方圆 48 千米的区域内是不是一个好主意，那么答案一定是一声洪亮的"不"。尽管如此，这 200 万以上的人口还是集结在了此处。

这种困惑衍生出一种直观上的感觉，即这座城市最适宜被理解为一种具有独特意志形式的生物，其整体大于部分的总和——一头怪物，一具患病的躯体。抑或最具预见性的说法要数华兹华斯的"平原上的蚁丘"①了。（未经计划但又错综复杂的蚂

① "平原上的蚁丘"出自华兹华斯发表于 1850 年的《序曲》。——译者注

蚁殖民地，显示出许多与人类都市惊人的相似之处。）那个时期的观察者发现了一个我们现在认为理所当然的现象：“集体”的行为，往往严重偏离了构成集体的个人的愿望。即便你有时间将一切悉数记录下来，也仍不能用无数的个人传记堆砌成一座城市的故事。我们必须把集体行为当作一种与个人选择截然不同的东西来看待。想要捕捉一座城市的全貌，我们就必须上升一个层级，直到升至鸟瞰的视角。众所周知，亨利·梅休曾用一只热气球做尽了尝试，想要从一个视点尽览这座城市的全貌，但他失望地发现，这座“怪兽般的城市……不仅沿着地平线的两侧延伸，还朝远方纵深蔓延”[72]。

如此说来，人们对伦敦留下的怪兽和毒瘤的印象所指的不仅是气味或拥挤，还包含一种人类本身不知为何无法控制城市化进程的诡秘感。在这个问题上，维多利亚时代的人想要摸清的，是他们只能部分理解的表象下的现实。城市往往是以街道、市场或建筑物（抑或在 20 世纪的人看来，也就是城市的天际线）的形式被构建的。但从本质上说，这些城市是由一股股能量构成的。对狩猎采集者或早期的农学家而言，即便有愿望，他们也不可能建成一个规模和密度与 19 世纪 50 年代的伦敦（更何谈当代的圣保罗）相媲美的城市。想要维持 100 万人的生活——让他们吃饱肚子，更不消说为他们的越野车、地铁或冰箱供电了——你就需要储存大量的能源，为这些人提供生活下去的条件。遇到好的时机，小群的狩猎采集者才能采集到勉强维系自己生命的能量。而当新月沃土[1]的原始农民开始种植谷物时，他们却极大地增加了其居住地的能源供应，使得人口有条件膨胀至数千人的规模，在此过程中创造出的密度水平在灵长类中见所未见，在人类历史上更是前所未有。很快，积极的反馈循环便出现了：田间劳作人口的增多，引起粮食供应的增加，使得更多人能在田间劳作，如此周而复始。最终，这些第一批出现的农业社会产生了或许仍是当今文明的必要条件的因素：一大批人从搜寻新食物来源的日常问题中解放了出来。倏忽之间，城市中出现了一群消费者，他们有余力去关注其他不容忽视的问题，比如新的技术、新的商业模式、政治、职业运动以及名人八卦等。

1750 年后伦敦大都会区的爆炸式发展，也是由同样的进程推动的。三项相关的发展，引发了能源以前所未有之势从首都区域穿流而过。第一项发展是农业资本主义的“改良”，即英国封建乡村那种零星而杂乱的体系被理性主义的农业取代；第二项发展是工业革命过程中煤炭和蒸汽动力所释放出来的能量；第三项发展是铁路系统，它大幅增加了这些能源的可运输性。几千年来，绝大多数的城市遭受了城墙外自然生态系统的无情束缚。这些城市周边的田野和森林所能供应的能源，为人口的增长设定了一个不可逾越的上限。由于土地耕种效率的提高、新型能源的发现，以及航运和铁路网络极大地拓展了能源运输的距离，1854 年的伦敦得以突破上限。1854 年的伦敦市民在享用一杯加糖茶水时，

① 新月沃土是指西亚、北非地区两河流域及其附近一连串肥沃的土地，许多历史上的古国是在此区域建立的。——译者注

每一口啜饮都是在利用一个巨大的全球能源网络：西印度群岛甘蔗种植园和印度新建的茶叶种植园中的人工；使这些植物得以在热带区域茁壮成长的太阳能；贸易流的海洋能源和火车引擎的蒸汽动力；为兰开夏郡的织机提供动力，从而制造出为整个贸易体系提供资金支持的织物的化石燃料。[73]

如此说来，我们不能将这座伟大的城市理解为人类选择的产物。相比之下，这更接近于一个自然而有机的过程（与其说是一座打造出来的建筑，不如说是一座随着春天来临而百花齐放的花园），一种随着能源供应的增加而出现的人类规划和自然发展模式的结合。几十年前，物理学家阿瑟·伊比拉尔提出，人类组织的模式可以被理解为分子为响应不断变化的能量状态所形成的模式的社会体现。根据注入能量的多少，水分子的集合会遵循一种可靠的转化模式：在低能量的情况下，水会呈现冰的晶体形式；高能量的注入，则会将液态水转化为气态。这种从一种状态到另一种状态的剧烈转变，被称为相变。[74]伊比拉尔指出，随着社会所利用的能源的增加，人类社会似乎也经历了类似的过渡阶段：从四处游荡的类似气态的狩猎采集阶段，转化到更为稳定的农耕结构阶段，再到类似结晶密度的围墙包围城市阶段。由于罗马帝国的奴隶劳动力和运输网络，当过剩能源的供应激增时，单单罗马城的人口就激增到了100多万，而数十个与该网络相连的城镇的人口则达到了数十万之多。但当帝国体系崩溃时，能源供应枯竭，这些欧洲城邦在短短几个世纪便消失殆尽。到了公元1000年——下一轮能源大革命发轫之际，罗马城已萎缩到只剩下3.5

万人，是其鼎盛时期的 1/30。

然而，将一座一个世纪之前人口还不到 100 万的城市发展为近 300 万人口的都市，需要的不仅是能源的投入，还有一个前提条件是愿意从农村搬到市区的巨大人口基数。巧就巧在，在 18 世纪和 19 世纪早期主导了英国大部分农村生活的圈地运动，破坏了自中世纪以来一直存在的敞地制农耕系统，从而使人口流动激增。数万甚至数百万曾经落户于小村落、靠公共土地过活的佃农突然发现，其古老的生活方式被一股漫长的私有化之潮颠覆了。这种自由流动的全新劳动力，成了工业革命过程中一种同样重要的能源，几乎取之不尽的廉价劳动力在城市和煤炭小镇涌动。从某种意义上说，如果煤炭和平民这两种截然不同的能源没能从土地上分离出来，那么工业革命就永远不会发生。[75]

工业时代新城市空间的人口之所以激增，或许还有另一个原因——茶。18 世纪上半叶的人口增长，正好与英国人普遍将茶作为所谓的国民饮品相吻合。（进口量从 19 世纪初的 6 吨增加到了 19 世纪末的 1.1 万吨。）19 世纪初，茶尚属一种奢侈品；到了 19 世纪 50 年代，茶成了工人阶级饮食中不可或缺的一部分。一名将每周花销发表在《便士新闻报》上的机械师，几乎把其收入的 15% 花在了茶和糖上。[76] 他之所以沉迷其中，或许是因为茶多酚的滋味和它对大脑的提神作用，而且与其他选项相比，茶还算是一种健康的生活方式之选。冲泡出来的茶具有几种重要的抗菌特性，可以有助于抵御介水传染的疾病：浸泡过程中释放的单宁酸，会杀死那些在水被煮沸时还能存活的细菌。从细菌的角度来看，18 世纪末掀起的饮茶风潮可谓一场微生物大屠杀。医生们发现，在这一时期，痢疾和儿童死亡率出现了大幅下降。（茶中的抗菌剂可以通过母乳传给婴儿。）由于基本摆脱了介水传染病的影响，饮茶者的数量激增，最终为新兴的工业城镇和如巨兽般不断膨胀的伦敦提供了更多的劳动力储备。[77]

千万不要把都市发展的能量流动，人们对茶的新好，以及刚刚萌芽、尚未成形的大众行为意识这些错综复杂的趋势误当成简单的历史背景。在一定程度上，1854 年宽街持续了 10 天之久的微生物和人类之间的冲突，本身就是以上趋势的结果，尽管其因果链在时间和空间的不同经验尺度上发挥作用。你可以从几百条生命的角度来讲述宽街的故事，述说这些人如何从水泵里饮水，纷纷患病，最终又在几周时间内丧命。但是，如果以这种方式来讲述故事，你就限制了故事的视角，限制了故事真实还原大段历史事件的能力。最重要的是，你也隐去了这些历史事件发生的原因。一旦触及原因，故事就必须被同时拓展和缩小：上可拓展至城市发展的漫长历史进程，下可缩小至细菌生命周期的短暂一瞥。这些都是引发事件的原因。

从这样的视角讲述故事，会带来一种巧妙的对称性，因为一座城市和一个细菌位于地球各种生命形态的两个极端。从太空来看，人类在这个星球上存在的唯一反复出现的证据，便是我们搭建的城市。在这个星球的夜景中，城市是地质界和生物界唯一“存在”的东西。（想想那些闪烁着的片片街灯，分布在虽然混乱但仍可辨认的实际人类居住地散布图中，而不是政区边界划分出的整齐而宏伟的几何图形。）除了地球的大气层，这些城市便是生命最大的足迹，而微生物是最小的足迹。当你放大细菌与病毒的规模时，你便从生物领域跨越到了化学领域：从具有生长与发展、生与死规律的有机体，跨越到了纯粹的分子层面。最大和最小形式的生命之间的命运，竟然如此紧密地相互依存，这也是地球生命彼此相联的有利证明。在维多利亚时代伦敦这样一座未经军事威胁且充斥着新型资本和能源的城市中，微生物是抑制城市如脱缰野马般发展的主要力量。究其原因，伦敦为霍乱弧菌（更不消说无数其他种类的细菌）提供的条件，也恰恰是这座城市提供给股票经纪人、咖啡馆经营者和下水道搜寻者的条件，即一种全新的生活方式。

如此说来，都市这个超级个体的宏观发展以及细菌的微妙变化，都在 1854 年 9 月的事件中扮演着不可或缺的角色。在有些例子中，因果链显而易见。若没有工业化带来的人口密集和全球联通，霍乱或许就不会在英国造成如此灾难性的破坏，从而也就无法调动起斯诺的调查兴趣。但在其他例子中，虽然因果链对故事的发展同样重要，但更微妙。借助城市的鸟瞰图，我们可以将这座城市所构成的世界看作一个体系或一个整体现象。这一想象力的突破对宽街疫情最终结果的影响，与其他因素一样至关重要。要想解开霍乱之谜，你就必须将镜头拉远，从广泛的视角寻找这种疾病在城市中传播的模式。在健康受到威胁的情况下，当今的人们将这种广泛的视角称为流行病学，并设有专门从事这方面研究的大学院系。但对维多利亚时代的人而言，这却是一种难以捉摸的视角。当时的人们难以直观理解这种关于社会行为模式的思考机制。四年前，伦敦流行病学学会才成立，斯诺是其创始成员之一。作为人口统计的基本方法，以在总人口中的占比来衡量某种现象（如疾病、犯罪、贫困）的影响范围的技术，在过去的20年中才跻身科学和医学思想的主流。作为一门科学，流行病学仍然处于起步阶段，其中的许多基本原理尚未确立。

与此同时，科学的方法却很少与新疗法和药物的研发、测试有交集。浏览日报上那些夸夸其谈的治疗霍乱的庸医疗法时，最能引起你注意的，便是这些广告几乎无一不以经验之谈作为基础。令人吃惊的是，这些广告从不会为这一漏洞致歉，也从不会暂停下来穿插一句："当然，这一切只是基于经验之谈，但请听我把话说完。"打广告的人完全没有愧疚之意，对其疗法存在的缺陷也毫无意识。究其原因，人们认为只需仔细观察，便能从当地的几个病例中得出霍乱的治愈方法，仿佛这是天经地义一般。

然而，单独、孤立地研究霍乱的方法并不可行。与对其进行无谓解析的报纸和咖啡馆一样，霍乱也是都市大爆炸的产物。想要了解这只野兽，你就必须从鸟瞰的视角对城市的规模进行思考。你需要从亨利·梅休的热气球视角来看待这个问题。另外，你也需要运用一定的方法来说服他人加入你的行列。

到了周一的中午，约翰·斯诺发现，他在寻找的就是这种更加广泛的视角。借着白昼的日光，他已对从苏豪区泵井中汲取的样本进行了重新检测，没有在宽街的水中找到任何可疑的东西。附近有一位牙医正在为病人拔牙。在将氯仿输送给病人的过程中，斯诺琢磨着仍在几个街区之外肆虐的疫情。越是琢磨，他越发确信供水一定遭到了污染，只是不知是何缘故。但是，该如何证明呢？光靠水可能是不够的，因为就连他自己也不知道要找的是什么。关于霍乱在体内的传播途径以及其对身体的影响，他拥有一套理论。但是，他不知道引发霍乱的病原体到底是什么，至于如何辨识更无从谈起了。

谁也没有想到，就在斯诺试图在水中寻找霍乱线索无果的几天前，一位意大利佛罗伦萨大学的科学家却在一位霍乱患者的肠道黏膜中发现了一个逗号状的微小有机体。这是历史记载中人类第一次发现霍乱弧菌。同年，菲利波·帕西尼发表了一篇描述其研究成果的论文，题为《霍乱的显微镜观察和病理推论》。然而，这样的发现却“生不逢时”。霍乱在很大程度上被瘴气论学家认为是某种大气污染而非生物引发的，疾病的微生物理论尚未进入主流科学思想。帕西尼的论文受到了冷落，霍乱弧菌则重新隐匿于隐形的微生物王国之中，一待又是30年。约翰·斯诺到死也全然不知，他花了这么多年寻找的霍乱病原体，原来在他生前就已经被人发现了。[78]

斯诺虽然不知道霍乱在显微镜下是什么样子的，但这没有阻止他对水样进行更进一步的测试。在与牙医会面之后，他回到宽街的水泵旁，又提取了更多的样本。这一次，他在水中发现了一些白色的小颗粒。回到实验室后，他很快进行了一项实验，结果表明，氯化物的含量异常高。大受鼓舞的他将水样交给了同事阿瑟·哈塞尔博士。对哈塞尔的显微镜使用技术，斯诺一直赞赏有加。哈塞尔表示，这些粒子不具备“组织结构”，这让他相信，它们是有机物分解的残留物。另外，哈塞尔也看见了许多椭圆形的生命形式，他称之为“微型生物”，它们或许以有机物为食。

因此，宽街的水不像斯诺原来想的那样纯净。但是，哈塞尔的分析仍然没有明确指出霍乱存在的证据。如果想要破解这个谜题，答案不在显微镜下，斯诺无法在微粒和微生物的层级中找到答案。他需要从鸟瞰的角度看待这个问题，需要从整个社区的视角切入。他要试着从一个间接途径找到真凶，即观察黄金广场街道上人们的生死规律。

事实表明，在过去一年的大部分时间里，斯诺已经开始从这个视角思考霍乱的问题了。19 世纪 40 年代末，在第一次发表论文说服卫生当局相信疾病的介水传播理论未果之后，斯诺仍在继续寻找支持这一理论的证据。他对埃克塞特、赫尔和约克的疫情进行了远程跟踪，并坚持阅读威廉·法尔的《每周出生和死亡报告》，就像人们阅读《荒凉山庄》和《艰难时世》的连载一般如饥似渴。每一次疾病的暴发都提供了一种新的变量组合，这些新的模式为新的实验带来了可能性。这种实验不再囿于斯诺那狭窄拥挤的公寓中，而将在街道和墓地开展。在这一过程中，斯诺与霍乱弧菌形成了一种奇特的共生关系：他需要这种疾病肆虐，才能有机会找到攻克它的方法。在1850年到1853年这波澜不惊的几年间，霍乱在英国几乎销声匿迹，这对国家的蓬勃发展来说自然是好年头，但对斯诺的调查来说是无甚收获的几年。当霍乱于1853年以迅猛之势死灰复燃时，他带着强烈的热情埋首于法尔的报告之中，浏览各种图表，以求寻得线索。

在当时的医疗机构中，法尔是斯诺最能称得上盟友的人。从许多方面来说，两人的生活有许多相似的轨迹。法尔早斯诺5年出生于什罗普郡一个贫穷的劳工家庭，并于19世纪30年代接受了医生培训，但在后来的10年中，他却进入了公共卫生领域，为该领域的数据应用带来了革命性的改变。在第一任妻子因肺结核这一19世纪的另一大杀手去世几个月后，他于1838年加入了刚成立不久的登记总长办公室。法尔的工作便是对人口统计学的最基本趋势进行跟踪，即统计英格兰和威尔士的出生、死亡及结婚人数。随着时间的推移，法尔完善了统计数据，以便探究人口中出现的难以捉摸的模式。英国的《死亡周报表》可以追溯至17世纪头10年的瘟疫暴发时期，就是在那时，文员们首次将死者的姓名和教区记录了下来。但是法尔认识到，如果这些研究能包含额外的变量，那么科学价值会大幅增加。他开展了一场漫长的运动，游说医师和外科医生，让他们在条件允许的情况下对照一份包含27种致命疾病的清单选出病人死因，然后上报。到了19世纪40年代中期，他不仅按疾病统计死亡人数，还将教区、年龄和职业纳入统计标准。[79] 医生、科学家和卫生权威人士能从一个可靠的视角出发，由此来研究英国社会疾病的整体规律，这尚属首次。如果没有法尔的《每周出生和死亡报告》，斯诺只能陷于街谈巷论、道听途说和直接观察的视角。他或许仍然能建立一套霍乱的理论，但要想说服别人相信其真实性，就几乎是痴人说梦了。

法尔笃信科学，和斯诺一样，他也相信统计学的力量能为医学之谜提供线索。然而，他也赞同瘴气学派的许多假说，还利用《每周出生和死亡报告》的大量数据来巩固这些理念。法尔认为，环境污染最可靠的唯一预测标准就是海拔。比起生活在空气稀薄的汉普斯特德等地的民众，生活在河岸边弥漫的腐臭浓雾中的民众更容易染上霍乱。因此，在1849年霍乱暴发后，法尔便开始按照海拔来统计霍乱导致的死亡人数，而这些数字似乎的确表明，地势越高，民众就越安全。事实表明，这是一个将相关性误认为因果关系的典型案例。相较于泰晤士河周边的拥挤街道，高海拔地区的居民密度往往更低，且他们与泰晤士河之间的距离使其不大可能饮用到受污染的河水。高海拔地区的确更安全，但这不是因为那里没有瘴气，而是因为那些地区的水质大多数更加纯净。

法尔并不完全反对斯诺的理论。他似乎也曾想到霍乱先是通过某种途径起源于泰晤士河浑浊的河水之中，然后再以某种有毒蒸气的形式挥发到河流上方的浓雾中。很显然，多年以来，法尔一直在密切关注斯诺发表的文章和演讲，也偶尔会在《每周出生和死亡报告》附带的一些社论中引用斯诺的理论。虽然如此，法尔仍然不相信纯粹的介水理论。法尔在 1853 年 11 月的社论中写道："为了衡量供水水质的优劣，一个先决条件就是找到两类居民，他们居住在同一海拔，在同样的空间活动，享受同等的生活资料，从事相同的职业，但在一个方面有所不同——一类人从伦敦的巴特西区饮水，另一类则从基尤区饮水……然而在伦敦，我们是没有条件进行这种决断实验的。"[80]

在四年前出版首版霍乱专著后，斯诺也听到过人们用同一个拉丁词语对他进行攻击，因此，上文中的最后一句话一定会被斯诺认定是一种侮辱。然而，尽管心怀疑虑，法尔还是被斯诺的介水理论深深吸引，甚至为此在他的《每周出生和死亡报告》中增设了一个新的类别。除了统计霍乱患者的年龄、性别和海拔，法尔还将另外一个变量纳入统计标准，即患者的饮用水来源。

文明伊始，人们便开始对未经污染的饮用水进行探索。大型人类住区一出现，痢疾等介水传染的疾病就成了一个重要的人口瓶颈。在人类历史的大部分时间里，解决这一长期公共卫生问题的方法并非净化供水，而是饮酒。在一个缺乏纯净供水的社区中，与“纯净”液体最为相近的，就是酒。在早期农垦聚落，啤酒（以及后来的果酒）所带来的任何健康问题，都被酒精的抗菌特性很好地抵消了。40 多岁死于肝硬化，总比 20 多岁就因痢疾死于非命好。许多认同基因观念的历史学家认为，城市的生活方式以及酒精的发现这两种因素的融合，对所有放弃狩猎采集生活方式的人类的基因施加了巨大的进化压力。毕竟，酒精是一种致命的毒药，其致瘾性臭名昭著。想要消化大量的酒精，就需要促进一种叫作醇脱氢酶的酶的产生，这一特质是由人类 DNA 中 4 号染色体上的一组基因所控制的。[81] 许多早期农民都缺乏这一特质，因此，从基因角度而言，他们没有什么“酒量”。由于酗酒或介水传染病，他们中的许多人在膝下无子时就英年早逝。经过几代人的演化，那些能经常饮用啤酒的人逐渐控制了第一批农民的基因库。当今世界的大部分人口，是由早期啤酒饮用者的后代组成的。在很大程度上，我们将祖先对酒精的耐受基因遗传了下来。（乳糖耐受也同样如此，由于牲畜的驯养，乳糖耐受从一种罕见的基因特质演变成了牧民后代的主流基因。）狩猎采集者的后代如美洲和大洋洲的许多原住民从未被迫突破这一基因瓶颈，因此会出现酗酒率失调的问题。美洲原住民由来已久的酗酒问题曾被归咎于各种原因，从虚弱的“美洲原住民体质”到对美国保留地制度的滥用，不一而足。然而，这些人对酒精的不耐受很可能还存在另一个原因——他们的祖先没有居住在城镇里。

具有讽刺意味的是，啤酒以及所有发酵烈酒的抗菌特性都是其他微生物努力的结果，这要归功于发酵这一古老的代谢过程。

酿造啤酒所用的单细胞酵母菌等发酵微生物，通过将糖和碳水化合物转化成腺苷三磷酸（ATP）得以生存下来，这种物质也是所有生命形式的能量货币。可是，这一过程并非完全洁净。在分解这些分子的过程中，酵母细胞会释放出两种废物，即二氧化碳和乙醇。其中一种产生气泡，另一种则带来快感。[82] 在应对人类居住地的不完善的废物回收对卫生造成的危机时，原始农民在无意间发现了一种策略，即将发酵桶中产生的微型废物摄入体内。他们饮用酵母排出的废物，这样一来，就算饮用到人类的排泄物，他们也不至于大批死亡了。实际上，这些农民所做的就是凭借驯化一种微生物的生命形式来对抗其他微生物带来的威胁，当然，他们自己对此并无意识。这一策略延续了数千年之久，世界上的各种文明先是发明了啤酒，又相继发明了葡萄酒和烈酒，直到出现茶和咖啡。无须发酵微生物的帮助，后两者也能提供类似的防病功效。

到了 19 世纪中期，至少在英国，饮用水开始在城市居民的饮食中占据了一席之地。从 18 世纪中期开始，越来越多的私人供水管道开始在市区中成片蜿蜒穿行，为最富有的伦敦人提供自来水（有的富人也将水储藏在住宅附近的蓄水池中）。对这一进步带来的突破性影响，怎样的盛赞都很难算是夸大。无论是洗碗机、洗衣机、厕所还是淋浴，现代生活中的诸多家庭便利设施，都依赖于可靠的供水。就连从自家的水龙头给自己接一杯水这样的事，对第一次体验的伦敦人而言都算是一个奇迹。

19 世纪中期，经营供水管道的零散小型公司已经合并成约 10

家大型公司，每一家都在伦敦拥有自己的地盘。新河公司为市中心供水，切尔西公司则通过管道向西区供水。泰晤士河以南的区域由两家公司控制——南华克与沃克斯豪尔（也被称为 S&V）和兰贝斯公司。包括 S&V 和兰贝斯在内的许多公司，都在泰晤士河的感潮河段安设了进水管道。因此，随着越来越多的下水道网络将污水排入越发脏污的河水中，这些公司也在向客户提供被未经处理的城市废弃物污染的用水。即便是最狂热的瘴气论者，也会觉得这种安排有欠妥之处。因此，在 19 世纪 50 年代初，英国议会通过了一项立法，要求伦敦所有的供水公司必须在 1855 年 8 月之前将进水管道移到最低潮位的标志以上。S&V 特意推迟到最后一刻才采取行动，在行动前仍一如既往地从巴特西区引水。[83] 兰贝斯则在 1852 年就将其水厂转移到了水质洁净许多的泰晤士迪顿。

自从 1849 年调查初期，斯诺就一直在关注供水公司的动向，他也已经开始跟踪兰贝斯迁厂的结果，但真正的突破来自 11 月 26 日的《每周出生和死亡报告》中的一个脚注。在南伦敦霍乱死亡人数的下方，法尔加上了一行看似无伤大雅的评注——“三起……同一地区由两家公司供水”。

这句有关基础设施细节的看似微不足道的解释，斯诺一看便觉如获至宝。这些人全都居住在相同的空间和海拔，由两套供水系统一分为二。一种与市里的污水无甚差别，另一种则相对纯净。在无意间，法尔的脚注为斯诺提供了决断实验的线索。

斯诺所需的是进一步分析分别由 S&V 公司和兰贝斯公司供水的家庭的死亡报告。虽然由这两家公司供水的房屋位置相邻，但如果斯诺的理论正确，那么由 S&V 公司供水的家庭的死亡率会远远高于由兰贝斯公司供水的家庭。二者的海拔和空气质量都相同，唯一不同的因素就是水。经济地位和教育背景都可以不纳入考虑范围，因为无论是富人还是穷人，选择其中一种用水的概率都是相同的。这是托马斯街公寓的翻版和重现：环境相同，而供水不同。但是这一次的规模非同一般：失去的生命数以千计，而不再只是几十人。正如斯诺后来所描述的那样。

> 这项实验……规模庞大。涵盖的人员至少有 30 万，年龄、职位、阶级地位各不相同，从上流人士到最落魄的阶层，统统被分为两类。这种选择不但不经过他们的意志，而且大多数情况下连他们自己都不知道。一组的用水中含有来自伦敦的污水，还可能包含来自霍乱病人的污物；另一组的用水中则没有这些杂质。[84]

然而事实表明，这项决断实验要比斯诺预期的棘手得多。法尔原来的报告只考虑到了整个地区的层面，但现在斯诺要把原始数据按照供水公司划分为数个分区。其中的 12 个分区使用的是 S&V 的供水，而其他 3 个分区只喝兰贝斯的供水。的确，两个群体在霍乱死亡上的差异确实很显著：在 S&V 供水分区，100 人中大约有 1 人死亡，而在 14 632 位饮用兰贝斯供水的居民中，尚没有 1 人死于霍乱。一个不带偏见的观察者或许会被这些数字说服，但斯诺意识到，他的听众与读者需要更多的证据。这主要是因为，相比于由 S&V 供水的在雾霾笼罩下的工业区，仅靠兰贝斯供水的分区相对富裕。斯诺明白，一旦瘴气论者对这两种不同的区域进行调查，他的论据就会一触即溃。

因此，这场实验的成败取决于由 S&V 和兰贝斯协同供水的剩下的 16 个分区。如果斯诺能以供水公司为标准对这些区域的霍乱死亡病例进行细分，那么他就很可能得出支持自己理论的确凿证据，或许足以让他在与瘴气论者的对垒中扭转局势。然而事实表明，这些数字是难以捉摸的，因为这 16 个分区的管道错综复杂且彼此相连，想要通过一个特定的地址找到供水公司，几乎是不可能做到的。如果斯诺想要将这 16 个分区的供水系统区分开来，他就只得依靠走街串巷的老方法。也就是说，他必须敲响法尔报告中所提到的每一户住户的门，打听他们是从哪里取水的。

斯诺情愿将他的调查深入至此，这值得我们暂停下来，稍做回味。这是一个在维多利亚时代登上了医疗事业顶峰的人，他曾经凭借自己开创的手术方法为英国女王效力。即便如此，他还是愿意将每一刻的空闲时间用于行医之外，到伦敦几个最危险的社区去敲响数百扇大门，门后偏偏是那些被当时最可怕的疾病侵袭过的人家。如果没有这种坚韧和无畏，如果没有这种甘愿放弃职业成功和皇室资助的果决，那么，这场后来被斯诺称为“伟大的实验”的尝试，就不会得出任何结果。这样一来，瘴气论就会继续立于无人质疑之地。

不过，斯诺东奔西走地上门走访，到头来也只是劳而少功。许多居民不知道自己家的水从何而来。有的人的水费是由不在本地的房东支付的；有的人在上次收到发票时没有注意供水公司的名称，也没有保留旧文件的习惯。可见的管道又是如此杂乱，就算直接检查，也看不出流入每间房子里的水到底是来自 S&V 还是兰贝斯。

因此，为了追踪到“猎物”，斯诺不得不冒险从更小的规模切入。这项伟大的实验开始于鸟瞰成千上万人的生命，最终集中于肉眼看不见的分子。斯诺在调查过程中注意到，相比兰贝斯公司的供水，S&V 公司供水的含盐量往往高出 3 倍。他只要在家中的实验室稍做测试，就可以分辨出是哪一家供水公司。从那时开始，每当遇到一户不知饮用水出自哪家公司的人家，斯诺只需用玻璃小瓶采水，在上面写下地址，等到回家再分析水中物质的含量即可。

因此，当瘟疫侵袭黄金广场时，约翰·斯诺在职业上的现状是：他将每天的时间分配给氯仿和上门走访，扮演着著名麻醉师和南伦敦调查员的双重角色。到了 1854 年 8 月末，他的伟大实验的基本因素准备就绪，早期的成果也有希望带来实质性的进展。他所需要的，只是多用几周的时间在肯宁顿、布里克斯顿和滑铁卢走访，之后再多花几周的时间统计数据。当霍乱第一次在离他公寓几个街区处暴发时，想要忽视疫情、继续其伟大的实验的诱惑对他而言定然是巨大的。自从法尔的脚注引起了他的注意，他已经在跟踪这条线索上花费了将近一年的时间。再次的暴发肯定会分散他的注意力。但是，随着疫情暴发的危急消息不断扩散，斯诺意识到，黄金广场的案例或许会像他在南伦敦进行的调查一样具有揭露真相的作用。周一将尽的时候，这场流行病仍在周围肆虐，虽然他的水样测试尚未得出结论，但他还是又一次敲响了人们的大门。这一次，他选择的是自己居住的街区。在他的四周，这场灭顶之灾的迹象俯拾皆是。后来，《观察家报》上刊载过这样的报道，“星期一晚上的宽街，当灵车开来搬运尸体时，棺材数量过多，不仅将车里塞满，还堆到了车顶。上次出现这样的场景，还是在伦敦大瘟疫暴发之际”。[85]

诺埃尔街
小教堂街
伯维克街
波兰街
马尔伯勒街
沃德街
波特兰街
沃德马厩
波特兰马厩
济贫院
本特尼克街
波兰街
伯维克街
爱德华街
达克巷
杜福尔道
伯维克街
哈姆广场
马歇尔街
南小道
水泵
啤酒厂
宽街
新街
考克小街
霍普金斯街
马尔伯勒小道
赫斯本德街
佩尔特街
威廉玛丽巷
小温特米尔街
大普尔特尼街
银街
上詹姆斯街
布赖德尔街
小普尔特尼街
上约翰街
昆斯黑德巷
黄金广场
大温特米尔街
水泵
酿酒街
史密斯巷
史密斯巷
沃里克街
水泵
下詹姆斯街
哈姆巷
惠灵顿马厩
惠灵顿马厩
下约翰街
黄金道
酿酒街
谢拉德街
布尔巷

埃德温 · 查德威克

9月5日，星期二

一切气味皆疾病

星期二早晨，第一缕希望的曙光照亮社区。四天来，亨利·怀特黑德第一次允许自己相信，这场可怕的灾难或许终于到了要终结的时候。虽然G姓裁缝先生的妻子在当天早晨去世，但对应每一场新的死亡，怀特黑德都能找出一个起死回生的例子。那位他从星期五便一直照顾的女仆，已从本以为注定成为她葬身之地的床上爬了起来，她原本苍白的脸色已恢复了不少血色。两个十几岁的男孩和女孩也度过了危机，这让他们幸存的家人感到十分欣喜。这三个人都将自己的康复归功于一件事情：自从生病以来，他们饮用了大量从宽街的水泵里汲取的水。康复的速度之快和效果之明显给怀特黑德留下了深刻的印象，在接下来的几周内这一印象久久萦绕在他的脑海。

上午10点左右，由卫生局官员组成的一支小型官方团队来到黄金广场视察疫情现场。其中最引人注目的是队伍的领导者——卫生局新上任的局长本杰明·霍尔爵士。一个月前，他取代了具有开创精神但引起了巨大争议的埃德温·查德威克，《伦敦纪事晨报》针对此事发表了一篇不痛不痒的评论，说新上任的局长即将迎来的这份工作“有一个对他而言巨大的优势——此职的前任们积累了如此多的争议，他几乎不必担心人们会因对比而不看好他”。

官员们穿过杜福尔道和宽街时，一小群幸存下来的本地人出现在人行道上，以此表达他们对卫生局出面的感激之情。同时，这些民众也因感到疫情正逐渐缓解而士气高涨。卫生局的秘书长把关于这次视察的描述发给各大报纸。大多数报纸欣然转载，里边甚至还有卫生局居功自傲的言辞：“这些守护者积极主动地采取行动，一切功劳都应归于他们。”[86]但是，无论这些人有多么积极主动，想要具体阐明他们的“行动”究竟是什么，可就没那么容易了。疫情的严重程度或许在缓解，但疫情仍在以令人咋舌的速度夺走人们的生命。5天之中，黄金广场已有超过500名居民一命呜呼，另有76人在前一天染病。在描述卫生局为抗疫所采取的实际行动时，《泰晤士报》言辞谨慎，只是提到它有计划成立一支委员会进行专门调查。针对宽街这场充满戏剧性的疫情暴发，卫生局最终的确会扮演一个角色，但此时卫生局采取的行动大多数只是为了装样子。

卫生局采取的唯一一项措施，对任何走过这片街区的人来说，都是不言而喻、立即可察的：街道被石灰浸透，漂白剂的气味弥漫四周，将城市垃圾平日里散发出来的恶臭掩盖。通过这一次干预，埃德温·查德威克对卫生局的影响力在其任期终止之后仍发挥着作用。这些生石灰的目的是对付查德威克一生的宿敌。那是他倾其整个职业生涯都在奋力谴责的卫生领域的诅咒，也是他直到入土都坚信存在的东西——瘴气。

关于埃德温·查德威克的一生对现代政府应当扮演的角色的影响，几乎如何强调也不为过。自从他于 1832 年首次受命进入英国皇家济贫法委员会起，到他于 1842 年对劳动阶级的卫生状况开展具有里程碑意义的研究，再到他从 19 世纪 40 年代末成为管理下水道的专员，最后到他在卫生总局最后一次担任局长之职，查德威克推动和巩固，甚至可以说是直接开创了一系列我们现在认为理所当然的常规。例如，政府应当直接参与公民的健康与福祉的保护，尤其是其中最贫困的阶层；一个由专家组成的集权官僚机构，可以解决被自由市场激化或忽视了的社会问题；公共卫生问题往往需要政府在基建或防范领域投入大量的资源。好与坏暂且不论，查德威克的职业生涯，可以被视为我们今天所知的大政府[①]概念的起源。

① 大政府是指奉行干预主义政策、主张经济管理与社会控制的政府。——译者注

当今大多数人赞同，从本质上看，查德威克的行动整体上是积极的。只有坚定的自由主义者或无政府主义者，才会相信政府不应该修建下水道，不应该为疾病控制中心出资，或不应该对公共供水实施管控。然而，如果说查德威克的长期影响是积极的，那么他在 1854 年短期内的履历就更加难以定性了。毫无疑问，无论是对工业体系下穷人可悲处境的关注，还是调动各种力量解决这些问题，他的贡献都要比当时的任何人大。但是，他所实施的一些最重大的计划，却最终带来了灾难性的后果。19 世纪 50 年代，成千上万的霍乱死亡病例都可以直接归因于查德威克在 10 年前所做的决策。这也是查德威克一生中一个巨大的矛盾所在：在发明社会安全网的过程中，他却在无意间将成千上万的伦敦人过早地送入了坟墓。[87]

如此崇高的理想又怎么会导致这般毁灭性的后果？关于查德威克的事例，有一个简单的解释：他坚持凭借自己的嗅觉引路，甚至到了冥顽不化的程度。他声称，伦敦的空气正在夺走市民的生命，因此，通往公共卫生的道路必须从清除有毒气味开始。在 1846 年面对调查伦敦下水道问题的议会委员会时，他在证词中对这一观点进行了最著名也最具有讽刺意味的阐释："只要是强烈的气味，都会直接引起严重的疾病。我们终会认识到：通过抑制整个系统并使其易受外来因素之干扰，一切气味皆成了疾病。"[88]

维多利亚时代早期民众所努力解决的几乎所有问题，在一个多世纪之后仍有现实意义。我们在叙述这一时期的所有教科书中都会遇到以下标准社会问题：一个社会怎样才能以一种人性化的途径实现工业化？政府如何才能控制自由市场的过度行为？何种程度的工人阶级集体谈判应该被允许？

在这些较为严肃的主题之外，另一场辩论同时在进行。相比之下，这场辩论在研讨会或传记中得到的关注不多。毋庸置疑，维多利亚时代的人们在努力解决的问题，涉及功利主义和阶级意识等难以解决的重大问题。但与此同时，那个时代最明智的人们也在致力于解决一个同样紧迫的问题：这么多的垃圾，到底该如何处理？

伦敦粪便问题的严重程度是大家有目共睹的。查德威克在 1842 年进行的一项意义深远的研究中，苦心孤诣地描述了城市垃圾处理令人作呕的现状。给《泰晤士报》和其他报纸写信的人们，没完没了地讨论着这个话题。1849 年的一项研究发现，在调查的 15 000 户人家中，近 3 000 户人家因为排水不当散发出难闻的气味，而 1 000 户人家的“室外厕所和抽水马桶的情况极其令人不适”。每 20 户中就有 1 户的地下室堆满人粪。[89]

在许多杰出的改革者看来，所有这些排泄物都是经济的靡费。在城市中心周围的绿地上用人粪做肥料的做法由来已久。但是，用超过 200 万人的粪便来做肥料的做法尚未有人尝试。传教士们称，如果这个计划得以实施，定然会带来极其肥沃的土壤。一位专家预测，粮食产量会因此增加 4 倍。1843 年，有人提议修建铸铁下水道，将废物一路运至肯特郡和埃塞克斯郡。

对于这个话题，很少有人像亨利 · 梅休那样狂热，也很少有人将废物回收视为避免马尔萨斯人口陷阱[①]的一条路径。“如果植物会存储我们的排泄物，即植物会吸入我们的呼出物，也可以说植物将我们的废弃物当作食物，那么由此可见，我们想要增加人口，就要增加肥料的数量。增加肥料就是在增加植物的食物，也就等于在增加植物本身。不管怎么说，如果植物为我们提供滋养，那我们至少也应该滋养它们。”

这种生命轮回的哲思很快就促使梅休疯狂埋头于数值计算中，这也是他的典型作风。

> 从 1841 年到 1846 年的报告平均值来看，我们每年要在施于土地的鸟粪、骨粉和其他来自国外的肥料上花费超过 200 万英镑。单在 1845 年，我们就雇用了不少于 683 艘的船只，光是从伊查博岛运回的动物粪便就有 22 万吨。然而，我们每天都在向泰晤士河排放 11.5 万吨的物质。事实表明，这种物质的肥力比前者更大。据说，用 200 吨我们习惯视为废物的污水灌溉 1 英亩[②]的草

① 马尔萨斯人口陷阱也称马尔萨斯灾难，由英国经济学家托马斯 · 罗伯特 · 马尔萨斯提出。该理论认为，人口不能超过相应的农业发展水平，将人口控制在资源限制之内有积极抑制和预防措施两种方法。——译者注

② 1 英亩约等于 4 047 平方米。——译者注

亩，一年就能种出 7 种庄稼，每一种价值 6~7 英镑。因此，以产量通过这些方法翻倍计算，通过在土地上施用这种废物，每英亩土地每年的收入已可增加 20 英镑以上。每 100 吨污水带来的回报为 10 英镑。伦敦大都会下水道排入泰晤士河的垃圾总量大约是每年 4 000 万吨。据此计算，我们每年都要白白浪费 400 万英镑。[90]

在接下来的几十年中，这种簿记的方法一直是政治辩论中的一个重要分支。1864 年，一位学者在议会发表证词时说，伦敦污水的价值“与英格兰、爱尔兰和苏格兰的地方税收相当”。维多利亚时代的民众，真的是在把“钱”往抽水马桶里扔。更糟糕的是，有人甚至把“钱”扔在地窖里腐烂。

埃德温·查德威克也同样坚信，伦敦的下水道中藏着巨大的经济财富。他在 1851 年协助编写的一份文献中提出，用伦敦的废弃物给乡下土地施肥，会使土地的价值变成原来的 4 倍。他还提出了这种理念的水道版本，他认为若将新鲜的粪便快速输送到英国的水道中，会使鱼的体积增大。[91]

但是，对查德威克以及当时的其他社会改革者而言，处理伦敦与日俱增的粪便之潮的主要原因是健康，而不是经济。并非人人都到了像查德威克那样坚信气味即疾病的地步，但绝大多数人认同，地下室和城市街道上腐烂的大量垃圾的确污染了空气。如果仅仅在人行道上散散步就能让人被排泄物的恶臭淹没，那么显然，相关的措施势在必行。

解决的方法很简单，至少理论上如此。伦敦需要一个全市范围的污水处理系统，将房屋中的废物以一种既可靠又洁净的途径清除。这需要大规模的工程建设，但是，一个在短短几十年间就建成了全国铁路网并引领工业革命的国家，是有能力处理如此规模的项目的。问题在于统辖，而不在于执行。维多利亚时代早期伦敦的城市基础设施由错综复杂的地方委员会管理，而这些委员会是数百年间由200多个独立议会法案衍生出的产物。街道的铺设或照明、排水沟和下水道的建造，这些都由地方专员监督，几乎未经全市范围的统筹。河岸街1.2千米的范围，竟然受到9家不同铺路委员会的监管。想要承接为大都会区建造完整统一的下水道系统这样的宏大工程，动用的不仅是工程设计的天才和艰苦繁重的劳动，还需要城市权力格局的一场革命。拾荒者自上而下、随性而为的垃圾回收，必须被整体规划员的统筹取代。

对于这项任务，埃德温·查德威克可谓完美的人选。他心直口快、固执己见，甚至到了粗暴无礼的程度，从很多方面都堪称维多利亚时代的罗伯特·摩西①（如果说摩西在职业生涯的中途从纽约市的权力阶层下台，在人生的最后30年坐冷板凳，只能发发社论的话）。查德威克是一位虔诚的功利主义者，也是杰里米·边沁②的朋友。19世纪30年代，他协助制定了1832—1834年的《济贫法法案》，并用之后的时间协力清理这个殃及全国的烂摊子。到了19世纪40年代，他对卫生问题产生了越发浓厚的

① 罗伯特·摩西是20世纪美国建筑大师，曾任纽约州务卿，他对纽约市区及市郊的建筑规划产生了巨大的影响。——译者注

② 杰里米·边沁是英国哲学家、法学家和社会改革家，也是功利主义最早的一位支持者。——译者注

兴趣。他的改革运动，最终随着1848年《公共卫生法案》的颁布达到顶峰。该法案设立了由三名成员构成的卫生总局，由查德威克总揽大权。但是，对伦敦的卫生领域产生最显著的短期影响的法案，却是经查德威克多年游说后同样于1848年颁布的《妨害消除和传染病预防法案》。这里所谓的妨害，实际上指的只是一件事情，即人类的排泄物。新建的建筑被要求将污水排入现有的下水道系统之中，这条规定已经实施了数年。但是，这一人们口中的“霍乱法案”却首次规定，现存的建筑也需要接通下水道。借用塞缪尔·佩皮斯在1660年的一篇日记中的说法，法律终于对那些选择用“大堆粪便”填满废弃酒窖的行为做出了回应。当然，这条法案没有做如此表达，而是选择了一种更加含蓄甚至冗长的语言来描述这个问题。

> 接到此《法案》的管辖权或管理权由市议会、受托人、专员、监护人、卫生官员或其他机构或人士掌握之任何城市、镇、区、教区或街道的（任何）房屋或建筑，如若环境脏乱或不宜居住而构成妨害并对任何人造成伤害，或是在以上权力管辖范围之任何场所出现任何构成妨害并有害任何人健康的脏污或令人不适的沟渠、排水沟、下水道、厕所、化粪池或煤渣池，抑或任何建造或管理方式构成妨害并有害任何人健康的沟渠、排水沟、下水道、厕所、化粪池或煤渣池，或者是在上述任何场所存有管理方式构成妨害并有害任何人健康的污物或任何畜肥、肥料、渣滓、污物、垃圾及其他类似事物，抑或在上述场所……[92]

为了遵守这些新法，人们就必须拥有处理这些“肥料、渣滓、污物”的地方，畅通的下水道必不可缺。事实上，伦敦有一套以十几条小溪和小河演变而来的古老排水系统，时至今日仍在这座城市的地下流淌。（最大的地下河名叫弗利特河，顺着法灵顿街流淌，在黑衣修士桥下流入泰晤士河。）管理新下水道建设的议会法案，可以追溯到亨利八世时期。但在历史上，伦敦的下水道的用途是输送城市的地表水。1815 年之前，将未经处理的废物排入下水道是违法的。当化粪池快要漫溢时，你就得叫淘粪工。这个系统虽然衍生出一些散发着恶臭的酒窖，但让泰晤士河的河水奇迹般地保持了极为原始的状态。在格林尼治和普尔特尼桥之间的河段，捕鱼活动非常红火。然而，随着城市人口的激增，越来越多的人将房屋里的废弃物排入现有的下水道中，泰晤士河的水质也以惊人的速度恶化。更糟糕的是，下水道本身也开始出现堵塞，致使地下甲烷气体爆炸偶发。[93]

无论是担任卫生局局长，还是在新成立的大都会下水道委员会中担任委员，查德威克在 19 世纪 40 年代和 50 年代初做了许多工作，但这一问题不仅没有得到缓解反而愈演愈烈。伦敦城市污水系统的计划，经历了诸多争议和多次起草，但是几年过去了，没有人采取任何实际的行动，直到一位名叫约瑟夫·巴泽尔杰特的天才工程师将这个项目承接下来。然而，该项目的主要关注点却是废除化粪池。正如巴泽尔杰特后来所表示的，“在大约 6 年的时间里，3 万个化粪池被废除，住宅和街道上所有的垃圾都流入了河中”。每年，委员会的工程师们都会呈交充满激情的报告，记录了有多少垃圾从城市的房屋中被清除，而后在河中沉积。1848年春天河中的垃圾量约为22 200 m^3，到了翌年冬季就迅速增长到了61 000 m^3以上。在大约35年的时间里，泰晤士河便从一个盛产鲑鱼的捕鱼区，成了世界上污染最严重的水道之一。而这一切，偏偏借着公共卫生的名义。建筑师托马斯·库比特的挖苦非常形象："人人拥有自己的化粪池的时代已逝，现在，泰晤士河已经成了一个巨大的公用化粪池。"[94]

这就是19世纪40年代末英国公共卫生状况最大的矛盾之处。就在斯诺编订他的霍乱理论、证明这是一种摄入体内后才会造成伤害的介水病原体时，查德威克却在精心构建一套将霍乱弧菌直接送入伦敦市民口中的计划。（就连现代的生物恐怖分子，也不可能想出比这更巧妙和影响力更大的方案。）果不其然，1848—1849年，霍乱强势地卷土重来。下水道委员会呈交的倒入河中的垃圾量与日俱增，这"振奋人心"的数据与死亡人数的上升完美契合。到疫情结束之时，有近1.5万伦敦市民失去生命。这个集权的现代公共卫生机构的第一项重大举措，竟是毒害整个城市中的人口。（然而，查德威克的愚蠢行为并非没有先例。在1665—1666年的伦敦大瘟疫期间，坊间传说这种疾病是通过狗和猫传播的。市长立即呼吁大规模扑杀这座城市中所有的宠物及流浪猫狗，他的手下尽职尽责地执行了这项任务。众所周知，事实最终表明，这场瘟疫是由老鼠传播的，而在政府的支持下，在老鼠的捕食者突遭噩运之后，老鼠的数量出现了指数级的激增。）

卫生当局为何要耗费这么大的力气毁掉泰晤士河？倾入河

流的垃圾会对水质造成毁灭性影响，这些委员会的所有成员对此都心知肚明。他们同样知道，有很大一部分人在饮用这些水。即便没有关于霍乱起源的介水传播理论，为倾入供水系统的人类粪便的与日俱增而歌功颂德，也颇显愚昧。这一举措是在一种理论的魔咒下催生的。如果一切气味都是疾病，如果伦敦的卫生危机完全是被污染的空气造成的，那么，一切为清除房屋和街道上的瘴气的努力都是值得的，即便这意味着要把泰晤士河变成一条污水河。

查德威克或许是当时最有影响力的瘴气论者，他还有许多身份显赫的同伴。那个时代一批伟大的社会改革家，同样坚信污浊的空气与疾病之间的关联。1849 年，《伦敦纪事晨报》派遣亨利·梅休前往霍乱暴发的中心，即泰晤士河南边的伯蒙赛区。最终刊出的评述，简直足以开启一种独一无二的新闻流派——嗅觉报道。

> 一走进这令人作呕的河边区域，空气中就弥漫着一股墓地的味道，任何不习惯吸入这种霉臭味空气的人，都会被一种恶心和窒息的感觉笼罩。能让我们感知空气中弥漫着多少硫化氢的，不

> 仅是我们的鼻子，还有我们的胃部。一旦跨过架于恶臭水沟上的任何一座丑陋且锈迹斑斑的大桥，看到那曾经被白铅油漆涂抹的门框和窗台上呈现的黑色，你就能如做了化学测试一般确凿无疑地知道，空气中充斥着这种致命的气体。偶尔浮现水面的黏腻水泡，让你看到一部分恶臭物质源自何处。悬在河岸旁敞开着的无门厕所，以及每座房子通向对面排水沟的排污管道在墙上留下的暗黑且脏污的条纹，则会让你看到这沟渠中的污染物来自何处。[95]

同样以瘴气论为基础的，还有科研机构。1849 年 9 月，《泰晤士报》发表了一系列文章，对有关霍乱的现有理论进行了研究。“霍乱是如何产生的？它是如何传播的？它对人体的影响方式是什么？人人都在询问这些问题。”[96]《泰晤士报》先是这样评论，而后又在这些问题能否得到解答上采取了极为悲观的立场。

> 这些问题现在且可能永远都会归为自然界高深莫测的神秘范畴。这些是人类智力绝对无法触及的问题。导致这种现象产生的力量是什么，我们不得而知。我们对生命力本身就知之甚少，就如我们对这股扰乱或扼制生命力的恶毒力量所知甚少。

在提出了这种悲观的预测之后，《泰晤士报》又继续对流行的理论做了论述，包括一种“假设病毒是由土地释放出来的陆生理论”、一种基于大气状况的“电力理论”、一种将疫情暴发归因于空气中缺乏臭氧的臭氧理论，以及一种将霍乱归咎于“腐烂的酵母、下水道排放物和垃圾场等因素”的理论。报纸上也提及了一种坚称这种疾病由微型生物或真菌传播的理论，但淡化了这一理论的可能性，称此理论“未囊括所有观测到的现象”。[97]

在这篇文章中，无论是臭氧、下水道排放物还是电力，这些五花八门的观点都令人称奇。值得一提的是，这些理论存在潜在的共同点：除了一种理论，其他所有理论都假定霍乱是通过某种方式在大气中传播的。（斯诺的介水理论虽已纳入官方文献，但完全没有被提及。）空气是解开霍乱之谜的关键，更是解决大多数已知疾病的关键。在维多利亚时代最受人爱戴和富有影响力的医学名人弗洛伦斯·南丁格尔的著作中，这一理论得到了最有力的强调。让我们来看看她那本 1857 年的开创性著作《护理工作记录》开头的这段话：

> 这是护理的第一条准则，也是一名护士自始至终都要注意的事项，同时也是对病人而言至关重要的事项。若不注意这一点，你为病人所做的一切都没有意义。我甚至可以说，注意到这一点，其他事项都可以不予关注。这一点就是：让病人呼吸到的室内空气与室外空气一样清新，但不要让病人受凉。为什么人们对这一点的关注会如此之少呢？即便有人注意，人们的理解也存在极严重的偏差。即便让空气进入病房，也很少有人会思考空气的来源。空气或许来自其他病房通风的一条走廊，来自一间总是密不透风、充斥着煤气和晚餐气味以及各种霉味的大厅；又或许来自一间地下的厨房、一个洗涤池、一间洗衣房、一台抽水马桶，甚至像我

自己曾经有过的不幸经历一样，从满是污物的敞开的下水道中来。就这样，与其说病人的房间通上了风，不如说是被灌进了毒。[98]

在南丁格尔看来，这是一个值得强调的问题。诚然，确保病房里有新鲜空气没有什么不对。但当清洁的空气被医生或护士奉为唯一的重中之重时，当空气被人认为是导致病人生病的罪魁祸首——“毒素”时，问题就出现了。南丁格尔认为，霍乱、天花、麻疹和猩红热在本质上都是由瘴气引起的，她还建议学校、家庭或医院使用化学家安格斯·史密斯设计的一种“空气测试”，以便检测空气中的有机物质。

如果能在早间让护士和病人以及四处视察的高级官员看到这种很能说明问题的空气测试，让他们知道晚间的空气质量是怎样的，那么在我看来，这几乎就是预防这种过失发生的最好安全措施了。

哦，还有那拥挤的国立学院！众多儿童传染病的源头就是那儿，这项空气测试能向我们彰显多少信息啊！我们应该让父母理所当然地提出：“我不会把孩子送到那所学校，因为空气测试的结果是‘糟糕’。”还有那些大寄宿学校的宿舍！猩红热再也不会被认为是由传染引起的，而是被归于真正的原因——空气测试的结果显示为“肮脏”。

我们再也不会听到，“神秘的赦免”和“病害与瘟疫”全都“掌握在上帝手中”这样的说辞了。据我们所知，他已将这些生杀赦免之权交到了我们的手中。这简单的空气测试既会暴露出这些“神秘瘟疫”的病因，也会激励我们采取补救行动。[99]

这样的阐释和建议往往在一定程度上缺乏谦虚，多数情况下也不会提及这些被宣传的理论尚未经过事实的验证。问题不仅在于当时的权威机构对瘴气的错误认识，还在于人们对错误所持有的那种坚定不移、不加质疑的态度。一位在瘴气论中寻找破绽的研究者会发现，这些漏洞比比皆是，甚至在瘴气论者自己的著作之中也不胜枚举。检验瘴气论的所谓的“矿井中的金丝雀”，应是那些下水道搜寻者，因为他们终日暴露于想象所及的最具毒害的空气之中，而且这种空气有时甚至会爆炸。匪夷所思的是，这些“金丝雀”却似乎安然无恙。在《伦敦劳工和伦敦贫户》的一段有些令人困惑的话中，梅休也承认了这一点。

> 人们可能认为，下水道搜寻者（他们的大部分时间是在下水道散发出的恶臭中度过的。这种恶臭穿过街道格栅向上逸出，它被所有人视为传播病害的毒气，唯恐避之不及）理应在其苍白的脸庞上留下有损健康的工作的痕迹，但事实并非如此。说来也怪，那些下水道搜寻者都是强壮、有力而健康的人，脸色大多红润，许多人仅仅听说过疾病的名字，却未有过亲身体验。有些年纪较大且担任勘探下水道领队的人，他们的年龄在 60 岁到 80 岁之间，一生都从事这一行业。[100]

斯诺在这期间的著作中多次指出，在这一时期，有各种各样的群体共享着完全相同的生活环境，呼吸着全然相同的空气，却对这种所谓有毒的空气表现出截然不同的反应。若说夺取伦敦人生命的的确是瘴气，那么瘴气选择受害者的方式似乎是随机的。尽管查德威克和他的委员会在减少城市化粪池的数量方面取得了巨大的进展，但霍乱还是于1853年以摧毁城市之势卷土重来。

所有这一切都回避了一个核心的问题：瘴气论为何如此具有说服力？尽管有越来越多的证据表明其是错误的，为何还有那么多聪明人坚守该理论？类似这样的问题，将人们引向了一种镜像版本的思想史。这个版本的思想史并非由突破和顿悟时刻组成，而是一段由误传和误导构成的错误百出的历史。每当聪明人固守某个荒谬绝伦的理念而对大量相反的证据视而不见时，背后总有一股有趣的势力在起作用。拿瘴气论的例子来说，这股势力是由多种力量汇集的，它们汇集以支撑起一个早在几十年前就该消亡的理论。其中，有的力量属于意识形态范畴，是社会偏见和旧习问题；有的力量的根源是概念上的局限性及想象力和理性分析的失败；还有的力量涉及人脑的神经构造。单凭其中的任何一种力量，或许都不足以说服整个公共卫生系统将未经处理的污水排入泰晤士河。但是聚合后，这几股力量凝聚成了一场谬论的完美风暴。

当然，从传统上说，瘴气的确有其优势。瘴气的英文单词“miasma”，是由希腊语中表示“污染”的词衍生出来的。疾病通过有毒空气传播的观念，可以追溯至公元前3世纪的希腊医学。希波克拉底对空气质量非常痴迷，他的一些医学手册读起来就像是给初学气象学的人的指导手册。希波克拉底在题为《论空气、水和地域》的论文开篇写道：“任何想要认真研读医学的人，都应该这样着手：首先，要考虑季节和每一季所产生的影响，因为不仅四季特征分明，且每一季也因变化而形态万千；其次，还有空气的因素，冷空气或热空气，每个国家都有的空气或每个地域特有的空气。”[101]（几个世纪之后，法尔也提出了同样的理论。在《每周出生和死亡报告》中，他都会在统计死亡人数之前无一例外地简单报告天气情况。）几乎所有记录在案的流行病，都一度被归因为有毒的瘴气。疟疾一词的英文单词“malaria”，是从意大利语的“mal aria”（糟糕的空气）衍生而来的。

瘴气论也与宗教传统极为贴合。作为神职人员的亨利·怀特黑德也不免俗地认为，黄金广场的瘟疫暴发是上帝的旨意，他又利用了瘴气论对神学解释做了补充。他认为，“此时充斥全世界的空气，将孕育一场极为骇人的瘟疫。”[102]为了将这悲惨的现实与仁慈造物主的理论调和，怀特黑德选用了一种后人堪称精妙的达尔文式的阐述：瘟疫是上帝让人类身体适应全球环境变化的方式，虽然带走了万千生命，但在过程中创造出能在新环境中茁壮成长的后代。

然而，瘴气论的主导地位并不能仅从传统视角解释。那些坚守这一理论的维多利亚时代之人，在其他领域几乎是彻底的革命者，他们也生活在革新巨变的洪流之中。查德威克创造了一种重塑公共卫生体系的全新模式，法尔改良了统计数据的使用，南丁格尔挑战了无数关于女性在职业和护理实践领域中的角色的既有观念。狄更斯、恩格斯、梅休，他们都不是天生倾向于接受现状的人。不仅如此，他们都渴望以自己的方式奋起反抗。因此，把这些人对瘴气论的坚信不疑完全归咎于理论的渊源，是站不住脚的。

瘴气论之所以能持续到 19 世纪，既牵扯到人性，又牵扯到知识传统。在瘴气相关的文献中，论点总是与作者对城市气味的厌恶紧密相关。嗅觉往往被描述为最原始的感官，激发出强烈的欲望或排斥感，触发所谓的“非意愿记忆”。（普鲁斯特最初由玛德琳蛋糕诱发的回忆，从很大程度上说是由味觉引发的。嗅觉这一种感官的力量，却是《追忆逝水年华》中多次出现的一个主题。当然，嗅觉和味觉会相互作用。）现代的脑成像技术揭示了嗅觉系统与大脑情绪中枢之间密切的生理关联。事实上，这些情绪中枢——边缘系统——的基础，就曾经被称为“嗅脑”。从字面看，它就是“鼻子脑”或“嗅觉脑”的意思。一项 2003 年的研究发现，强烈的气味能触发杏仁核与腹侧岛叶的活动。杏仁核是大脑进化过程中最古老的部分，比哺乳动物大脑的新皮质的高级功能久远得多。对威胁和情感刺激的反应，便来自杏仁核。腹侧岛叶似乎在生理冲动中扮演着重要角色，如饥饿、口渴、恶心以及某些恐惧症的表现。这两个区域都可以视为人脑的警报中心。对人类而言，二者都具有支配新皮质系统的能力，而新皮质系统是产生语言推理的中心。2003 年，一项研究的脑部扫描显示，刺鼻的气味在杏仁核和腹侧岛叶中都引发了超乎寻常的强烈反应。[103]

通俗地说，人类大脑似乎已经进化出一种警报系统。通过这一系统，某一类极端的气味会触发某种无意识的厌恶反应，从而有效引发清晰思考能力的短路，并衍生出一种想要避开与这种味道相关之物的强烈愿望。我们不难想象导致这一特征产生的进化压力是什么。同样地，这个故事的主角仍是微生物。食用已经腐烂的肉类或蔬菜，会对健康构成巨大的风险；食用被粪便污染过的食物也一样。原因同样出在那些进行分解工作的微生物上。腐烂的食物会向空气释放数种有机化合物，这些东西被人们安上了腐胺和尸胺这样的名字。回收储存在粪便中的能量的细菌，会将硫化氢释放到空气之中。对所有这些化合物气味的厌恶，是我们所知的最常见的人类特征之一。你可以将之视为一种进化型的模式识别：经过数百万年的进化，自然选择的过程偶然揭示了一个事实，即空气中出现的硫化氢分子是一种可靠的指标，它预示着附近存在被吞食下去便有可能造成危害的微生物。于是大脑便进化出一套体系，每当检测到这些分子，就会发出警报。恶心反胃就是一种生存机制：相较于承担刚刚食用的发馊的羚羊肉所带来的风险，还是把胃里的食物吐出来比较安全。

然而，硫化氢和尸胺等具有强烈代表性的分子只能指向危险的线索，却无法揭露危险本身。如果将鼻子紧贴腐烂的香蕉或羚羊肉，你很可能会出现呕吐感，但无论这种体验有多恶心，你都不会因此染病。当然，吸入纯甲烷气体或硫化氢会致人死亡，但细菌分解所释放出的这些气体，绝不会多到渗透整个环境的程度。换言之，甲烷、腐胺和尸胺只是烟，而微生物是火。

对狩猎采集生活方式的环境条件而言，人类将气味作为警报系统的核心是非常适合的。在人类三五成群地四处游荡时，腐烂和粪便的气味是较为少见的。非洲大草原上之所以没有下水道或垃圾堆，正是因为狩猎采集者的人口密度极低且生活方式极具移动性。你完全可以把废弃物丢下不管，然后迁到新的地方；等到再有人到此处的时候，这些废弃物很可能已经被细菌回收了。恶心这种警报系统的进化，很可能出于两个原因：一是食用腐烂有机物会带来严重的后果，二是标志着腐烂物质的气味与众不同。如果这种气味无处不在——举例来说，某种随处可见的非洲花朵从开花起就开始释放硫化氢——那么，人类大脑或许已经进化出另一种方式来预见腐烂食物的存在了。

问题在于，适用于狩猎采集生活方式的生存策略，在一个拥有 200 多万人口的现代都市中的效果却截然不同。文明为人类生活的体验带来了诸多剧变，如农场、车轮、书籍和铁路等。但是，文明生活也带来了另一种异乎寻常的特征——难闻的气味多了许多。没有现代废物处理系统，密集人口便会产生令人作呕的浓烈气味。在梅休自述对伯蒙赛区硫化氢气味的厌恶的文字中，你可以看到来自三个不同时代的产物在共享同一空间时的冲突：一个更新世大脑所感知的、设有伊丽莎白时代的垃圾处理系统的工业时代的城市。

瘴气论者拥有大量的科学、统计和逸事证据，以证明伦敦的气味不会置人于死地。但是，他们的直觉，更准确地说是他们的杏仁核，却不断向他们灌输相反的理念。约翰·斯诺对霍斯利当疫情传播途径的所有详尽而严谨的分析，却敌不过伯蒙赛区的一股臭气。瘴气学家们无法掌控这套进化了千万年的警报系统，他们将烟误当成了火。

瘴气能“独霸一方”，还有另一个生物学上的渊源。在感知微小事物方面，我们的鼻子要比眼睛灵敏得多。只需少量的尸胺分子附着在上鼻道的嗅觉受体上，你就能感知到腐烂的气味。但是，你的眼睛在分子层面上却毫无用处。从很多方面来说，人类的视觉感知能力是地球上其他生命形式无可比拟的，这是那些需要在黑暗中觅食和狩猎的夜行哺乳动物的遗赠。但是，分子要比人类视觉感知的阈值低几个数量级。我们无法看到由这些分子构成的大多数普通细胞，即便是整个细胞群也不行。即便有一亿个霍乱弧菌漂浮在一杯水中，肉眼也无法洞察。

人们对显微镜的使用已经持续了两个多世纪的时间，虽然会有少数彼此独立的研究人员在自己的实验室里偶尔瞥见微生物的踪迹，但由细菌组成的微观世界的存在，在维多利亚时代中期人士看来仍只是幻想和猜测。腐烂发出的恶臭却真真切切。这可谓眼见为虚、鼻嗅为实。

除此之外，瘴气论的影响力还来自其他的渊源。这不仅是一场想象力的挑战，还是一场纯粹的光学上的挑战。想要为霍乱介水传播的理论寻找充足的证据，我们就必须让思想穿越人类经验可及的尺度：从小得不可思议的微生物王国穿越到消化道的解剖结构，从饮用水井或支付自来水公司账单的日常规律，一直扩大到《每周出生和死亡报告》中记录的宏观生死周期。如果我们单从其中任何一个层面看待霍乱，它都会重陷迷雾，由于瘴气论支持者的身份与势力而很快被裹挟回瘴气论。相比之下，瘴气论是如此浅显易懂。无须建立一系列彼此连贯的论点，你就可以证明瘴气的真实性。你只需指着空气问一句：你闻到了吗？

当然，统计数据看似有利于证实瘴气真实性的例子也不在少数。供水不卫生的社区往往难逃糟糕空气的影响。许多这样的社区都处于海拔较低的位置，法尔也在他的《每周出生和死亡报告》中进行了一丝不苟的记录。每一个健康活到60多岁的下水道搜寻者，都要对应100个在低海拔的伯蒙赛区的所谓“假阳性”死亡病例。[104]

赤裸裸的社会偏见也在其中起到了一定的作用。就像当时的另一个科学谬论——颅相学一样，瘴气论也经常被拿来为各种毫无根据的阶级和种族偏见辩护。空气的确受了污染，这一点毫无疑问，但是关于谁会染病以及染上的是什么病这样的问题，却是由吸入空气的每个人的体质决定的。托马斯·西德纳姆发明了一种将天气预报与中世纪体液学合二为一的奇怪理论，用以解释瘟疫的内部构成。这种理论认为，特定的大气条件的确更容易引发流行病，但在一定程度上，被引发的疾病的特性部分取决于身体既有的某种条件，即身体对天花、流感或霍乱的易感性。这往往被界定为诱发性与易感性病因之间的区别。诱发性病因是指大气条件引发某种疾病，比如，某种气候规律也许会导致黄热病或霍乱。易感性病因的问题则在患者自己身上。这种体质的缺陷无一例外地与道德沦丧或社会地位低下相关，如贫穷、酗酒和肮脏的生活环境。一位所谓的专家在 1850 年辩称："我认为，在无风且温暖的天气里，在节假日、周六、周日以及其他任何让下层阶级纵情遂欲、沉湎酒色的时机，疫情暴发或加剧的可能性都会有所增加。"[105]

这种认为人自身的体质决定疾病影响的理念，不仅加深了人们对下层阶级道德败坏的偏见，还掩盖了理论本身存在的一个巨大漏洞。如果说空气中流通的瘴气在选择受害者时表现得极其捉摸不定——如果它夺去了两位室友的生命，却让呼吸着同种空气的其他两位室友毫发无损地活了下来——那么瘴气论者就可以干脆用病患与幸存者之间体质的不同来解释二者命运的差异了。虽然有毒气体均匀分布在环境之中，但每个个体的体质都有各自独特的弱点。

就如瘴气论背后的许多推论一样，关于体质的理论也并非完全错误。每个人的免疫系统有所不同，有的人的确可能对霍乱、天花或鼠疫等流行病具有抵抗力。瘴气论之所以长期存在，主要是因为与该理论相关的真假参半的信息，以及被误认为是因果关系的相关性。甲烷和硫化氢毕竟都是毒药，只是其在城市空气中的浓度还不足以造成真正的伤亡。居住在低海拔地区的人死于霍乱的概率的确更高，但原因并非法尔所想的那样。相比富人，穷人被传染的概率也确实更大，但并非因为穷人道德败坏。

瘴气论对自由派的意义，与其对保守派的意义一样重大。在工人阶级的问题上，查德威克、南丁格尔和狄更斯绝非抱有强烈偏见之人。对他们来说，瘴气并非向公众揭示了下层阶级的道德沦丧，而是彰显了下层阶级被迫置身的可叹境遇。如此多的人被迫居住在此等恶劣的环境之中，这对他们的身体健康造成危害是合乎逻辑的。当然，自由派瘴气论者在这些基本假设上完全正确。他们的错误在于误认为罪魁祸首藏在空气之中。

就这样，8 月 29 日，在《伦敦纪事晨报》对本杰明 · 霍尔担任卫生局局长一职表示祝贺时，编辑们也加入了不少针对埃德温 · 查德威克的尖刻评论。即便如此，他们仍对瘴气论举双手支持，并敦促新上任的局长继续推行《妨害消除和传染病预防法案》。就在黄金广场暴发瘟疫的当天，伦敦最负声望的一家报纸却在敦促卫生局加快对供水系统的污染。或许，没有什么比这更能暗讽瘴气论了。

事实证明，瘴气论是一个典型案例，弗洛伊德在另一背景下将其称为“多重性决定”[1]。这个理论的说服力并非出于一个孤立的事实，而是由于它处于诸多相互分离又彼此兼容的因素的交汇点上，就像几条彼此孤立的溪流突然汇成一条江河一般。传统的深远影响、恶心感的进化史、显微镜的技术局限以及社会偏见，所有这些因素串通，使得以自己冥顽不化的理性为傲的维多利亚时代之人，大多数无法识破混淆视听的瘴气论之下所掩藏的真相。无论有价值与否，每种研究范式的背后都有一系列彼此类似的力量的支撑。在这种意义上，后来经常遭人嘲讽的结构主义者以及文化相对主义[2]者在一定程度上是正确的，虽然他们往往过分强调纯粹意识形态的力量。（瘴气论既是政治的产物，也是生物学的产物。）所谓智识发展的河流，并非全是好的想法源源不断地接续出更好想法的过程，而要顺着由外部因素开辟而成的地形流淌。有时，地形会突然抛出层层障碍，让河流一时阻塞倒流。19世纪中期的瘴气论，就是这样的一个例子。

然而，这些如大坝般的障碍绝大多数还是以决堤告终。没错，科学的道路的确要在协议和惯例的体制中铺开，历史也的

① 弗洛伊德在《梦的解析》中提到过这一概念，即在单独一个原因足以解释某种效应时，却用多个原因去阐释（“决定”）这个效应。——译者注

② 文化相对主义是指一个人的信仰、价值观和行为不应用他人的标准来评判，而应根据其所处的文化来理解。——译者注

确充斥着被推翻的体制的残骸。但是，体制之间是有好坏之分的。解释性模型被更合理的模型取代，也是科学中的主流趋势。这往往是因为解释性模型的成功，也为其播下了毁灭的种子。瘴气论发展得如此壮大，以至于激发出一场由政府支持的排干化粪池的大规模运动，干预了数百万居民的生活。这种干预虽然错误，却适得其反地使得流行病的模式更加明显，至少让那些有能力辨识这些模式的人看得更加清晰，从而在长远角度实现发展与进步。

星期二的大部分时间，约翰·斯诺都在寻找规律。上午，他挨家挨户地敲门拜访，对街上的陌生人进行询问，要求他碰到的所有人向他提供关于疫情暴发及其受害者的逸事证据。他挖掘到的线索的确令人振奋，但许多人家的大门都无人应答，而死者也无从汇报他们近期的饮水习惯。在疏散区搜集的个人证词，也对他难有帮助。就这样，到了中午，他来到登记总长的办公室，在那里，法尔提前向他展示了尚在统计中的本周数据。从周四到周六，苏豪区上报的死亡人数已达 83 人。斯诺要了一份包括地址在内的完整名单，然后回到宽街继续他的侦查工作。他站在水泵的基底部，把单子上的地址浏览了一遍。他不时凝望着周围空荡荡的街道，想象着居民们在打水时可能会选择的道路。

想要证明这个水泵就是宽街瘟疫背后的罪魁祸首，仅靠死亡人数的报告是不够的。除此之外，斯诺还需要找到人们留下的足迹。

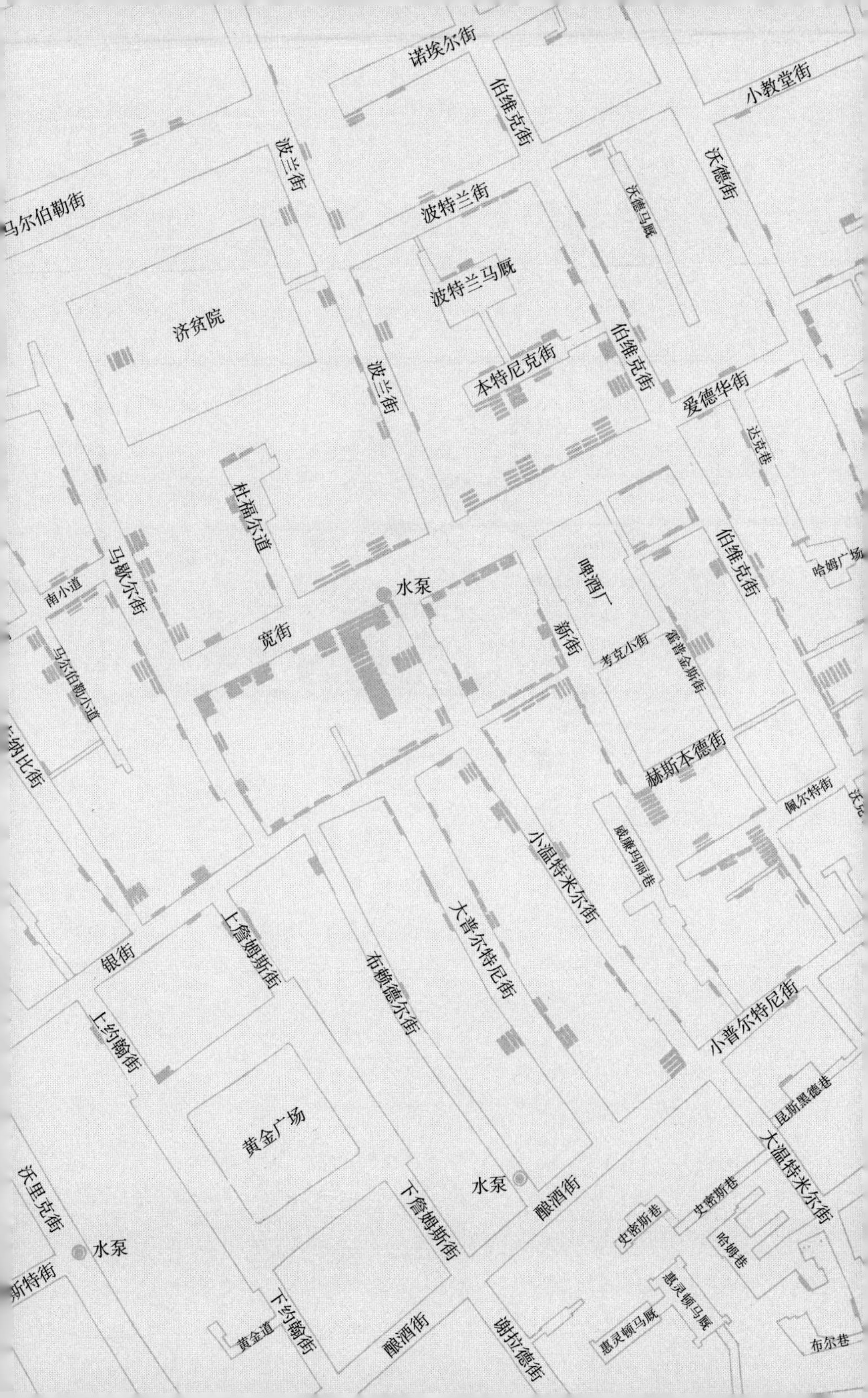

诺埃尔街
小教堂街
伯维克街
马尔伯勒街
波兰街
沃德街
波特兰街
沃德马厩
波特兰马厩
济贫院
伯维克街
本特尼克街
波兰街
爱德华街
达克巷
杜福尔道
马歇尔街
南小道
水泵
啤酒厂
伯维克街
哈姆广场
宽街
新街
考克小街
霍普金斯街
马尔伯勒小道
赫斯本德街
佩尔特街
威廉玛丽巷
小温特米尔街
大普尔特尼街
上詹姆斯街
银街
布赖德尔街
上约翰街
小普尔特尼街
昆斯黑德巷
黄金广场
大温特米尔街
水泵
酿酒街
下詹姆斯街
沃里克街
史密斯巷
史密斯巷
哈姆巷
水泵
惠灵顿马厩
惠灵顿马厩
下约翰街
黄金道
酿酒街
谢拉德街
布尔巷

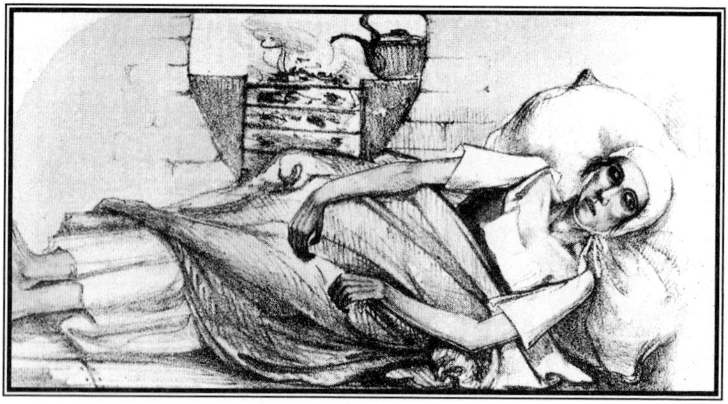

“痉挛性霍乱患者的皮肤呈现瘆人的蓝色”

9 月 6 日，星期三

搜集证据

宽街水泵以西大约 90 米处，在昏暗的十字街 10 号，一个裁缝和他的五个孩子同住在一间单间中，其中的两个孩子已经完全发育成熟。在温暖的夏夜，那逼仄的生活空间有时会闷热得让人难以忍受，于是父亲常常会在午夜之后醒来，派一个儿子去打些清凉的井水，以对抗酷暑。他们住的地方离小马尔堡街的水泵只有两个街区，但那里的水有一股难闻的气味，因此他们经常会多走一个街区，到宽街去。

裁缝和他 12 岁的儿子在疫情暴发后最初的几个小时便中了招，两人到了周六已双双丧命。斯诺在法尔提供给他的死者名单上找到了他们的地址。十字街上其他几起死亡病例也都记录在案。获悉了死者地址之后，第一次回到水泵旁勘察周围街道时，斯诺就被这个区域吸引了。法尔记录的死亡案例中，几乎一半都牵扯到斯诺视线范围内的地址；剩下的另一半，都发生于离宽街仅仅几步之遥的居所之中。但是，十字街的死亡事件有些不寻常之处。想要从那里走到宽街的水泵，你必须走过两条狭窄的边道，在马歇尔街右转，然后左转，再沿着宽街走过一条长长的街区。不过，想要到小马尔堡街的水泵，只需走过小巷，再向北走两个街区就到了。站在十字街的尽头，这个水泵就在你的视线范围之内。

在浏览法尔的记录时，斯诺发现了一个现象：与水泵附近的死亡情况相比，十字街的死亡情况分布非常不均。[106]宽街沿街的几乎每栋房子都有人亡故，但在十字街上，只有零零散散的少数死亡病例。这就是斯诺要找的证据。他一眼就能看出，自己能够证明疫情是聚集在水泵周围暴发的，但他凭经验也明白，单凭这样的证据是无法说服瘴气论者的。在他们看来，这样的集群所反映的或许只是笼罩在苏豪区上空的一些毒气团，这些毒气来自排水沟或化粪池，甚至有可能来自水泵本身。斯诺知道，这一情况会被他们归结于例外。他现在需要寻找的是异常现象，也就是偏离常态的现象。在人们眼中的死亡之地找到小撮的无恙案例，在人们眼中的安全之地找到小撮的死亡案例。按照斯诺的理论，十字街离小马尔堡街更近，因此应该在疫情暴发期间免受影响。事实也果然如此。除了法尔报告的 4 例病例，这条街的住户几乎全幸免于难。这 4 例病例会不会跟宽街有什么关联？

遗憾的是，当斯诺来到十字街 10 号去探访裁缝家幸存的几个孩子时，为时已晚。他从一位邻居那里打听到全家 5 个孩子和他们的父亲在短短 4 天内全都一命呜呼。深夜对宽街井水的渴望，使得全家人无一生还。

这时的斯诺已经在脑海中绘制起地图来了。他想象出黄金广场街区的全景，在宽街的水泵旁勾勒出一条不规则的圆形边界线。边界线内的每一个人都住在离毒井较近的位置，边界线之外的所有人都有理由从不同的水源取水。斯诺根据法尔的初步数据对附近地区进行了调查，发现有10起死亡事件位于边界线之外。其中2例便是十字街上的裁缝和他的儿子。经过几个小时的交谈，斯诺确定还有三人是在宽街附近上学的孩子。肝肠寸断的父母表示，这些孩子经常在往返学校的途中喝井里的水。亲戚们证明，另外3名死者虽然居住在离另一处水源较近的地方，但仍保持着从宽街打水的习惯。剩下的2名边界线之外的死者与宽街并无关系，但是斯诺明白，一个周末出现2起霍乱死亡病例完全符合当时伦敦街区的一般情况。这两人很可能是从一个完全不同的源头染上这种疾病的。

斯诺明白，他的调查中也包含了相反的案例：那些住在水泵附近的居民中也有活下来的。这是因为他们出于某种原因选择不从毒井里打水。他重读了一遍法尔的名单，这次他要寻找的是具有说服力的“缺漏”案例。据报道，波兰街50号有少数死亡病例。从绝对值来说，这个数字是意料之中的：波兰街就在水泵的北面，正好在斯诺想象的边界线之内。但在浏览名单时，斯诺却意识到这个数字低得惊人，因为波兰街50号正是圣詹姆斯济贫院的地址，里面居住着535个人。同住在宽街沿街房子里的十口之家，出现2例死亡病例是不足为奇的。而对住在水泵旁边的500多人而言，出现数十例死亡病例才是常态。正如怀特黑德在每日巡视中了解到的，尽管济贫院里的居民穷困潦倒、轻薄无行，但从某种程度上说，自从疫情暴发，这里就一直是一座避难所。询问了济贫院的主管后，斯诺很快注意到一种解释：济贫院的水是从"大枢纽水厂"专门供应的。斯诺从他早前的研究中了解到，这家厂里的自来水较为安全。另外，济贫院院内也有自己的井。因此，虽然宽街的水泵离济贫院前门只有45米左右，但他们没有理由冒险跑出去取水。

斯诺还在法尔的名单上发现了另一个说明问题的缺漏。宽街50号的狮子啤酒厂有70名员工，是附近地区的第二大雇主，但在法尔的名单上，这个地址却没有一例死亡记录。当然，若说工人全都死在各自家中，也完全合情合理，于是斯诺便拜访了狮子啤酒厂的老板爱德华·哈金斯和约翰·哈金斯，他们有些困惑地表示，瘟疫完全避开了他们的厂房。两名工人报告了轻微的腹泻病例，但没有一个人表现出严重的症状。斯诺询问啤酒厂的供水情况，两人回答说，就像济贫院一样，啤酒厂也有一条私人供水管道和一口自家的井。但是，他们特意向这位滴酒不沾的医生解释道，他们很少看到厂里的工人喝水。厂里每天配给的麦芽酒通常是足够解渴的。

之后，斯诺又拜访了埃利兄弟的工厂，发现那里的情况要严重得多。两兄弟表示，病倒的员工有数十名之多，其中许多人在疫情暴发的头几天就死在了自己的家中。当斯诺注意到厂里有两大桶为员工准备的饮用水时，他不用问就知道这水的来源了。

斯诺通过小道消息得知，埃利兄弟的母亲和他们的一位女性表亲不久前也因霍乱辞世，两人都居住在离黄金广场很远的地方。这一巧合肯定立即引起了斯诺的兴趣。或许，他甚至会回想起好几年前《伦敦医学学报》发起的进行决断实验的挑战。毫无疑问，谨慎如斯诺，提出问题的方式非常巧妙：苏珊娜·埃利有没有可能碰巧喝过来自宽街水泵的水？对斯诺来说，这一定是一个煎熬的时刻：如何才能提取出他所需的信息，同时又不透露出兄弟俩的孝心竟是致母亲丧命的原因呢？在兄弟两人描述他们如何定期将水泵的水送到汉普斯特德时，斯诺的不苟言笑对他很有帮助。一位情绪更加外露的调查员或许会对至关重要的线索表现出更激动的反应。但是，无论斯诺对埃利兄弟表露出什么样的情绪，当他走出工厂、踏上灯火通明的宽街时，一定带着些许的满足感暗想，事情进展得相当顺利。瘴气论者或许终于要棋逢对手了。

⁂

诸如此类的故事，总会不可避免地沾染上神话色彩。孤独的天才凭借自己的聪明才智，打破了根深蒂固的传统智慧的枷锁。然而，在解释斯诺与瘴气理论和医疗机构的斗争时，虽然他的才华和韧性无疑发挥了关键作用，但仅仅指出这些特质是不够的。如果瘴气理论的主导地位本身是由多种交叉的力量共同塑造的，那么，斯诺能看穿这种理论的幻象实质，也是多种力量交互的结果。瘴气相当于智识领域的传染病，以惊人的感染率在知识界传播。那么，约翰·斯诺又是怎么免疫的呢？

一部分原因在于斯诺对乙醚和氯仿的研究。让他首度收获赞誉的基本理念，便是乙醚和氯仿的蒸气对人体的影响是完全可以预见的。如果对气体的密度加以控制，人类对吸入气体的反应几乎没有差异，就更不用说斯诺实验室中的青蛙和鸟类了。不消说，如果没有这种可预见性，斯诺就永远也不可能成为一位功成名就的麻醉师，因为这类手术过程的风险和不可靠性将会大大超过其益处。乙醚本身就是一种有毒的气体，即它本身就是一种瘴气，然而，它对吸入气体者的影响却仿佛与其“内在体质”全然无关。如果乙醚遵循了一些瘴气论者所描述的规律，那么它会因每位病人不同的体质引发截然不同的反应：或许会导致一些人变得异常警觉，引得一些人大笑不止，又使得另一些人在几秒钟内知觉尽失。但是，斯诺在过去六年间观察了数千名被这种气体麻醉的病患，也见证了这一过程的机械性。从某种意义上说，斯诺的整个职业生涯，便是吸入蒸气带来的可预见的生理反应的明证。因此，当瘴气理论家援引体质来解释为何同一个房间里的一半人会因有毒气体病倒，而另一半人毫发无损时，斯诺带着些许怀疑的眼光来看待这一理论，也就理所当然了。[107]

另外，斯诺对氯仿和乙醚的经验，也让斯诺对气体在环境中扩散的方式有了直观的把握。若将高密度的乙醚直接输送到病人的肺部，便有可能致命。但是，站在离病人30厘米处输送乙醚的医生，却全然感觉不到其影响。这是因为随着吸入者与吸入器之间距离的增大，空气中乙醚分子的密度便会陡然下降。这一原理被称为气体扩散定律，由苏格兰化学家托马斯·格雷姆发现和分析。斯诺将同样的逻辑运用于瘴气：如果空气中飘浮着化粪池或熬骨锅炉散发出的有毒元素，那么这些元素很可能已经经过了大范围的扩散，对健康构不成威胁了。（当然，斯诺在这一点上只说对了一半。事实证明，这些气体对流行病无甚影响，但的确会带来长期的危害，因为当时的许多工业烟尘都是致癌的。）宽街疫情暴发的几年后，斯诺在本杰明·霍尔的一个公共卫生委员会面前进行了一次颇具争议的演讲，将这一联系公之于众，为那些背负着污染伦敦空气罪名的"有害行当"（也就是那些熬骨人、肥皂与染料制造商和羊肠弦[①]制造工）进行辩护。斯诺向瞠目结舌的委员会成员们解释道："我已经得出结论，这些'有害行当'不会危害公众的健康。我认为，如果这些行业真的危害公众健康，那么从事这些行业的工人应首当其冲。据我的了解，事实并非如此。气体扩散定律清楚地告诉我们，如果这些气体对身处现场参与生产买卖的人尚无危害，那就不可能对远离现场的人造成伤害。"[108]我们可以将其称为"下水道搜寻者原则"：如果一切气味真的皆是疾病，那么一个拾荒者整日穿梭于堆满未经处理的垃

① 羊肠弦是早期竖琴和小提琴等弦乐器的发声体，后多数被钢弦取代。——译者注

圾的地下隧道，他在几秒钟内就应该死亡。

斯诺是一名医生，也是一位训练有素的体征观察者。他明白，一种疾病对身体的影响很可能会提供关于原始病因的重要线索。在霍乱的例子中，身体最显著的变化发生在小肠。这种疾病无一例外地始于体液和粪便的喷泻，其他所有症状都是由最初的失水引起的。斯诺无法解释究竟是什么因素导致了霍乱对人体的灾难性侵袭，但他通过观察发现，霍乱总在一个地方发动袭击——肠道。不过，呼吸系统基本没有遭到霍乱的破坏。对斯诺来说，这种现象表明了一个明显的病因：霍乱是被摄入的，而不是被吸入的。[109]

斯诺的观察能力不仅限于对人体的观察。他的霍乱介水传播理论的可叹之处在于，所有基本的医学解释在 1848 年年末 1849 年年初就已经具备，却在近 10 年的时间里都无人问津。局势的转变并不是因为斯诺作为一名医生或科学家的高超技能。最终说服当局的，并非实验室研究的结果，也并非对霍乱弧菌本身的直接观察。个中原因，在于斯诺对城市生活及其日常规律坚定而深入的观察：狮子啤酒厂饮用麦芽酒的工人，炎夏的午夜到井边打凉水的人们，还有南伦敦错综复杂的私人供水网络。斯诺在麻醉方面的突破是围绕他作为一名医生、研究者和发明家的博学技能展开的。但从根本上说，斯诺的霍乱理论取决于他的社会学家技能。

斯诺与观察对象之间的社会关系，也发挥了同等重要的作用。他在其职业生涯中曾对几十次霍乱暴发做过分析，其中让他获得最多社会关注的一次，就发生在离他住所只有六条街区的地方，这并非巧合。就像亨利·怀特黑德一样，斯诺也把对当地情况的真实洞见注入了宽街疫情的调查中。本杰明·霍尔和他的公共卫生委员会耀武扬威地出现在苏豪区的街道时，他们不过是一群目瞪口呆地旁观绝望与死亡惨状的游客。事后，他们便撤退到了威斯敏斯特或肯辛顿等安全区域。但是，斯诺真正地深入现场。这让他既了解了这个社区的基本情况，也让他赢得了居民的信任。调查中关于这次暴发的详细信息，就来自这些居民。

当然，斯诺与黄金广场穷苦工人之间共享的，不仅仅是地理位置。虽然斯诺的地位早已有了显著提升，但作为一个农村工人的儿子，他一生的世界观都受其出身的影响，使其屏蔽了某些占主导地位的观念。在斯诺所写的关于疾病的文字之中，我们看不到丝毫关于所谓疾病道德成分的内容；我们也看不到，穷人因体质的缺陷而更易生病的假说。在当学徒时，年少的斯诺就曾观察过基灵沃思矿井的疫情，他早就明白，流行病往往容易侵袭社会的底层人。无论出于何种原因——或许是理性观察和他自身社会意识的结合，这种悬殊的差异驱使他开始发掘外部原因而非内部原因。穷人的死亡率如此不成比例，并非因为他们道德败坏，而是因为他们中了毒。

斯诺对瘴气理论的抵制同时也牵扯方法论。其模型的强大之处，在于能利用在某种尺度上观察到的现象去推测更大或更小尺度上的行为特征。通过对身体某些器官系统衰竭的观察，能预测整个人的行为表现，进而又能预测整个社会机体的反应。如果霍乱的症状主要与小肠有关，那么霍乱患者的饮食习惯一定具备某些显著的特点。如果霍乱介水传播，那么传播的路径就一定与伦敦各区的供水模式相关。斯诺的理论就像一个阶梯，每一阶都足够令人叹服。阶梯的力量，在于从下往上的举一反三，在于从小肠黏膜一直推至城市整体的触类旁通。

因此，与瘴气理论一样，斯诺对这一理论的免疫力也是不可动摇的。一部分原因出于职业爱好，另一部分原因出于他在认识世界时所用的融会贯通的博学方式。斯诺的才华横溢毫无疑问，但我们只需看看威廉·法尔就会立即明白，聪明的头脑是多么容易被正统观念和偏见引入歧途。就如所有那些魂断宽街的可叹之人一样，斯诺的洞见也落在一系列社会和历史向量的交叉点上。无论斯诺多有才华，如若少了伦敦工业城市的人口密度、少了法尔对数字的一丝不苟或少了斯诺自身工人阶级的成长环境，他便永远也无法证实自己的理论，理论的构建也很可能无从谈起。在现实中，智力上的伟大突破往往就是这样发生的。一位与世隔绝的天才独自待在实验室里，是罕有灵光乍现的。答案也不仅仅建立在先例的基础上，也就是如牛顿的名言那样“站在巨人的肩膀上”。伟大的突破更像是泛滥平原上出现的情景：十几条彼此分离的支流汇合，不断上涨的河水将天才高高托起，使其能跨越当时的概念障碍思考问题。

在那个星期三，我们看到了斯诺的研究方案中所有力量的汇合。在进行一生中最重要的研究时，斯诺仍然兼顾着医生的工作，为病人输送麻醉气体。他为两位病人输入了氯仿：一位切除了痔疮，另一位拔了一颗牙。[110] 那天剩下的时间里，他都是在附近的街道上度过的，时而探寻，时而询问，时而倾听。每次充满人情味的谈话，都建立在法尔统计数据的客观计算之上。斯诺将个体的病状与更加广泛的社区联系起来，在医生、社会学家和统计学家的视角之间无缝转换。他在脑子里勾画地图，寻找着规律与线索。

亨利·怀特黑德没有属于自己的霍乱理论，他却不断将其他理论一一推翻。他明白，对这次疫情暴发的冷嘲热讽，已在黄金广场附近的富人区闹得沸反盈天。诽谤者称，这是摄政街中段苏豪区的穷人咎由自取。他们的疾病要么是道德沦丧的表现，要么是某种来自神的惩戒，要么就是因为他们对疾病闻风丧胆——恐惧反过来使霍乱对他们产生了更严重的影响。这些诽谤的言论已让怀特黑德头疼了好几天，而当圣路加堂的读经人詹姆斯·理查森未能出席午间礼拜时，他的怒气终于爆发了。理查森是怀特黑德最亲密的朋友之一，他是一位性格暴躁的掷弹近卫军前成员，喜爱为形而上学问题争辩至深夜。在理查森的家中，怀特黑德找到了几个小时前因霍乱病倒的他。理查森讲述了他与一位吓坏了的邻居之间的对话。对方问他，什么才是抵御霍乱的最佳解药。“我不知道该吃什么药，但我知道该采取怎样的行动。这或许既不能预防也不能治愈霍乱，但能让我抵御比霍乱更可怕的事情——恐惧。我要仰望我的神。他虽杀我，我仍要信靠他。[1]”

怀特黑德心想，如果作为勇气化身的詹姆斯·理查森都能患上这种疾病，那么“内在体质”的解释必定是错误的。新病例的数量似乎出现了下降趋势，许多社区都已搬空，怀特黑德终于有时间对形势进行评估，也开始思考对抗大众偏见的方式。诚然，他没有科学家的背景，但关于疾病暴发的路径，他的知识却是数一数二的。如果他能将自己的经历写下来，那么事实便会证明，这些经历对大众是有一定价值的。法尔的《每周出生和死亡报告》在当天上午的《泰晤士报》上发表，内含这样一句轻描淡写的叙述——“在泰晤士河的北岸，圣詹姆斯区出现了严重的疫情暴发”。这种一笔带过的描述，几乎是一种不敬。实际上，黄金广场疫情的真实情况，尚未被公之于众。

理查森捎带着提到了一件事，让怀特黑德回圣路加堂的路上一直无法释怀。在出现症状的前一两天，这位读经人曾在星期六从宽街的水泵里打了一杯水喝。理查森本没有从水泵里喝水的习惯，他不知道那杯水是否与他后来的疾病有所关联，但是怀特黑德认为这种联系不大可能。他亲眼见到，许多染上霍乱的民众在饮用了宽街的水之后恢复了健康。他自己还在几天前的晚上喝过一杯，直到现在也没有受到瘟疫的侵袭。或许，理查森喝得还不够。

---

① 后一句出自《圣经·旧约·约伯记》13：15。——译者注

宽街阴冷潮湿的地下水井中，到底发生了什么？说实话，我们并不知道。显然，到星期三为止，霍乱弧菌进入人体小肠的难度大大增加。这主要是因为人口的大规模死亡和迁出使得使用水泵的人急剧减少。从这个意义上说，霍乱弧菌在周末的巨大的繁殖成功——想想看，在这短短的时间里产生了多少万亿的细菌——或许就是其自身死亡的动因。这些细菌在伦敦人口最密集地区的一家最受欢迎的水井里建立基地，使之得以像野火一样在周边蔓延开来，但野火的扩张之势却是如此突然、波及范围又如此广泛，很快就将主要燃料供应耗尽了。用来繁殖的小肠，已经不够了。

另一种可能性是，霍乱弧菌在宽街水泵下的水井中只能存活不到几天的时间。如果没有阳光照进井里，水中也就不会有浮游生物，因此无法逃脱的细菌会在街道水平面以下约 6 米的黑暗中慢慢死亡。井水的纯度或许也起到了一定的作用。霍乱弧菌更喜欢含盐量高或含有大量有机物质的水。在蒸馏水中，微生物会在数小时内死亡。然而最有可能的情况是，这种细菌本身陷入了一场与另一种生物体的生死攸关的斗争。[111] 就像霍乱弧菌利用人类小肠一样，一种噬菌体病毒也在利用霍乱弧菌实现自己的繁殖目的。一个注入细菌细胞中的噬菌体，会产生大约 100 个新的病毒颗粒，并在过程中将细菌杀死。在这种繁殖持续数天之后，霍乱弧菌的种群可能已经被对人类无害的噬菌体取代。

无论用哪种解释，这次流行病暴发的最初几天，可谓是微生物的摸彩。一群霍乱弧菌聚集在一小水池中，等待着被上推至能够接触到日光的水面。在那里，有无数的可能性正等待着它们，让它们通过繁衍争得荣光。那些离开了水泵的霍乱弧菌将会在感染者的小肠里繁衍出数以万亿计的后代。留在水泵中的霍乱弧菌，则要面对消亡的命运。

事后，怀特黑德对这周发生的事件进行了回溯，他发现了更多大量饮用宽街井水的幸存者。他找到了一个一度病倒，并把康复归功于饮用了约 10 升水的男孩；他还找到了一个在与疾病抗争并最终胜利的过程中摄入了足足 16 升水的女孩。但是，在重新梳理疫情发生顺序的时候，他也得出了另一个发现：几乎所有曾大量饮用宽街井水的幸存者，饮水的时机都是在星期六之后。要找到那些报告曾在本周早些时候饮用井水的人，难度则大多了，因为这些人中的绝大多数早已命染黄沙。

因此，有一种可能性是，霍乱弧菌在周末之前就已基本从水井中销声匿迹了。疫情正在地面肆虐，而在 6 米之下黑暗而沁凉的水中，霍乱弧菌却接连死去。或许，是有哪一种微生物靠自己的力量让这群“杀手”命丧黄泉。也有可能是地下水的自然流动慢慢净化了水泵的供水，最初的霍乱弧菌菌落已经弥散入苏豪区街道下的砾石、沙子和黏土中。

那天将尽之时，斯诺已经针对水泵搜集起非常具有说服力的证据。在法尔名单上的83例死亡病例中，有73人的住所离宽街水泵比其他公共水源都要近。斯诺发现，在这73人之中，有61人有经常饮用宽街井水的习惯。确定不饮用宽街井水的死者，只有6例。余下6例死者的谜题，仍没有找到答案。斯诺在后来写道："这是因为与死者有关的所有人有的离世，有的离开。"围绕宽街水泵假想出来的边界线之外的10个死亡病例同样很能说明问题：其中的8例似乎与宽街的水泵有关。除了法尔罗列的地址，斯诺也建立了能够串联回井水的全新因果链。经常出售掺进宽街井水的果子露的咖啡馆老板告诉斯诺，自从疫情暴发以来，她家的顾客中已经有9人死亡。斯诺将狮子啤酒厂和埃利兄弟工厂大相径庭的情况进行了对比。他还将波兰街济贫院这个看似不可能的避难所记录了下来，甚至在汉普斯特德区找到了他自己的决断实验。

不难看出，鉴于这片区域混乱复杂的形势，这项研究工作的体量让人瞠目结舌。在拿到法尔早期统计数据后的24个小时内，斯诺便从幸存下来的家庭和邻居那里打听到了关于70多人行为习惯的详细信息。时至今日，这一举措之勇敢仍然让人震惊。在伦敦历史上最严重的瘟疫暴发之后，附近的居民惊恐万状、纷纷撤离，但斯诺不惜花费了一个又一个小时，去走访那些遭受疫情侵袭最严重的住所——事实上，疫情仍在这些住所中肆虐。斯诺的朋友兼传记作家本杰明·沃德·理查森在事后回忆道："只有那些真正熟悉他的人才能了解他是如何不辞劳苦，付出了什么代价，又冒了怎样的风险。霍乱出现在哪里，他就深入哪里。"[112]

在那天的伦敦，或许没有任何人比约翰·斯诺和亨利·怀特黑德更加了解疫情的严重性。然而讽刺的是，对宽街当地的熟识程度却让他们难以判断这场悲剧的真实规模。在当地医院痛苦挣扎的苏豪区居民，至少是在自家幽闭的黑暗中死去的人的2倍。在9月1日之后的三天里，附近的米德尔塞克斯医院有120多名霍乱患者，医护人员应接不暇。弗洛伦斯·南丁格尔发现，那里的患者有很大一部分是妓女。病人们被堆在巨大而开阔的病房里，用盐水和甘汞进行治疗。空气中弥漫着医护人员用大盘子装着放在病房各处的氯水和硫酸溶液的气味，这显然是净化空气的举措。但最终这一举措并未起到什么效果，2/3的病人还是不治身亡了。

病人的数量超出了米德尔塞克斯医院的承载能力之后，新来的病人便被送到了伦敦大学学院附属医院。在9月的头三天，入院的霍乱病人共有25名。疫情暴发的前几天，威斯敏斯特医院收治了80位病人。其他机构的入院人数也大幅增长：截至那周的星期三，盖伊医院、圣托马斯医院和查令十字医院收治的霍乱病人超过了50名。

圣巴塞洛缪医院接收的霍乱病人最多，在疫情暴发的头几天，就有近200名病人入院。[113]医院的医生用蓖麻油、甜椒甚至冷水进行了多种试验，取得的疗效参差不齐。通过静脉注射一种与血清盐度相同的生理盐水溶液，两名患者仿佛出现了活下去的一线希望。但几个小时之后，两人还是离世了。这很可能是因为，就像托马斯·拉塔在 1832 年治疗的病人一样，这些人也没能接受多次注射。

因此，黄金广场以北街道上的惨状，实际上只是真实故事的一部分。斯诺和怀特黑德在星期三计算时，得出的数字仍在两位数之内，而他们很快就发现，这些数字乐观得令人震惊。

或许斯诺这一轮密集的询问调查，本来就减少了这种流行病的传播。我们从斯诺的叙述中得知，在一周的时间里，他与附近数百名居民进行了交谈，其中绝大多数谈话涉及宽街水泵问题。斯诺是否在这些对话中泄漏了他有关霍乱根源的理论，我们不得而知。这些对话既是采访，也是警告？斯诺毕竟是位医生，而那些穷苦、惊恐的苏豪区居民是他的病人。如果他认为宽街的井水正在传播一种致命的疾病，那他似乎就不大可能对这个信息三缄其口。出自一位受人尊敬的医生之口的 100 次警告，是否足以抑制社区居民对宽街井水的情有独钟？死亡人数最显著的下降，出现在星期二和星期三，也就是斯诺开始探索这片区域的两天后。或许死亡人数减少的部分原因，是一些人听到了水泵才是罪魁祸首的传闻。

但是，即便疫情有所缓和，从正常的标准来看仍处于让人胆战心惊的状态。斯诺从走街串巷的调查中得知，那周的周三至少发生了 12 起新的死亡病例，这是该区域正常死亡率的 10 倍。考虑到人口的大批撤离，按照人均计算，瘟疫的致死率仍居高不下。斯诺明白，他关于疫情暴发的统计报告，将会为他的介水传播理论提供强有力的证据，尤其是配合他对南伦敦水厂的最终研究结果。他要修改、调整自己的霍乱专著，还要在《柳叶刀》和《伦敦医学学报》上发表新的论文。但从短期而言，手边有更紧迫的问题需要解决。他所在的街区中仍有居民在不断死亡，而他关于疫情的调查已将罪魁祸首暴露于光天化日之下。

诺埃尔街
伯维克街
小教堂街
波兰街
马尔伯勒街
沃德街
沃德马厩
波特兰街
波特兰马厩
济贫院
伯维克街
本特尼克街
爱德华街
波兰街
达克巷
杜福尔道
伯维克街
哈姆广场
啤酒厂
水泵
马歇尔街
南小道
宽街
新街
考克小街
霍普金斯街
马尔伯勒小道
纳比街
赫斯本德街
佩尔特街
威廉玛丽巷
小温特米尔街
上詹姆斯街
大普尔特尼街
银街
布赖德尔街
小普尔特尼街
上约翰街
昆斯黑德巷
黄金广场
大温特米尔街
水泵
酿酒街
下詹姆斯街
史密斯巷
史密斯巷
哈姆巷
沃里克街
水泵
斯特街
惠灵顿马厩
惠灵顿马厩
下约翰街
黄金道
酿酒街
谢拉德街
布尔巷

“死神的施药所”

9 月 8 日，星期五

水泵的手柄

星期四晚上，圣詹姆斯教区的理事会召开紧急会议，就疫情的持续暴发以及附近居民的反应进行商讨。会议进行到一半时，理事会接到通知，说一位先生想要跟他们谈谈。来人正是约翰·斯诺，此时的他已经准备好了过去一周发生的灾难的调查结果。他站在理事会成员面前，用他那古怪且沙哑的声音告诉大家，他已经查出了霍乱暴发的原因，也能确切地证明，附近区域的绝大多数病例可以追溯至源头。斯诺很可能并未深入展开他对整个瘴气论的反对，因为开门见山地直述生死的显著规律，把哲学思考放到日后再谈，才是上策。他阐述了水泵附近的居民令人扼腕的生存率，以及那些没有喝水泵中水的人如何幸免于难。他告知理事会，死亡病例已经从黄金广场扩散至远处，而这些病例与此区的唯一联系，就是这些人曾喝过宽街水泵中的水。他或许向他们讲述了啤酒厂和波兰街济贫院的情况，一个接一个的死亡病例，都与源于宽街水井井底的供水有关。然而，人们仍在频繁地使用这个水泵。

理事会成员对此半信半疑。与所有当地居民一样，他们知道居民对宽街的水质评价有多高，尤其是与附近其他水泵里的水相比。而且，他们也亲身体验过弥漫在周边地区的恶臭和有毒气体。毋庸置疑，相比安全可靠的宽街水泵里的水，这些气体更应是疫情暴发的罪魁祸首。尽管如此，斯诺的论点却很有说服力。再说了，除此之外，理事会也几乎别无选择。如果斯诺是错误的，那么附近居民可能会在几周内处于缺水状态。但如果斯诺是对的，谁知道理事会能挽救多少生命呢？就这样，在经过快速的内部讨论之后，理事会投票决定暂停宽街水井的使用。[114]

第二天早上，也就是9月8日星期五，在疫情于苏豪区暴发整整一周后，水泵的手柄被人拆除。无论井底藏着什么样的危险，都将被暂时封存在那里。

事后，苏豪区的死亡病例又持续出现了一周的时间。直到几个月后，人们才针对宽街水井对这一地区造成的重创进行了最后清算。大部分报纸都对拆除水泵的手柄的事情只字不提。到了星期五，《环球报》发表了一篇带有典型瘴气论风格的乐观报道，描述该区域的现状："由于天气的有利变化，曾在此区肆虐的瘟疫已经减弱，希望居民们所遭遇到的最严重的灾害已成过去。昨天只出现了少数死亡病例，今晨则未新增死亡病例。"[115]然而，翌日发表的消息似乎就不那么令人鼓舞了。

> 我们很遗憾地宣布，在昨天的《环球报》发表那篇报道之后，又发生了几起严重的致命的霍乱病例。尽管抑制瘟疫扩散的最有效预防措施已在施行，但星期六早晨，又有七八起死亡病例被上报。黄金广场附近地区呈现出……一派极为萧瑟惆怅的景象。几乎每条街上都有灵车和垩车，附近被从天而降的灾难惊得目瞪口呆的居民纷纷涌上街头，想要目睹对邻人与朋友最后的吊唁。大批商人离开了自己的商店，逃离了这片区域，关闭的百叶窗上张贴着停业几天的公告。啤酒商麦瑟斯·哈金斯先生以他那值得称道的远见发布了一则公告：穷苦民众……在白天或晚上的任何时候都可以获取不限量的热水，用以清洁其住所或达成其他目的。这样充满人道主义和善意的措施，已被许多人采用。[116]

接下来的一周，又有几十人因病离世，但很显然，最困难的时期过去了。当最终数据被统计出来时，疫情的严重程度让那些亲身经历的人瞠目结舌。在不到两周的时间里，近 700 名居住在离宽街水泵方圆近 230 米以内的居民因病离世。宽街的人口减少了约 10 个百分点：在 896 名居民中，足足有 90 人与世长辞。在宽街和剑桥街交叉口四周的 45 幢房屋中，只有 4 幢在疫情中没有任何居民死亡。《观察家报》指出："如此短的时间里出现如此高的死亡率，在这个国家几乎是史无前例的。"过去，虽有流行病在全市造成更多的死亡人数，但以如此毁灭性的速度使如此狭小的区域内的这么多人丧命，仍是绝无仅有的。

水泵手柄的拆除是一个具有历史性的转折点，这不仅是因为这件事标志着伦敦最可怕的疫情暴发的结束。历史上散布着令人惊异的转折点，让整个世界在短短几分钟的时间内出现翻天覆地的改变，比如某位领袖遭暗杀、某处火山喷发，或某部宪法正式获批。但是，其他一些更加微小但同样重要的转折点，也是存在的。上百种彼此独立的历史趋势，在某个微不足道的行为上汇集为一。比如，某个不知姓名的人将繁华都市边道上的一个水泵的手柄拧下，在接下来的数年乃至数十年里，这个简单的举动衍生出无数变化。乾坤并非在瞬间扭转，变化本身需要多年才能显现。然而，这一演变的伟大却不因其悄无声息而有丝毫黯淡。

宽街的水井亦是如此。事实表明，拆除水泵的手柄的决定，其意义远比这个决定所产生的短期效应更加重大。没错，在接下来的几天里，随着最后一批患者的死亡以及其他较幸运患者的陆续恢复，宽街的疫情的确会自行消退。在接下来的数周和数月，这个街区会渐渐回到正轨。这些都是移除水泵手柄带来的切实益处，即便井水中的霍乱弧菌在斯诺向理事会陈述观点时已被全部清除。[117]然而，拆除水泵的手柄所代表的，不仅是当地居民的获救，还标志着城市居民与霍乱弧菌之间的战役的转折点，因为这是公共机构第一次根据具有健全科学依据的霍乱学说对这种疾病明智地进行干预。拆除手柄的决定并非基于气象图表、社会偏见或是已经弱化了的中世纪体液学说，而是根据对这种流行病的实际社会规律的系统调查。而这些调查，又恰恰证实了根据这种疾病对人体影响的潜在理论得出的预测。其根据是城市自身的组织结构所凸显出的信息。霍乱弧菌对这座城市日益增长的支配权不再笼罩于迷信之下，而是第一次受到了理性的挑战。

但是，学会听从理性是需要时间的，尤其是对宽街的普通公众而言，自从霍乱在伦敦传播以来，他们从当局那里听到的信息全都是迷信之说。当理事会在星期五早晨将手柄拆除时，这一行为遭到了碰巧目睹的路人毫无掩饰的嘲笑和奚落。他们的困惑不难理解。对许多幸存者来说，宽街的井水是他们最重要的解药。而现在当局竟要把供水切断？他们是想让整个社区都死于非命吗？

对斯诺的理论充耳不闻的，不仅仅是苏豪区当地的居民。就在当地理事会拆除手柄的当天，国家卫生局局长本杰明·霍尔向他组建的专门调查宽街疫情的三人委员会发令，要求调查人员对整个社区进行挨家挨户的调查，针对一长串环境状况进行上报。我们有必要在这里对这份清单进行完整重现，因为它完美地体现出了卫生局对瘴气的痴迷。

> 检查街道在通风方面的具体结构特点。
>
> 检查各种妨害物、屠宰场及有害行业等。
>
> 检查街道的气味及其来源，如集水沟的格栅和排水沟等；检查格栅是否被卡住，格栅附近的病例和死亡人数是否更多。

检查房子里的气味及其来源，这些气味是否在夜晚较为刺鼻，还是在早晨房子或商铺门尚未打开前较为刺鼻。

检查房子是否有室外厕所、抽水马桶、化粪池或类似配置，是否有人对这里的气味表示不满，其状况是否良好，抽水马桶是否供水充足，房屋排污口是否堵塞……这片区域是否在最近进行了排污。确定有多少房屋的排污管与新下水道相连，房屋的排污管是否流经房屋下方到达下水道，对房屋排污管、管道或砖砌排污道及其状况进行检查，查看是否有可能出现堵塞或散发臭气。

检查地下室地板低于街道平面的深度，检查这些地下室或相邻地窖在疾病暴发前是否有污物堆积。审视这些因素对房子的整体通风的影响，尤其是在夜间……

检查房屋的整体清洁程度和通风情况。后院也需查看，询问住户后院在疫情暴发前的情况。注意房屋是否曾经被惩处以及是否有脏乱的情况。

检查瘟疫暴发在上层还是下层的公寓中。如果可能的话，了解上下层病例的比例。

尽可能仔细地评估住户的居住情况，如是否过度拥挤、个人卫生情况、生活习惯及饮食等。

记录每幢房子的病例数量，以及每幢房子中的死亡人数。

检查供水的水源、水质和水量，供水是否来自水管或水龙头，检查水龙头的情况。

请注意街道和院落的整体情况，并询问疫情暴发前的清洁程度。

检查挖掘穿过小马尔堡街旧墓地的下水道时，沿途产生的土地破坏、墓地污物，是否对下水道中或该区总污水系统中渗入的污物产生了影响，以及产生了何种影响。检查下水道本身是否沉积了任何有毒物质。[118]

霍尔对他的霍乱委员会所下的指令提供了一个绝佳的个案研究。我们从中可以看出，即便相关人员都是各自研究领域中聪明、专注且有条不紊的人士，但占据主导地位的知识范式如何使真相的确立变得难上加难。霍尔列出的清单就像是为最终报告文件设置的桎梏。只需浏览这些说明，就能知道最终衍生出的问卷是什么样的：一份1854年前后的信息丰富、纤悉无遗的苏豪区气味清单。其中一半的指示特别提到了气味和通风，而如化粪池的状况等少数或与疾病介水传播理论相关的每一条指示中，都染上了霍尔执迷于气味的浓重色彩。

本杰明·霍尔总共向他的委员会下达了大约50条具体指示。其中对证明斯诺介水传播理论真伪有着至关重要的意义的，只有关于水质及其来源的两条。但是毋庸置疑，就其本身而言，这两个变量几乎毫无意义。在疫情达到顶峰的星期一的早晨，斯诺本人在水中并未发现任何异常。无论如何，凭借当时的技术对水质进行分析，是根本无法解开谜团的，因为肉眼什么都看不到。当年，帕西尼在他的显微镜下瞥见了这种微生物，但在接下来的三十载中，有此发现的仅有他一人。想要“看到”霍乱，间接的方法才是最可靠的，也就是将附近居民的饮水习惯分别与霍乱发展的路线和法尔在《每周出生和死亡报告》中记录的死亡情况叠加。如果没能将这两组数据叠加，那么介水传播理论揭露真相的强大作用便荡然无存。但是，霍尔并未让他的委员会调查居民的饮水习惯，更别说将这些习惯与死亡的总体分布情况逐一比对了。

值得注意的是，霍尔并未无视影响斯诺学说的基本流行病学原理，即通过观察流行病传播过程中出现的反常数据推断疾病的起因。霍尔要求调查人员报告霍乱死亡是集中在格栅附近还是瘟疫致死病人的墓地。然而，他对待介水传播理论的态度就没有这么严谨了。尽管斯诺已经在这个问题上发表过论述，尽管他与威廉·法尔就霍乱和供水进行了多次谈话，但这位卫生局局长仍然不认为，确定居民饮水水源附近是否集中出现死亡病例是必要之举。打一开始，霍尔的指示便操控了游戏规则，使之与斯诺的理论背道而驰。

但是，霍尔的特别任务小组并非唯一一支调查宽街疫情的队伍。在疫情暴发后的数周和数月中，另一支队伍也会详细调查这个社区，搜寻线索，将故事拼凑完整。而队伍的中心人物，与苏豪区当地居民一样对这片区域了如指掌。他，就是亨利·怀特黑德。

水泵的手柄被拆除的消息，在怀特黑德听来愚蠢至极。在那个星期五第一次听到水泵污染的理论时，他的第一反应是嗤之以鼻，选择站在宽街讥笑的民众一边。想驳倒这个理论并不困难，他心想。而且，他也具备了独一无二的条件。斯诺为期两天的调查，与怀特黑德自上周五疫情首次暴发以来在病床前花费的大量时间相比，相形见绌。这位年轻的助理牧师已在构建驳斥其他盛行理论的论点。此时，他要把介水传播理论也添加到待驳斥的清单之中。他认为，理事会或许很容易被斯诺博士的人口统计学的诡辩左右，但他们不像他那样对整片区域了如指掌，他们从未看到一个女孩在喝下 16 升水后逃出鬼门关的样子。怀特黑德明白，自己的论点还需要一些额外的研究支撑，但他相信，假以时日，水泵脱离罪名只是迟早的事。

“每一种局限既是一次开始，又是一种结束。”几年之后，乔治·艾略特[①]在《米德尔马契》中写下这样的文字。水泵的手柄被拆除的故事也是如此。这标志着宽街水井对黄金广场侵袭的结束，也标志着一个全新的公共卫生时代的开始。但是，这件事并未像侦探故事一样给出一个干脆的了结。剩下的居民并没有围绕在斯诺博士的身边庆祝他解开了宽街之谜。本杰明·霍尔没有在一夜之间放弃对瘴气理论的痴迷。即便是听从了斯诺建议的理事会，也对他的理论不以为意。而亨利·怀特黑德对控诉水泵的案子满腹狐疑，誓要予以驳斥。因此，关于宽街疫情实况的“故事弧”，

① 原名玛丽·安·伊万斯，笔名乔治·艾略特，19 世纪英国小说家、诗人、记者、翻译家，维多利亚时代的主要作家之一，《米尔德马契》是其代表作之一。——译者注

在结尾处出现了一个带有辩证色彩的转折：在说服低效的理事会听从他的建议时，斯诺却唤醒了一位比他更了解当地疫情的对手。在战胜一位对手的同时，斯诺却为他自己的介水传播理论创造出了一个更为严峻的挑战。斯诺需要努力拉拢他这边的潜在皈依者仍有许多：本杰明·霍尔和他那些被瘴气理论弄得晕头转向的调查人员，威廉·法尔，还有《柳叶刀》的编辑们。但从短期而言，他的大敌是亨利·怀特黑德助理牧师。

自从疫情暴发开始，怀特黑德就一直通过非正式的途径搜集线索。那个星期五，在得知水泵的手柄被拆除的消息之前，他曾经登上圣路加堂的讲道坛进行每日的布道。在那空了一半的教堂中，面对那群面容憔悴的教民，他发现坐在条凳上的贫苦老年妇女的人数多得超出比例。他赞扬了她们“对瘟疫的非凡免疫力”。在赞扬的同时，他也不禁纳闷：怎么可能这样呢？什么样的瘟疫会专门放过老人和穷人？

在接下来的几个月里，怀特黑德和斯诺分别在宽街上进行各自的探索，但两人未有交集。斯诺开始将调查的数据整合到1849年的新版霍乱专著中，同时也为几家医学杂志写了数篇关于霍乱暴发的文章。在新版专著中，专门描写宽街的那部分的开头，是以下这些戏剧性十足的言论。

> 在这个王国中，有史以来暴发过的最可怕的霍乱，或许就是几个星期前在宽街、黄金广场以及附近街道上发生的那场。在剑桥街和宽街交会处方圆近 230 米内，10 天之内便发生了超过 500 起霍乱致死的病例。这一小片区域的死亡率，或许是这个国家有史以来最高的，就连鼠疫等疾病的死亡率都要甘拜下风。而且，这次的疫情突然得多，因为短短几个小时内丧命的病人就超过了鼠疫。若不是人口撤离，死亡率无疑会高出更多。最先撤离的，是那些住在配有家具的公寓里的人，然后其他的房客也纷纷逃离，他们将家具留下，等找到有地方放置家具的住处后再来领取。由于业主的死亡，许多房屋完全无人居住。还有许多滞留下来的商人早已将家人送到了别处。因此，在疫情暴发后不到 6 天的时间里，受灾最严重的街道上就有 3/4 的居民离家逃亡。

那年秋天，怀特黑德迅速撰写并出版了一本 17 页的专著，名为《伯维克街的霍乱》。这是第一本针对普通民众的关于霍乱暴发的全面解读。在最初几周，怀特黑德的绝大多数问题是针对疫情的蔓延范围和持续时间提出的。在专著的开篇，他列出了一份简短的清单。

> 杜福尔道——房子数量：9 幢；人口：170 人；死亡病例：9 例；未出现死亡的房子：4 幢。不幸的是，谣言夸大了此处的死亡率。

剑桥街——房子数量：14 幢；人口：179 人；死亡病例：16 例；西面死亡人数：10 人；东面死亡人数：6 人，其中 3 人同住在一幢房子里。五幢房子里的房客全部撤离。[119]

反常的是，每座住宅中的卫生条件和死亡率之间不存在紧密的关联，怀特黑德对他所观察到的这一现象进行了描述。他发现，彼得街上的模范住宅——几年前因干净整洁而被当局称赞的那幢——现已有 12 人死亡，是该区住宅中死亡人数最多的。他追溯了疫情对该区域家庭造成的破坏："夫妻在几天内相继死亡的案例，至少有 21 起。[120] 其中一例，除了父母，还有 4 个孩子死亡。另一个案例，父母和 4 个孩子中的 3 个全部死亡。还有一个案例，死去的是 1 个寡妇和她的 3 个孩子。"距离圣路加堂门前阶梯约 14 米处，有四座住宅，其中死亡的住户共有 33 名。

在阅读怀特黑德专著的过程中，你会发现这位年轻的助理牧师努力想要从这次疫情暴发中找出神的意旨。从某种程度来说，瘟疫的降临一定是神的意旨的体现，而在这次事件中，神似乎偏偏单独对圣路加教区施加了最严厉的惩罚。对一位神职人员来说，这一定是一个非常难以面对的现实：在霍乱肆虐全国的数年间，在伦敦所有教区之中，上帝却偏偏选择了怀特黑德所在的小教区，使其经受整个伦敦市有史以来最具暴发性的疫情侵袭。怀特黑德在专著中最初声称无法用神的意旨来解释这场事件，随后，他又提供了一个明显遵循了辩证逻辑的半成形的理论。

> 上帝之道是平等的，人类之道是不平等的。还有一个不那么难以阐明的事实，也引起了我们的注意，那就是污物和泥垢那不均等的堆积、人口的过度拥挤、规划不合理且通风不良的房屋、那令人发指的惨状以及人们对排水管和下水道基本原则的漠不关心。即便这些因素加剧了瘟疫在具体区域的肆虐，但几乎没有引起人们的注意或警觉，直到“地雷”开始在各处零星爆炸，这才让这座管理不善的城市中的人群注意到，这种危险的境遇有可能侵袭任何街道或教区。在一天或一个小时的时间里便沦为大片藏骸所的，却并非那些最低贱、肮脏的住宅。[12]

直到“地雷”开始在各处零星爆炸。这场疫情虽然残酷，但也揭露了内城贫民区的穷困潦倒，借着极端困境的强光暴露了民众的日常疾苦。怀特黑德的故事讲对了一半：疫情的暴发之惨状的确播下了治愈的种子。然而推动这一进程的，并非天意，而是人口密度。将 1 000 人聚集在三条街区之中，你便创造出了一个传染病肆虐的环境。但疾病在肆虐的过程中，原形毕露。细菌的繁盛，也指明了其最终消亡的道路。宽街的水泵就如同一种城市天线，向附近社区发射信号，这种信号附带可探测的规律，让人不需要借助显微镜就能“看到”霍乱弧菌的踪迹。然而，如果没有成千上万的民众聚集在水泵周围，信号便会消失，就如声波在太空的真空中消散于岑寂一般。

在疫情暴发后的几周，怀特黑德对种种模式的观察已经足以让他在专著中驳斥许多流行的理论。他对彼得街灾难的描述揭露了卫生假说的谬误；为对抗“恐惧能够杀人”的陈词滥调，他还提供了许多勇敢的教区居民染病的案例。他将上下楼住户的死亡比例制成表格，以证明霍乱对两种阶层的侵袭是均匀的。不过，虽然他一开始对宽街水泵的手柄的拆除嗤之以鼻，但未在专著中提及这口水井。或许怀特黑德只是觉得还没有收集到足够的证据来反对斯诺的观点，因此还不应将介水传播的理论纳入专著之中。或者早期的询问调查已开始扭转他的想法。

无论具体情况如何，这本专著只是一个开端。在接下来的几个月中，怀特黑德对宽街疫情暴发的追踪之深入超出了自己的想象，甚至比约翰·斯诺本人的调查更加细致入微。11 月底，圣路加教友会投票决定成立委员会，对宽街的疫情暴发进行调查。教友会最初计划根据在该区分发的问卷编写一份报告，并将卫生局委员会搜集的数据补充进去。但是，当教友会找到本杰明·霍尔时，这位局长却拒绝透露其委员会的调查结果——“主要是考虑到这种调查在独立进行时较为有效”[122]。事实表明，这次的冷遇只是巧合使然。返回的问卷寥寥无几，而卫生局又不肯予以帮助，教友会认识到，他们需要组建一支由自己的人员组成的调查小组。鉴于怀特黑德最近出版的专著，加之认识到他对社区了如指掌的价值，教友会便邀请这位助理牧师加入了委员会。另外，他们也邀请了那位曾对宽街水泵的状况耿耿于怀的当地医生。斯诺和怀特黑德或许还未在疫情暴发的原因上达成一致，但此时两人成了同一支团队的成员。

从斯诺对附近社区原始调查中的一个关键疏漏切入，怀特黑德开始抨击水泵污染理论。斯诺的关注点，几乎全都放在了在疫情暴发期间死亡的苏豪区居民身上，他发现其中绝大多数人在患病前喝过宽街的水。然而，斯诺并未调查那些在疫情中幸存下来的居民的饮水习惯。如果这一组人也在同一时段饮用了宽街水泵里的水，那么斯诺理论的整个基础便会瓦解。如果社区中的绝大多数人无论生死都从水泵里喝过水，那么水泵与霍乱之间的关联便是不堪一击的。死者中的绝大多数或许也在疫情暴发前几天漫步于宽街，但这并不意味着在宽街散步会引发霍乱。

怀特黑德对当地的了解为他的调查提供了一个至关重要的优势：他具备得天独厚的条件，可以追踪到在疫情暴发后几周内逃离该区的数百名居民。斯诺凭直觉意识到，调查幸存者在饮用宽街水的居民中所占的比例有重要意义，但是对他而言，在 9 月的第一周，幸存者中的绝大多数已经踪迹难寻。因此，斯诺不得不用他对死者的研究作为反对水泵污染理论的证据，并在其中补充了少数反常的幸存案例（济贫院、啤酒厂）。与斯诺不同的是，怀特黑德能够利用自己很久以前便在这个社区建立的社交网络，追踪到那些从黄金广场撤离的人员。在被任命为委员会成员后的几个月里，他为了调查走过了整个大伦敦地区。在发现以前的居民已经搬到城区之外后，他便写信询问那些居民。最后，他搜集到了来自宽街的 497 名居民的信息。这个数字，超过了疫情暴发前这条街上居民总数的一半。

在投身调查的过程中，怀特黑德有时会为追踪新的线索而先后五次造访同一幢公寓，在此期间，他感觉自己对水泵污染理论的抵触情绪逐渐消失了。霍乱幸存者的回忆，一次次地将某些与宽街水泵相关的被人遗忘的联系重新翻出。丈夫于 9 月 1 日去世的一位年轻寡妇最初告诉怀特黑德，两人从未在宽街饮过水。但几天之后，她却突然想起一件事：在 8 月 30 日的晚上，丈夫曾让她从水泵里打些水来，在晚餐时喝，但她自己一滴也没有沾。关于家里是否有人爱喝宽街的水的问题，丈夫和女儿双双因霍乱病倒（但最后都活了下来）的一位妇女不假思索地予以了否认。但当她将怀特黑德助理牧师这次奇怪交谈的细节复述给家人时，女儿却回忆说，不对，她的确在疫情暴发前喝过宽街的水井里的水。

最后一个案例在怀特黑德揭露的故事中非常典型：与水泵之间缺失的联系环节，是由孩子指出的。在对附近居民的饮水习惯进行分析时，怀特黑德发现，孩子们经常会被要求为家人打水。对附近六七岁以上的孩子而言，到宽街打水是家常便饭，而这些孩子对宽街的熟悉程度，也意味着其中很多人都在父母不知情的情况下喝过井里的水。在聆听这些描述的过程中，怀特黑德的脑海中再次浮现出水泵的手柄被拆除当天寡妇们聚集在圣路加堂中的画面。关于她们的免疫力，他终于得出了一个合理的解释。这些女人并非在道德上比死者更加崇高，她们的体魄并非更加强健，生活方式也并非更加卫生。这个群体之所以出现一致的反应，是因为她们年老体衰又寡居，也就无人为她们打水了。

当怀特黑德将最初的数据制成表格时，反对水泵污染理论的理由看上去的确很有力。在从宽街水泵饮水的人群中，感染率与斯诺在最初调查中的概述大致趋同。在这些人中，未受感染的人与染病的人的比例约为 2∶3。与那些没有从这口井中饮水的人的感染率相比，这个数字显得更加惊人。在没有从这口井中饮水的人群中，感染霍乱的人只占了 1/10。尽管怀特黑德一直对介水传播的理论持反对态度[123]，但他不得不面对一个铁的事实：如果选择从这口井中喝水，感染的概率会增加 7 倍。

尽管如此，关于水泵污染的三个疑问仍然困扰着怀特黑德。斯诺虽然居住在苏豪区，但不常到宽街来。而且怀特黑德觉得，宽街水井长期以来为附近居民提供了异常洁净的供水，斯诺的理论与这一事实是不相符的。如果说当地的水井被某种传染性病原体污染，那么受污染的也应该是小马尔堡街井里那散发着恶臭的浑水。

除此之外，还有涉及幸存者的疑问。原始数据使得拆除水泵的理由看似十分充分，但怀特黑德获得的第一手资讯却让他很难动摇。他亲眼看到，垂死的教民躺在病床上喝下了数升宽街水井中的水，然后便因此恢复了健康。另外，怀特黑德也担心自己的安危，毕竟，他也曾在疫情暴发最严重的时期喝过井里的水。如果水井真的受污染了，那么他又为何能幸免呢？

调查的过程还在怀特黑德脑海中植入了第三个疑问。11 月份的时候，铺路委员会对宽街的水泵进行了检查，看这里是否与污水管道连通，这才导致了井水被废物污染。他们的结论非常明确：调查人员发现，水井“没有任何裂缝，与排水管和下水道没有任何导致污物被输送到水中的相通之处”。他们还对井水本身进行了化学和显微镜检测，但都没有发现任何异常。

约翰·斯诺的研究帮助怀特黑德找到了第一个疑问的解答，但剩下的两个疑问所产生的谜团，则要全靠怀特黑德自己来解开。冬天的几个月里，斯诺一直在修改他关于霍乱的著作，其中整合了南伦敦供水调查数据以及对宽街疫情的叙述。1855 年年初的一天，他将一本专著交给了怀特黑德。在读完斯诺对 1854 年 9 月疫情的叙述之后，这位助理牧师惊讶地发现，斯诺并未将疫情的暴发归咎于“水中普遍存在的杂质”。斯诺的理论假设最初的暴发“是由霍乱病人的排泄物……引起的特殊污染”，这些排泄物是从下水道或化粪池中渗透到水井中的。因此，斯诺的理论牵扯的并非水的整体质量。引起霍乱的病原体，是从外部渗入的。[124]

收到书的怀特黑德对斯诺表示了感谢，也针对斯诺的污染理论提出了一个“先验①异议”：如果霍乱的暴发开始于一个具体的病例，那么随着霍乱在周围人群中的迅速传播和越来越多的米

① 先验的拉丁文为“priori”，对应后验“posteriori”。先验知识是独立于经验的知识，用于描述未经以往经验或观点验证而被认为是正确的、无须证据证明的知识。——译者注

泔便被倒入井水中，井水难道不应在这一周内变得越发致命吗？怀特黑德继续表示，如果斯诺的理论正确，那么疫情暴发的趋势应该是一个逐渐上升的斜坡，而不是突然达到高峰，然后缓慢下降。另外，传播途径也是一个问题。铺路委员会已经发现，宽街的水井和当地的下水道之间并无关联。在怀特黑德看来，化粪池污染水井的观点更加荒谬。根据这位助理牧师得到的信息，自从《妨害消除和传染病预防法案》通过之后，所有的化粪池都已经被清空了。

但是，斯诺的专著以及不断增长的数据储备使得怀特黑德越发倾向于接受介水传播理论。如果斯诺是正确的，那么用现代流行病学的语言来说，便一定存在一个“指示病例”[①]，也就是排泄物通过某种途径进入宽街水井中的第一位被感染的人。若假设潜伏期为数日——这段时间足以使霍乱弧菌进入水井中、再进入第一拨病人的小肠中——那么指示病例的发病应该是在 8 月 28 日左右。怀特黑德翻出了疫情暴发前几周的《每周出生和死亡报告》，发现附近只出现了两起病例：一位病人在 12 日死亡，另一位在 13 日死亡。经过进一步的调查，两起病例都发生在离宽街水井较远的地方，不大可能与那里的供水有任何联系。

在几周的时间里，怀特黑德陷入了僵局。他搜集的所有证据都指向了一个指示病例的存在。这个指示病例能从根本上证实，他一直在竭力抗拒的理论其实是正确的。此时，他已几乎接受了

① 指示病例也称“原发病例”“零号病人”。——译者注

水井受到污染的事实，也几乎相信，宽街那纯净度出了名的供水，竟是为他的教区带来厄运的罪魁祸首。但是，造成污染的人到底是谁呢？

不在圣路加堂履行职责，或是不对已经四散奔逃的宽街前居民进行访问时，怀特黑德经常会在登记总长的办公室筛选各种文件。对怀特黑德来说，《每周出生和死亡报告》的笼统数据早已失去了作用，他需要的是原始档案提供的额外细节。有一次，怀特黑德来到登记总长的办公室寻找一些其他的零星资料，宽街档案中的一份资料引起了他的注意："9 月 2 日，宽街 40 号，一个 5 个月大的女婴死亡：死前 4 天患腹泻，体力衰竭。"

关于刘易斯家婴儿的悲惨故事，怀特黑德早就不陌生了。她的死亡早就被他收录在关于疫情暴发的记录中。而这次引起他注意的是末尾的评注——"死前 4 天患腹泻"。怀特黑德从未意识到，一个婴儿在患上这种几个小时内便能夺走许多成年人生命的疾病后，竟然可以存活 2 天以上。但如果刘易斯家的婴儿在死前已经患病 4 天，那就意味着她的发病时间要比疫情暴发至少提前了一天。宽街 40 号，这个地址他只看一眼就知道，刘易斯家婴儿是附近患者中离水泵最近的。

怀特黑德立马放下其他的调查赶回宽街，在那里，他找到了正巧在家的刘易斯太太，而她也愿意回答这位助理牧师提出的更深层的问题。她告诉他，实际上，女儿得病的时间比法尔记录的还要早一天，也就是在 28 日，即女儿最终夭折的 5 天前。当怀特黑德问起她是如何处理孩子的脏尿布的时候，她说尿布在水桶中浸泡过。浸泡过尿布的污水一些被泼到了后院的水槽里，还有一些则被她倒进了房前地下室的化粪池中。

怀特黑德助理牧师感觉到，事件的因果突然明了了起来。刘易斯家婴儿的病例完全符合指示病例的特征：她得病的时间出现在霍乱第一次全面暴发的三天前，当时，这位病人的排泄物被扔到了离宽街水井只有 1 米左右的地方。这一切，都与约翰·斯诺的预测相符。怀特黑德立即将教友会召集起来，大家很快达成了一个协议——再次对宽街的水井进行检查。

被委任为宽街水井的第二次挖掘工作负责人的，是一位名叫约克的当地检验员。但这一次，宽街 40 号下水道的化粪池也同样要被检查。宽街 40 号有一条与下水道相连的污水管，但其设计在很多方面存在缺陷。房子前面的化粪池本应用来容纳污物，但实际上充当了一座水坝，阻挡了正常流入下水道的水流。怀特黑德后来表示，约克在那里发现了“我不愿加以复述的未被水冲走的污秽之物”[125]。化粪池墙壁的砖块已破烂不堪，甚至“毫不费力就能从底座上拿起”。砖墙外侧大约 0.8 米处，便是宽街的水井。在挖掘的时候，井水的水位比化粪池要低出约 2.4 米。约克报告说，在化粪池和水井之间发现了一片浸满了人类粪便的“沼泽状土壤”。

最初的挖掘工作完全遗漏了这些情况，因为在本杰明·霍尔的指导下，人们仅仅检查了水井内部的情况，并将调查的重点放在了水质上。卫生局的瘴气学家们对传播途径和水流情况不感兴趣。他们不像约翰·斯诺那样将疫情暴发看作一个联动的网络，只是笼统地去寻找附近的不洁住宅，而不是指示病例。如果疫情的暴发可以部分归咎于水井，那么问题就一定存在于水井之内。卫生局的人员从未意识到，这口井本身虽然没有问题，但可以从其他源头“感染”这种疾病。因此，卫生局的检查人员只是往井里看了几眼，采集了一些水样。他们并未花心思去探查破败砖墙之外的情形，也从未费心探查事物之间的联系。

然而，约克主持的挖掘工作却揭露出了可怕的真相。原来，化粪池中的污物正在向宽街的水井内渗入。存在于宽街40号住户的肠道内的任何生物，都可以直接进入其他约1 000人的肠道之中。霍乱弧菌所需要的正是这种条件。

当教友会委员会对报告进行最后的润色时，怀特黑德偶然发现了他对斯诺的理论最后一个疑问的解释。如果宽街的水井被附近居民的污物污染，那么随着越来越多的居民感染霍乱，井里的水为什么没有变得越发致命呢？为什么疫情没有呈指数级增长、新增的每一个病例为何未使污染加重呢？约克的挖掘只围绕宽街40号进行，因此只提供了一半解释。住在其他区域的霍乱患者并未将自家的脏水倒进宽街的水井中，因此他们的疾病对那里的水质没有什么影响。但是，仅仅在宽街40号就有5个人死亡，其中包括最早的几个病例——G姓裁缝和他的妻子。这些人的排泄物为何没有在疫情高峰时期渗入井中、为形势火上浇油呢？

原来，这是一个简单的建筑结构问题。只有刘易斯一家才能直接接触到屋前的化粪池。住在楼上的其他居民，需要从窗户将废弃物扔到屋后污秽不堪的院子里。毫无疑问，在宽街40号屋后的黑土中，还有一大批从刚刚去世的患者肠道里排出的霍乱弧菌在伺机而动。但是，没有人会想要从后院肮脏的土壤中汲水喝，因此感染的链条便在此截止。苏豪区霍乱弧菌的数量正在以难以想象的速度激增，但是，霍乱弧菌与宽街水井的联系在刘易斯家的婴儿死后便被切断了。这是因为刘易斯夫人已经没有什么可往屋前的化粪池里扔的东西了。

1855 年的前几个月中，怀特黑德与斯诺分享了他的发现。在此期间，一段深沉且深厚的友谊在两人之间萌发。怀特黑德在许多年后忆起，斯诺如何对两人的共同研究的前景进行了“冷静且有预见性”的描述。“你和我或许不能活着看到那一天的到来了，”斯诺对年轻的助理牧师说道，“那天来临时，我的名字或许已经被人遗忘。但是终有一天，霍乱的大规模暴发会成为过去。而霍乱消失的原因，正是人们对这种疾病传播方式的了解。”[126]

随着指示病例的确定，教友会委员会已做好了发表报告的准备，而这篇报告是对斯诺最初提出的假设的彻底证明。委员会先是有条不紊地对疫情暴发几个月里流传的其他流行说法进行了驳斥，包括气象条件、下水道气体，以及隔离所墓地留下的“阴魂不散”的遗骸。瘟疫并未专门选准某个特定行业进行侵袭，也没有单独挑出某个经济阶层——楼上和楼下的住户都遭到了毁灭性的打击。干净的住宅和脏乱的住宅同样容易受到侵袭。

其中，只有一种说法经受住了教友会的全面调查。

> 委员会一致认为，“霍乱地区”的严重失调的死亡率……在某种程度上是由于人们饮用了宽街水井中不洁的水。

教友会接受了介水传播理论，集中对瘴气假说进行了尖锐的抨击。他们使用的词句是维多利亚时代的正式文体，很适合被一个严肃正规的教友会的委员会用来撰写致命事件的报告。尽管如此，文中的词句仍然尖锐犀利。

> 从表面来看，正面和负面论据的分量准确无误地指向一个方向，即表明水在决定疫情的暴发上发挥着某些重要作用……若按大气传播的说法，霍乱或许因不洁空气的不均匀分布而仅仅传播给部分人员，那么我们可以回答说，无论对街道、当地海拔、下水道井盖、房屋排水管或风向进行任何勘查，都无法解释空气不洁的分布为何如此不均。而若对居民的个人用水状况进行实际跟踪，其后果的推断便并非不合常理了。[127]

确切来说，教友会委员会关于宽街瘟疫的报告是斯诺介水传播理论第二次在机构层面获胜，但给人的感觉天差地别。虽然斯诺说服了教区理事会拆除手柄，可理事会对他的理论几乎无动于衷。然而，他对水泵的控诉却真正赢得了教友会的支持。斯诺的理论甚至经受住了一个誓要揭露真相之人的考验。怀特黑德助理牧师曾执意要推翻斯诺的理论，但被斯诺的理论折服，到头来成了最终结案证据的提供者。就这样，公诉人成了被告的主要证人。

很显然，事情发展到这里，瘴气的迷雾本应消散，而科学也将永远地战胜迷信。但是，科学很难带来掷地有声的打击，宽街的案例也不例外。就在教友会委员会的报告发表不到几周的时间，本杰明·霍尔的团队便发布了关于圣詹姆斯区域的霍乱疫情的报告。后者盖棺定论，对斯诺的理论表达了看似无可置辩的蔑视。

> 在以非常狭隘的观点解释这次疫情暴发的严重性时，斯诺博士提出，这次疫情异常严峻的真正原因，在于民众对该区域中心宽街的一口水井的使用，并认定井中的水受了霍乱病人的米泔便的污染（这只是臆想）。
>
> 通过仔细的调查，我们认为民众没有接纳这种理念的理由。我们发现，井水受到污染的指证无凭无据。也没有任何充分的证据表明，从这口井中打水的该区居民的平均染病率要高于从其他水源打水的其他区域的居民。[128]

“我们认为民众没有接纳这种理念的理由。”卫生局当然理解不了其中的理由。几个月前，当本杰明·霍尔首次概述委员会的目标时，卫生局的视野就已经被瘴气理论的界限框定。从现在看来，这种对斯诺的理论的全盘否定仿佛是一个天大的笑话。但是，这些人并非毫无理智可言。他们不是利欲熏心的雇佣兵，暗中为维多利亚时代的特殊利益集团效力。他们也没有被政治利益或个人野心蒙蔽。

相反，他们是被一种想法遮住了双眼。

> 根据挨家挨户的走访报告可以明显看出，当地的脏乱情况在受到疫情侵袭的整个地区最普遍。[129] 室外的空气因状况欠佳的下水道冒出的恶臭而令人掩鼻。几乎所有住宅受到了同样的影响，一部分原因是住宅自身的排污及清洁存在严重缺陷，另一部分原因是未经监管的屠宰和其他有害行当。这里的居民过于拥挤，或许已达伦敦有史以来的最大密度，而该地的建筑设计造成住宅几乎无法通风。
>
> 根据上述内容，我们相信，这是公认最可能造成霍乱肆虐的原理。很明显，该区尽管海拔较高，但具备一切（因诱发因素）使其易于暴发严重的瘟疫的潜在条件。我们也相信，任何熟悉疾病规律的人，都在霍乱降临该区之前对该区遭到侵袭的高风险有所预知。

用平实的语言来诠释，霍乱委员会报告的逻辑是：“霍乱会在脏乱不洁、恶臭熏天且不通风的拥挤环境中肆虐。我们已经检查了宽街地区，发现这里恰恰符合以上描述。事已至此，答案不是明摆着的吗？”

霍乱委员会的报告中记载的，全是对毫无意义的数据进行的精细入微的过度解读，如果不是人命关天，读起来几乎令人发笑。报告的前几百页读起来就像一本气象年鉴，上面的几十张表格，将科学界已知的所有大气变量悉数记录。报告的章节标题如下。

大气压力[130]

空气温度

泰晤士河的水温

空气湿度

风向

风力

风速

电能

臭氧

降雨

云层

伦敦、伍斯特、利物浦、杜尼诺和阿布罗斯气象状况比较

风

臭氧（又出现了一次）

1853 年大都会地区霍乱研究进展

1853 年大都会地区大气现象

1854 年大都会地区与霍乱相关的大气现象

这一连串的赘述，清楚地表明了委员会为何认定没有理由听信斯诺博士的理论。严格来说，委员会没有对斯诺博士的理论进行研究。他们如果多花一些时间研究宽街的民众饮水模式，少花一点时间收集杜尼诺的气象数据，便可能会发现，斯诺的论点更具说服力。

委员会对斯诺的理论所做的唯一让步，是简单提及苏珊娜·埃利的病例。宽街的井水是这次病例的传染媒介，这样的结论毋庸置疑。但是很显然，这一“决断实验”对委员会的瘴气学家来说还是不够具有“决断性”。

> 井水被有机物污染一事不可否认。我们已讨论过，如果在传染病入侵时，空气中存在可以转化为某种毒素的物质，而当地的水，依其含有此种杂质的多少，也或许会受到类似的毒化。[131]

这是一种最具欺诈性的循环论证法。委员会一开始便断言霍乱是通过大气传播的。当出现与最初论断相矛盾的证据时，也就是霍乱介水传播的确凿案例时，这个反证却被用来对最初的论断进行进一步的证明：一定是空气的毒性到达了一定程度，致使水也被污染了。心理学家将这种错误的推理称为证真偏差，即将新的信息强加在对世界的先入为主的倾向上。本杰明·霍尔的委员会对瘴气的证真偏差已经根深蒂固，使得他们对斯诺和怀特黑德看得清清楚楚的规律全然视而不见。这种视而不见，从两个主要层面遮住了委员会成员的双眼。霍尔根据最初的偏见构建起调查的框架，使得委员会根本无法接触能够说明问题的绝大多数数据。当一些能够说明问题的模式渗入框架时，委员会却在思想上深陷于主流理论的泥潭，将介水传播的决断实验当成了瘴气之威力的又一个明证。

因此，虽然瘴气理论已经时日不多，但没有在宽街事件发生后立刻土崩瓦解。最终，斯诺和怀特黑德的并行调查被人们奉为霍乱之战的转折点。但要想让他们的学说立于不败之地，还需一场疫情暴发的推动，而这场暴发发生在 10 多年后。

莎拉·刘易斯是否意识到，在照顾女儿的最后几天时间里，她引发了伦敦历史上最具毁灭性的疫情。如果她能意识到，那么这个消息之重一定让她难以承受，因为这场她无意之间引发的疫情，最终也使她的丈夫一命呜呼。9 月 8 日，星期五，也就是水泵的手柄被拆除后的几个小时，托马斯·刘易斯一病不起。他与疾病斗争了 11 天，要比大多数人都久。9 月 19 日，这位年轻的警察终于放弃了斗争，撇下无儿无女的遗孀孤苦伶仃地生活在这满目疮痍的街区之中。这场疫情开始于宽街 40 号，也在那里结束。

托马斯·刘易斯患病的时机暗示了历史的另一种令人毛骨悚然的可能。宽街的疫情之所以得以平息，部分原因在于，从水井到附近居民的小肠的唯一一条可行的途径要经过宽街 40 号的化粪池。随着刘易斯家婴儿的死亡，这一联系也就切断了。但当丈夫病倒后，莎拉·刘易斯又开始将水桶中的脏水倒入化粪池中。如果斯诺没有在那时说服理事会拆掉水泵的手柄，由于井中又被重新注入了一批新的霍乱弧菌，这种疾病很可能会在整个社区内再次肆虐。因此，斯诺的干预不仅有助于第一次疫情暴发的终止，也预防了第二次疫情的发端。

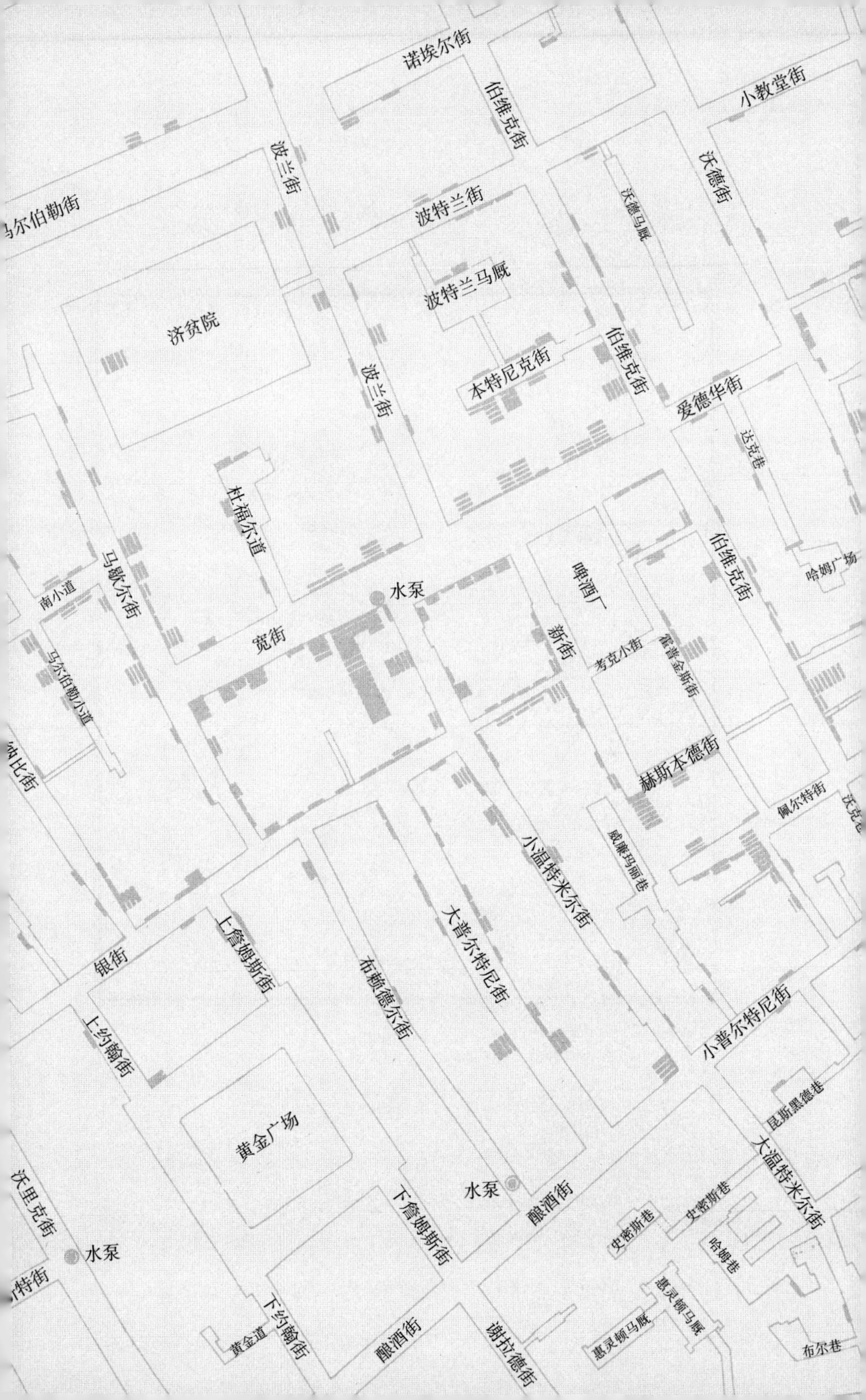
诺埃尔街
小教堂街
伯维克街
沃德街
尔伯勒街
波兰街
波特兰街
沃德马厩
波特兰马厩
济贫院
波兰街
伯维克街
本特尼克街
爱德华街
达克巷
杜福尔道
伯维克街
哈姆广场
马歇尔街
南小道
水泵
啤酒厂
宽街
新街
考克小街
霍普金斯街
马尔伯勒小道
比街
赫斯本德街
佩尔特街
威廉玛丽巷
小温特米尔街
大普尔特尼街
上詹姆斯街
布赖德尔街
银街
上约翰街
小普尔特尼街
昆斯黑德巷
黄金广场
沃里克街
水泵
下詹姆斯街
水泵
酿酒街
大温特米尔街
史密斯巷
史密斯巷
哈姆巷
特街
下约翰街
黄金道
酿酒街
谢拉德街
惠灵顿马厩
惠灵顿马厩
布尔巷

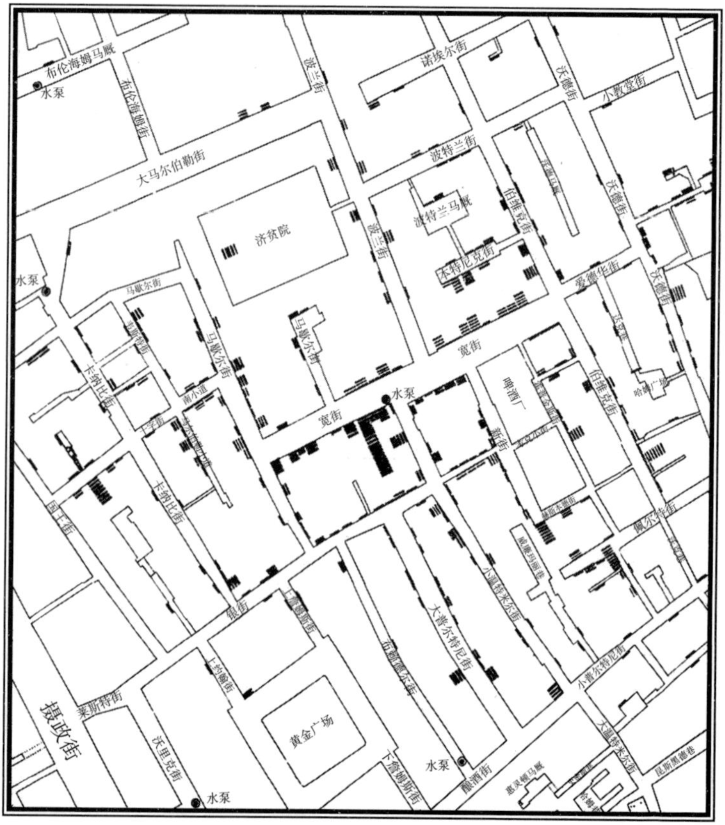
布伦海姆马厩
水泵
布伦海姆街
波兰街
诺埃尔街
沃德街
小教堂街
大马尔伯勒街
波特兰街
波特兰马厩
济贫院
伯维克街
本特尼克街
爱德华街
沃德街
马歇尔街
水泵
马歇尔街
马歇尔街
卡纳比街
南小道
宽街
水泵
啤酒厂
新街
伯维克街
卡纳比街
国王街
佩尔街
小温特米尔街
大普尔特尼街
银街
上约翰街
黄金广场
小普尔特尼街
大温特米尔街
莱斯特街
摄政街
沃里克街
水泵
下詹姆斯街
水泵
酿酒街

结语　死亡街区

在水泵的手柄被拆除后的最初几天，一位名叫埃德蒙·库珀的工程师奉大都会下水道委员会之命，开始对宽街疫情进行调查。在下水道挖掘工作中，有人从鼠疫患者的墓地中挖掘出了腐烂但仍携带瘟疫病原体的尸体。这样的流言蜚语传遍了附近的大街小巷，报纸也将矛头指向以前的隔离所墓地。（9月7日出版的《伦敦每日新闻》对下水道施工人员进行了指责，说他们在该区域的挖掘过程中掘出了“大量人骨”。）由于这些此起彼伏的丑闻，委员会派遣库珀对这项指控进行了调查。库珀很快便得出结论：无论200多年前鼠疫患者的尸骨是否受到了下水道施工的干扰，它们对社区的威胁都是微乎其微的。从《每周出生和死亡报告》和库珀的现场调查来看，很明显，鉴于死者尸骨在地域上的分散，下水道的施工不大可能对疫情起到推波助澜的作用。但是，库珀需要一种易懂的方式来展示这些规律，以便让附近的普通民众和他的上司理解。因此，库珀制作了一份疫情暴发的地图。他对该社区现有的新建污水管道平面图进行了修改，添加了标记，指示出霍乱死亡病例发生的地点以及鼠疫患者的墓地的原址。库珀在每幢有人病死的住宅前都画了一个黑条，然后用一系列细线标出该地址出现的死亡人数。在地图的西北角，大致以小马尔伯勒街为中心，库珀画了一个圆圈，标注上“鼠疫患者的墓地的大概地址”。只需迅速浏览地图，我们就可以清楚地看出疫情是被某些其他原因引发的：死亡人数集中在老墓地东南几条街区处，而库珀画出的圆圈内只发生了几起死亡事件，且圆圈南面和东面住宅的住户也毫发未伤。如果鼠疫患者的墓地里散发出某种有毒的臭气，那么直接居住在墓地之上的居民的死亡率肯定是最高的。[132]

事后，库珀的原始地图被复制和扩充，供卫生局调查使用，那年秋天进行的较广泛调查的数据也包含其中。尽管委员会最终还是将下水管道列为该地区潜在的瘴气中毒来源，但地图再次为鼠疫患者的墓地洗脱了罪名。这两幅地图都是点描法这一新兴技艺制成的精良样本，即在地图上用点（或线）标记每个病例，从而表示疫情的空间分布路径。两幅地图都尝试从鸟瞰的角度叙述宽街疫情的故事，也通过鸟瞰视角观察疫情在该区暴发时的蔓延路径。二者都极尽详细：用明晰的标记标出新旧下水管道，每个集水沟都由图标表示，地图上标注了通风口、侧门以及教区内每幢住宅的门牌号。地图上还标出了附近的水泵。库珀的地图尽管十分精确，但所含的信息太多，让人无法理清故事的来龙去脉。宽街水泵和附近死亡病例之间的联系，被淹没在了库珀绘制的大量数据之中。要想靠地图解释宽街疫情暴发的真正起因，地图展示的信息并非要更多更杂，而是要更少更精。

1854 年初秋的某个时候，约翰·斯诺开始绘制他的第一幅关于宽街疫情的地图。他在伦敦流行病学学会 12 月的一次会议上公开了地图的初版，这一版本与库珀的测绘图类似，但做了两处小的修改。每个死亡病例都用一个粗黑条表示，这也凸显了出现大量死亡病例的住宅。他还对地图上的细节做了精减，除了基本的街道布局和代表为整个苏豪区居民供水的 13 处水泵的图标，其他信息统统被删除。这份地图的视觉冲击力非常惊人，因为它涵盖了伦敦大片区域，从西边的汉诺威广场到东边的苏豪广场，一直到南边的皮卡迪利广场。事实证明，这些水泵中的 11 个与当地的霍乱病例毫无关系。紧邻小马尔伯勒街水泵的区域出现了几个粗黑条，但与密集分布于宽街附近的病例相比就是小巫见大巫了。宽街附近街道上的粗黑条，堆叠得就如冰冷的摩天大楼一般。由于宽街的水泵没有显眼的图标表示，其他的疫情点描法地图上呈现出的不规则图形，就如云朵般笼罩在苏豪西区之上。但当水泵被凸显出来时，地图的清晰度就上了一个台阶。霍乱并非以扩散形式在周边徘徊不前，而是从一个点向外辐射。

实际上，斯诺为宽街疫情的死亡和黑暗带来了一种全新的清晰视角。他的第一张地图因其较强的说服力而备受赞誉，各种版本被无数关于制图学、信息设计和公共卫生的教科书复制。1911年，《塞奇威克的卫生科学和公共卫生原则》出版了，这是一本具有里程碑意义的流行病学教科书，其中有10多页都涉及宽街的案例，并在显眼的位置登出地图的修订版本。人们持续的关注，使这幅地图成为整个宽街疫情的关键标志。然而，人们对其意义却多少有些误解。标出苏豪区死者的黑条虽然是一种一目了然的视觉元素，但并不是斯诺的发明。在斯诺开始绘制他的地图之前，视觉化展现此前霍乱暴发的点描法地图已经存在，且有关宽街霍乱暴发的点描法地图至少已有一张（库珀的地图）。斯诺的地图之所以具有开创性，部分原因在于斯诺将最先进的信息设计与有科学根据的霍乱传播理论结合。绘制地图的技术并非重点所在，重要的是这幅地图所揭示的潜在科学。[133]

为了出版，斯诺对他的原版地图进行了两处改动，即加入了教友会委员会的报告以及他的第二版霍乱专著。斯诺对疾病制图领域最重大的贡献，就包含在这添加了怀特黑德等人新搜集的疫情数据的第二版地图中。（具有讽刺意味的是，爱德华·塔夫特虽然在《视觉解释》一书中对斯诺的地图制图技术进行了详尽描述，但对几乎将斯诺的地图提升至信息设计领域标杆地位的因素只字未提。）向流行病学学会展示了地图之后，斯诺意识到，他的初版地图仍然容易受到瘴气理念误读的影响。或许死亡人数之所以集中在宽街周边，只是代表水泵向空气中释放了有毒气体。斯诺意识到，他必须通过某种方式用图像表示他煞费苦心重构出的水泵周围的行人活动。他要体现的不仅是死者，还有生者，他需要将居民在周边实际走过的路线展示出来。

为了解决这个问题，斯诺使用了一个几个世纪前的数学工具，这一工具被后人称为沃罗诺伊图。（斯诺不大可能了解这个工具的历史，但他一定是第一个将其运用于疾病制图学的人。）沃罗诺伊图采用二维场的形式，由被“单元格”包围的点组成。这些单元格划定了每个点周围的区域，这一区域与该点的距离，要比图中任何其他地方都更加接近。想象一个足球场，每条球门线上各有一个点。如此一来，代表这个足球场的沃罗诺伊图便会被分成两个单元格，二者的分界线在 50 码线处。如果你在球场上站在 50 码线主队一侧的任何地方，那么你与这个点的距离都要比你与另一条球门线上的点更近。当然，绝大多数的沃罗诺伊图涉及以不规则方式分散的许多点，从而组成围绕各点形成的呈蜂窝状排列的单元格图形。

在第二版地图中，斯诺着手创造了一幅沃罗诺伊图，以 13 个水泵作为点。他绘制出了单元格，以此表示地图上与宽街水泵的距离近于其他水泵的住址的精确分区。然而，这些距离不是欧几里得几何中的抽象距离，而是必须以实际步行来计算的距离。由于苏豪区街道的不规则排列，因此这些单元格也歪歪斜斜。以直线距离来说，有些地址的确距离宽街更近，但如果真的在苏豪区蜿蜒的小巷和边道上步行，就会发现另一个水泵距离更近。历史学家汤姆·科赫的评论非常精辟，他说这幅地图不仅围绕空间架构，还围绕时间架构：地图测量的不是两点之间的确切距离，而是从一个点步行到另一个点所需的时间。[134]

这幅地图的第二版被收进了斯诺的专著以及教友会委员会的报告之中。其中，在疫情暴发处的周围画着一条蜿蜒曲折而有些奇怪的线，大致圈出了五六处凸出的方形（近似），这些凸出像小型半岛一般伸入附近区域。对这个区域的所有居民而言，从宽街打水是最快的取水方法。与表示每个死亡病例的黑条叠加后，这个不规则图形瞬间清晰起来：向外延伸的每个半岛，都将一簇死亡病例的集群揽入其中。在这个单元格的边界之外，黑条很快就消失了。斯诺的介水传播理论，就是围绕两个形状的惊人一致性展开的，即疫情暴发区域本身的形状，以及最邻近宽街水泵区域的形状。如果霍乱果真是通过水泵里散发出的瘴气传播的，那么代表附近居民死亡情况的形状便会截然不同。当然，这个形状或许不会是一个完美的圆形，因为一些住宅会比其他住宅更易遭受疫情。但是，这个形状也必定不会与街道离宽街水泵的平面距离（人行轨迹）如此契合。毕竟，瘴气不会因街道分布不规则受到影响，当然也不会因附近其他水泵的位置而有所改变。

就这样，宽街疫情的幽灵被重新集合成了一幅最后的图像，化身为沿着遭袭社区街道两旁排列的黑条。在死亡的过程中，这些病人共同创造出一种指向一个基本事实的规律，但只有具备专业技能的人士才能让这一规律彰显出来。然而，无论这幅地图的设计多么精密，其直接影响都远远没有民间流传得那么神奇。这幅地图并未解开疫情暴发的谜团，也没有导致水泵手柄的拆除，从而结束疫情。不仅如此，这幅地图也没能说服卫生局相信介水传播理论的可取之处。然而，尽管有这些不尽如人意之处，斯诺的地图的标志性地位仍然实至名归。其意义主要体现在两个基本层面——原创性和影响力。

这幅地图的原创性并非指绘制流行病地图的决定，甚至与在街道分布图上用黑条为死亡病例编码的做法也无甚关系。若说到形式上的创新，那就是第二版地图上圈定出疫情状况的不规则图形，即沃罗诺伊图。然而实际上，真正的创新存在于生成图表的数据，以及最初得出这些数据的调查。斯诺的宽街地图虽是鸟瞰图，却是根据实际街道路面信息绘制的。地图以图表形式勾勒出的数据，直接反映了构成这个社区的普通民众的日常生活。任何一位工程师都能通过威廉·法尔的《每周出生和死亡报告》绘制出一幅点描法地图。但斯诺的地图所利用的，是一个更深层次和私密的信息来源：两位苏豪区的居民与邻居聊天，一起在街上穿行，分享着彼此日常生活的习惯，并追踪早已撤离该区的流亡者的信息。诚然，早就有人将社区人口统计数据投射到了地图上，然而，这些投射之中总是包含着人口普查人员或卫生委员会的官方干预。因怀特黑德对当地的了解而被注入灵魂的斯诺的地图，则完全是另一码事。这是该区的一种自我体现，将居民的活动规律绘制在地图上，使之成为一种更深层次的事实。毫无疑问，这幅地图是信息设计和流行病学领域的杰出成果。但除此之外，它也是某种社区的象征，体现了都市社区中紧密交织的生活轨迹。矛盾的是，这一象征成为可能，却要归结于这个社区经受的惨痛灾难。

至于影响力，如果这幅地图被约翰·斯诺公布给流行病学学会并赢得掌声雷动，又在接下来的一周的《柳叶刀》杂志上引发热烈的评论，那么这样的场景当然很美好。事实却并非如此。这幅地图的说服力对当今的我们而言似乎显而易见，因为我们生活在瘴气范式的局限之外。然而实际上，在这幅地图于 1854 年年末 1855 年年初开始传播时，却没有掀起巨大的波澜。斯诺本人似乎认为，最终，南伦敦自来水厂的研究会成为他的论点的核心理念，而宽街的地图，只能算是一个辅助性的证据、一段小小的插曲。

最终，科学界的观点倒向了对斯诺有利的方向。随着舆论转向，宽街地图的地位也随之提高，几乎所有关于疫情的报道都以某种方式复制了地图的内容。这种传播十分广泛，就连教科书上也开始经常出现副本的副本，并被错误地描述为原版地图的复制版（其中大多数缺少了至关重要的沃罗诺伊图）。[135] 随着霍乱的介水传播理论越发广泛地被接受，这幅地图也经常被用来作为理论背后科学依据的概述。比起解释人类肉眼看不见的微生物整体概念，指出那些从水泵周围散发出来的可怕的黑条要容易得多。这幅地图对直接受众产生的影响或许不及斯诺的期望，但其中的某些内容在社会上产生了反响。就如霍乱弧菌一样，这幅地图也具备某种令人想要复制的特征。通过这种复制，这幅地图将介水传播理论更加广泛地传播了出去。从长远来看，这幅地图既是营销的胜利，又是实证科学的一大胜利，因为它帮助一个优秀的理论找到了广泛的受众。

从短期来看，斯诺的地图或许也发挥了重要的影响，尽管这种看法更接近推论，而不是经实证检验的事实。我们知道，1855年深冬，斯诺将修订版的霍乱专著送给了亨利·怀特黑德，怀特黑德对介水传播的兴趣也从此发生了决定性的转变。而斯诺的第二版地图，就包含在这本专著之中。我们完全有可能推断，围绕宽街水泵辐射出来的死亡病例，对这位助理牧师理念的扭转起到了一定的作用。在研究这些幸存者和死亡病例的细节上，怀特黑德比任何其他人花费的时间都要多。他先是以助理牧师的身份照料病人，然后又以业余侦探的身份调查疫情暴发的原因。他第一次从鸟瞰的视角审视所有数据的感觉，一定与目睹天启无异。

说服一位助理牧师相信介水传播理论的可信之处，似乎是一项微不足道的成就。然而从根本而言，在宽街之谜的问题上，怀特黑德在1855年的调查和斯诺的调查一样具有决定性意义。阅读斯诺专著的“皈依经历”，促使怀特黑德踏上了寻找指示病例的旅程，最终引他找到刘易斯家的婴儿。这一发现促使约克对水泵进行挖掘，从而又证实了水泵与宽街40号的化粪池之间的直接联系。

当然，这一切都是猜测，但我们完全可以推出，如果没有怀特黑德助理牧师的推动，教友会委员会也绝不会将疫情归咎于宽街的水泵。如果没有指示病例以及与井水之间的明确联系，如果没有社区最受人尊敬的人物的支持，教友会委员会便很容易含糊其词，将疫情的暴发归咎于整个社区糟糕的卫生标准上，包括街道、房子、水质以及空气。如果没有这些条件，教友会委员会便很容易重新倒退回卫生委员会报告中的“瘴气迷雾”。然而，最终搜集到的证据是如此确凿，让人无法通过如此老套的解释蒙混过关。我们如果将斯诺的原始数据与怀特黑德更加详尽的调查结果结合起来，再将指示病例和腐烂的砖墙考虑进去，那么必定会得出水泵是疫情暴发之源的结论。

教友会委员会的结论意味着，介水传播理论首次得到了官方委员会调查结果的背书。这是一个小小的胜利。虽然在苏豪区之外的卫生问题上，教友会没有任何发言权，但是这仍为斯诺和未来的盟友提供了他们寻求已久的东西——一份官方的背书。在随后的几年乃至几十年里，随着宽街疫情的故事被越来越多的人重述，教友会委员会报告的影响力越发大起来。随着时间的推移，这份报告完全掩盖了卫生局的调查结果。在《塞奇威克的卫生科学和公共卫生原则》中，关于宽街的12页内容大量引用了教友会委员会的报告，而对卫生局的结论却只字未提。当时的公共卫生当局对斯诺的调查完全视而不见，绝大多数关于宽街疫情暴发的复述未提及这一关键事实。

倒转历史的卡带，想象架空的场景，虽然只是设想，但也有可能会为我们带来一些洞见。如果教友会委员会没有认可介水传播理论，那么宽街疫情很可能会作为瘴气致命影响的又一案例被载入史册：一个拥挤、肮脏、弥漫着恶臭的社群，得到了应有的惩罚。斯诺的干预仍是一位明智的特立独行者所采取的措施，一个徒有未经证实的理论的局外人，除了让惊慌失措的理事会因走投无路而拆除了一个水泵手柄，再也未能说服任何人。毫无疑问，介水传播理论最终会被科学证实，但如果没有宽街事件及由此诞生的地图的清晰阐释和重现，这个过程还要滞后数十年之久。在这段时间里，又会有多少生命魂归西天？

这个因果链虽然难以捕捉，但仍然合情合理。这幅地图推动怀特黑德认同介水理论，促使他发现了指示病例，从而为第二次挖掘创造了必要的动机，而这次挖掘最终又让教友会委员会采纳了斯诺最初的理论。教友会委员会的背书将宽街从瘴气论者的手中拯救出来，也成为斯诺介水理论最有力和最博人眼球的代理机构，从而推动疫情暴发时彻底摒弃介水理论的公共卫生当局回心转意。在 1855 年春天，这幅地图或许没有说服本杰明·霍尔意识到水污染的危险。但从长远来看，这并不意味着这幅地图没有改变世界。

对事件的连锁反应进行如此想象之后，一个事实便赫然凸显了出来：在第一次确定水泵很可能是疫情暴发的罪魁祸首上，约翰·斯诺或许起到了至关重要的作用，但是在最终确定水泵扮演的角色上，怀特黑德所提供的证据是不可或缺的。关于宽街疫情的简述，会不可避免地凸显这位富有远见的科学家的形象，他形单影只地与主流范式对抗，终于发现了隐藏在可怕瘟疫背后的原因。（在广泛流传的叙述中，人们也常会提及怀特黑德，但通常将他作为一位尽职尽责的“学徒”，协助斯诺进行挨家挨户的调查。）但是，宽街的疫情不应仅仅被理解成“草根”科学的胜利，还应该被看作全心投入的“副业”的成功。斯诺本人应该算是一位业余爱好者。在霍乱领域，他并未接受过正式的培训。对他来说，对这种疾病的兴趣与其说是一种真正的职业，莫如说是一种业余爱好。然而，怀特黑德却是业余爱好者中的典型。他没有接受过医学培训，也没有公共卫生领域的背景。在解开伦敦最具毁灭性的疾病暴发背后的谜团时，他唯一的资质就是开放和探索的思想以及对社区的深入了解。他的宗教价值观让他与苏豪区的穷苦工人阶层产生了紧密的联系，与此同时，这些价值观没有让他对科学的启示视而不见。如果说斯诺的第二幅地图的部分意义在于它赋予了这个社区展示自我的能力，那么怀特黑德就是让这种自我展示成为可能的渠道。怀特黑德不是专家，不是官员，也不是权威。他只是一个当地人。而这，也是他最大的优势。

我们可以从这件事中得到一剂“解药”，为宽街疫情的悲剧和全家人在单间公寓里相继死去的梦魇提供一些抚慰。1855 年冬末的几个月里，斯诺和怀特黑德因为发生在身边的这场可怕的疫情联系在了一起，建立了一段不同寻常的友谊。讽刺的是，这段友谊之所以成形，也是因为怀特黑德最初对斯诺的理论抱持的怀疑态度。除了两人交换的重要数据、斯诺发表的专著以及关于疫情未来的预言，我们对两人之间私下的互动知之甚少。但我们可以从怀特黑德事后的回忆中清楚地看到，在这位沉默寡言、不善交际的麻醉师和这位八面玲珑的助理牧师之间，形成了一条坚韧的纽带，这条纽带的形成既是通过两人在那惨烈的都市战场共同经历的激战，又是通过他们共同揭开了这场残酷杀戮背后的秘密。

这条纽带不仅仅是一种情怀。从实际意义上说，20世纪大都市生活的胜利，是一种场景对抗另一种场景的胜利：致命疫情带来的黑暗仪式，被来自不同背景的陌生人在人行道上彼此沟通时的欢声笑语取代。1854年9月初，当约翰·斯诺第一次对宽街的水泵发起挑战时，我们还很难确定哪一种场景会最终获胜。伦敦似乎正处于自我毁灭的旋涡之中。某个周末离开城区的你回来时却发现，邻居中有1/10的人已被装在运送死尸的手推车中被沿街推走。这，就是大都市生活。

在扭转这一趋势上，斯诺和怀特黑德扮演的角色虽小，但至关重要。他们揭开了当地疫情的谜团，最终引出了一系列全球问题的解决方案。这些解决方案，使得大都市生活成了一种具有可持续性的实践，并使之从极有可能落入的集体死亡的旋涡中抽离出来。使得这些解决方案成为可能的，正是两个都市人之间产生的联系：两个来自不同背景的陌生人，由于环境和距离因素聚集，在这座伟大城市的公共空间中分享宝贵的信息和专业知识。毋庸置疑，宽街疫情的终结，是流行病学、科学推理以及信息设计的胜利。但与此同时，这也是城市化进程的胜利。

约翰·斯诺最终没能来得及体验这场胜利的全貌。在疫情暴发后最初的几年里，介水传播理论的支持者在数量和知名度上都有所增加。斯诺的专著不仅涵盖了宽街的疫情，还包括了南伦敦的供水研究。与6年前的初版专著相比，这两个案例的结合似乎能够更快地扭转人们的理念。卫生局的一位名叫约翰·萨瑟兰的著名检查员发表了数次公开声明，至少从侧面支持了介水传播理论。威廉·法尔的《每周出生和死亡报告》对这一理论的态度也越来越支持。几份刊物虽然对介水传播理论进行了论证，但未将理论的最初提出归功于斯诺。一些刊物甚至宣称，是威廉·巴德发现了霍乱的介水传播特性。斯诺或许意识到霍乱的研究成果将成为他为后人遗留的最重要的财富，于是，为了回应这些文章，他给这些刊物写了一些言辞谨慎但态度坚决的信，提醒医学同人们认识到，他才是得出这些发现的第一人。[136]

尽管如此，许多人仍然对瘴气论趋之若鹜，斯诺本人也经常受到科学机构的诟病。1855 年，面对《妨害消除和传染病预防法案》委员会，斯诺针对所谓的“有害行当”发表了辩护证词。他雄辩地指出，传染性疾病的传播途径并非工业时代伦敦的熬骨人、羊肠弦制造工以及鞣革工散发的恶臭。他又一次利用了统计分析进行推理，认为如果瘴气果真能滋生流行病，这些行当的劳动者的发病率就会比普通大众高得多。尽管这些人终日沉浸在恶臭之中，却没有表现出不成比例的染病率。这一事实表明致病的原因隐藏在别处。

对瘴气论深信不疑的本杰明·霍尔公开表示了对斯诺证据的质疑。不久后，埃德温·查德威克也谴责斯诺的推理不合逻辑。但真正的终极一击来自《柳叶刀》上一篇未署名的社论，这篇饱含极大愤怒和蔑视的文章，对斯诺进行了猛烈抨击。

那么，为何斯诺博士会有如此古怪的看法呢？他有任何可以证明的事实吗？完全没有！……即便如此，斯诺博士仍然声称，霍乱的传播定律竟是通过饮用下水道的水。当然，他的理论已经将其他的理论一律取代。这些其他的理论，则是将霍乱传播的威力归结于通风不良和大气中的杂质。也就是说，斯诺博士声称，动植物腐烂所产生的气体竟是无害的！若说这种逻辑经不住理性的考验，那么至少也是对理论的自圆其说。我们都知道，理论往往要比理性更专制。实际上，斯诺博士汲取所有卫生知识的渠道，就是那根排污管。他的“窝点”或巢穴就安置在下水道中。在拼命鼓吹他那自以为是的理论时，他一头跌进了集水沟，再也没能从中爬出来。[137]

然而，瘴气论学家的自信心不可能永远维持下去。1858 年 6 月，一股初夏酷暑的热浪在污染严重的泰晤士河沿岸制造了一股四处弥漫的恶臭。媒体很快就将这股臭气戏称为“大恶臭”。“这种臭气只需吸入一口，就让人一生难忘，”《伦敦城市报》这样报道，“如果此人能活着记住这股恶臭，那就算是不幸中的万幸了。”强烈的臭气使得议会不得不临时关闭。6 月 18 日的《泰晤士报》进行了如下描述。

真是太遗憾了……昨天，气温下降了 10 摄氏度。要不，议会几乎就要通过立法来抵制这种给伦敦造成巨大妨害的恶臭了。炎炎酷暑，迫使我们的议员从俯瞰泰晤士河的办公室中撤离。有几

> 位议员一心想要深入调查这件事情，于是便冒险走进图书室一探究竟，却立即就被熏了出来，每个人都用手帕掩住鼻子。[138]

但是，当威廉·法尔针对6月的几周的死亡人数进行清点的时候，一件有趣的事情发生了。事实证明，当月流行病导致的死亡率完全处于正常范围。不知何故，伦敦历史上最“臭”名昭著的瘴气气团，却没能使疾病死亡率出现丝毫的上升。就像埃德温·查德威克在10多年前大胆宣称的那样，如果一切气味皆疾病，那么大恶臭理应引发像1848年或1854年那样的大规模疫情暴发。然而，并没有什么异常的事情发生。

我们可能会猜想，约翰·斯诺或许会对《每周出生和死亡报告》上令人困惑的数据感到十分欣喜，也许还会为《柳叶刀》或《伦敦医学学报》撰写一份简短的论文。无奈的是，他再也没有机会这样做了。6月10日，他在自己的办公室里修订氯仿专著时中风，6天后去世。当时，正值泰晤士河污秽的水面上的“大恶臭”蔓延到最严重的地步。斯诺终年45岁。很多朋友都怀疑，他的突然死亡是因为在家庭实验室里多次吸入实验型麻醉剂。

10天后，《柳叶刀》在其讣告专栏刊登了这样一篇简短的、轻描淡写的文章。

> 约翰·斯诺，这位著名内科医生于16日中午在位于萨克维尔街的家中死于中风。他针对氯仿和其他麻醉剂的研究得到了业界

的赞誉。[139]

斯诺在生前或许希望他对霍乱的研究能成为其对人类遗留的贡献的核心，但人们在他死后的第一份讣告中，却对霍乱只字未提。

在经历了多年官僚主义的繁文缛节后，这场大恶臭终于促使当局着手处理约翰·斯诺在10年前便已发现的重要问题——污水通过下水道被直接倾入泰晤士河从而造成的河流污染。关于处理的计划已经酝酿了多年，但大恶臭引发的公众舆论终于使天平出现了倾斜。在富有远见的工程师约瑟夫·巴扎尔杰特的推动下，这座城市启动了一项19世纪最宏伟的工程项目之一：建立下水道系统，将废水和地表水输送到远离伦敦市中心的东部。新下水道系统的建设，与布鲁克林大桥或埃菲尔铁塔一样具有伟大且经久不衰的意义。这个系统的宏伟之处隐藏在地下，远离人们的视线，因此不像那个时代其他更具标志性的成就那样经常被人提及。尽管如此，巴扎尔杰特的下水道仍是一个历史的转折点。这些下水道证明，面对全市范围的环境和卫生危机，城市可以通过大规模的公共工程项目真正解决这些项目针对的问题。如果说斯诺和怀特黑德在宽街所做的调查表明，人们可以通过大都市信息网来了解大规模的卫生危机，那么巴泽尔杰特的下水道项目则证明，面对这些危机，我们并非束手无策。

在泰晤士河以北，新下水道的计划包括三条主要管道，每一条的海拔高度各有不同，平行于河流向东延伸。在泰晤士河南面，有两条主线。城市现有的所有地表水和废水管道都会排入这些“截流”下水道中的一条，继续流淌至城市以东几千米处。有的时候，这些废水还需用泵输送。在泰晤士河北面，下水道在巴金地区汇入河流；泰晤士河南面的排水口则位于克劳斯尼斯的水泵站。这些下水道只有在涨潮时才会排入泰晤士河，涨潮后，朝海的退潮则会将城市的废物冲进海中。

鉴于伦敦既有的管道、火车站和建筑构成的复杂基础设施，更不必提将近 300 万的人口，想要绕开这些问题，巴扎尔杰特的这项工程可谓难于登天。事后，他用英国人典型的轻描淡写的口吻表示：“毫无疑问，这确实是一份非常棘手的工作。有的时候，我们会花上几个星期的时间绘制设计图，但突然遇到某条铁路或运河，把计划全部打乱，让我们不得不重新开始。”[140] 尽管面对千难万险，但到 1865 年，世界上最先进、精密的污水处理系统已基本投入使用。此项目背后的数字令人瞠目结舌。在这 6 年时间里，巴扎尔杰特和他的团队建造了 132 千米的下水道，使用了 3 亿多块砖头和近 76 万立方米的混凝土。主要的截流系统的建设成本仅为 400 万英镑，相当于今天的 2.5 亿美元。（当然，巴扎尔杰特所处时期的劳动力成本要比今天便宜得多。）时至今日，这个系统仍是伦敦垃圾处理体系的支柱。游客们或许会抬头瞻仰伦敦大本钟或伦敦塔的宏伟，但他们的脚下隐藏着一项最令人拍案叫绝的工程奇迹。

想要体会巴扎尔杰特成就的宏大规模，最好的方式就是沿着泰晤士河北岸的维多利亚或切尔西堤岸漫步，或是顺着南岸的艾伯特堤岸缓行。这几条宽阔宜人的大道，就是为了容纳平行于泰晤士河的规模宏大的底层截流管道修建的。在饱览美景和呼吸新鲜空气的悠然漫步于河畔的行人脚下，在泰晤士河北部疾驰而过的汽车轮胎下，隐藏着一条至关重要的边界，它是阻拦城市废物流入城市供水系统的最后一道防线。

河流以北的底层下水道，是最后建成的管道之一。事实证明，这条管道的延期建成对伦敦最后一次霍乱暴发起到了决定性作用。1866 年 6 月下旬，一对住在东伦敦堡贝门利区的夫妇感染霍乱，几天后便双双去世。不到一个星期，一场严重的霍乱便在东伦敦暴发，这是自 1853—1854 年的灾难以来最严重的一次。截至当年 8 月底，死亡人数已达 4 000 多人。这一次，进行第一轮侦查工作的是威廉 · 法尔。霍乱为何在沉寂 10 多年后在伦敦突然卷土重来，这让法尔百思不得其解。他想起了自己的老搭档约翰 · 斯诺，以及他对南伦敦供水公司进行的调查。正是因为这些调查，斯诺才会定期到登记总长的办公室拜访。法尔决定将这些新的死亡病例按照供水路线划分，由此得出的规律确凿无疑。原来，死者中的绝大多数人是东伦敦水务公司的用户。这一次，法尔不必把时间浪费在反对瘴气论上。虽然不确定东伦敦的供水遭到污染的途径，但很明显，这些水中含有某种致命的物质。对时间的浪费，就等于将数以千计不知情的民众置于死地。法尔立即下令在该区张贴告示，劝诫民众不要饮用“未经烧沸的水”。

尽管如此，谜题仍然没有被解开。按理说，巴扎尔杰特的下水道已将伦敦供水输入和污水输出之间致命的反馈回路切断。东伦敦水务公司也声称，公司的所有水库都广泛使用了过滤系统。如果真有什么污染物通过某种途径进入了城市的下水道，那也应该在传播给更广泛的民众之前先被这家公司的过滤系统拦截下来。法尔给巴扎尔杰特写了一封信，对方立即回信表示致歉，说伦敦此地区的排水系统尚未启动。他解释说：“不幸的是，我们的主要排水工程只剩这个地区没有完成。”底层下水道已经建成，但巴扎尔杰特的承建商们还未将用于抬升污水的泵站建好，因此，重力仍在继续把污水引向巴金地区的最终排水口。所以说，该地区的拦截管道尚未投入使用。

之后，人们又将注意力转回了东伦敦水务公司。刚开始的时候，公司发言人发誓，他们所有的供水都在新建的有盖水库中通过最先进的过滤床过滤。但是有报道称，一些用户竟在他们的饮用水中发现了活鳗鱼。这表明，过滤系统可能并未达到理想的效果。一位名叫约翰·奈特·拉德克利夫的流行病学家被派去调查这次疫情，并对东伦敦水务公司安装的过滤系统进行了仔细调查。就在几个月前，拉德克利夫刚刚读到了一本关于宽街疫情暴发的回忆录，作者就是那位在调查中发挥了“一定作用”的助理牧师。

由于约翰·斯诺已不在人世，拉德克利夫意识到，这位助理牧师或许能对最近这次疫情的暴发提供一些宝贵的经验。因此，业余流行病学家亨利·怀特黑德重新出山，参与他人生中最后一桩由污水引发的惨案的调查中。

拉德克利夫、怀特黑德和其他调查人员很快就发现，是东伦敦水务公司的一系列疏忽行为，导致了附近利河河水对公司位于老福特区水库周边的地下水造成污染。最终，人们追踪到了位于堡贝门利区的指示病例。他们发现，这对遭了厄运的夫妇的抽水马桶的污物，竟然直接倒进了离老福特水库不到 1.6 千米远的利河之中。从统计数据来看，这次的疫情与东伦敦供水系统的关联，要比 1854 年疫情与宽街水泵的关联更为显著。人们最终发现，93% 的死者是东伦敦水务公司的用户。[141]

这一次，几乎所有人都得出了统一的结论，斯诺富有远见卓识的研究得到了人们的广泛认可。疫情暴发一年后，法尔本人在议会证词中发表了一些颇具影响力的言论。他以讽刺的口吻开场，对那些无视大量相反证据、一意孤行地支持瘴气理论的商业利益集团表示了不齿。

> 由于伦敦的空气不像水那样由公司提供给居民，因此在议会委员会和皇家委员会的面前，空气都担上了最坏的罪名。在空气问题上，我们既没有保留科学的证据，也没有咨询博学的专家。因此，人们可以随意将各种瘟疫的传播和有损社会的扩散归咎于空气。与此同时，作为英国人“父亲河”的泰晤士河，伦敦的水

之神灵，却被肆意安上了洁净无瑕的名号。

然而，毋庸赘言，早在10年之前，有一个人曾经在空气问题上充当过“博学的专家”，并发表过饱受诟病的证词。对此，法尔承认了约翰·斯诺起到的决定性作用。

> 斯诺博士的理论将舆论趋势转向了水，并致力于转移人们对空气学说的注意力……所谓东风携带霍乱席卷伦敦东区的理论，绝非针对以往的流行病实验得出的结果……一个不带偏见的人大可无惧地呼吸这里的空气，但只有坚定的科学见证人才敢喝上一杯在老福特水库经过过滤的利河水。

法尔对斯诺学说的看法扭转得非常彻底，法尔甚至改写了历史，营造出斯诺的理念在刚开始提出时便享受到诸多赞誉的假象。在1866年疫情暴发报告的引言中，法尔提到了宽街事件的调查情况，并针对卫生委员会写下了这段令人匪夷所思的描述。

> 作风严谨的卫生委员会最终确凿地证明，作为传播这种致命疾病的媒介，水产生了广泛、巨大的影响……斯诺博士将所有霍乱的传播途径都归于介水的观点得到了证实。对于圣詹姆斯区的这次可怕的疫情暴发，这篇具体的论述……在某种程度上将矛头指向了宽街的水泵。但是，对这一问题更深入和具有确定性的调查，是委员会在斯诺博士和亨利·怀特黑德助理牧师的协助下进

行的。[142]

或许是法尔故意对历史记录进行了歪曲，抑或就像后来的许多描述一样，对教友会委员会调查结果的记忆覆盖了他对卫生局报告的记忆。让我们回想一下卫生局委员会对斯诺的理论所下"结论"的具体措辞："通过仔细的调查，我们认为民众没有接纳这种理念的理由。我们发现，井水受到污染的指证无凭无据。"这样的结论，难道不是批评和诟病吗？

尽管如此，介水传播的假说终于被纳入了主流科学范式。得知又一次为老友的理念找到了更多的受众，怀特黑德很欣慰。就连《柳叶刀》也终于接受了斯诺的理念，并在1866年疫情暴发后的几周内发表了社论。

> 斯诺博士的研究是现代医学中最卓有成效的研究之一。是他，对霍乱的发展历程追根溯源。他运用严谨的归纳法证明了供水的污染，对此，我们将心存感恩。在对人类的贡献上，没有哪项能比这更加伟大。他的贡献，让我们得以在源头或传播途径上迎战疾病，并让我们在这些关键节点上制胜……斯诺博士是一位伟大的人民英雄，他为大家创造的福祉，一定会永远清晰地烙印在所有人的脑海中。

很显然，斯诺博士最终还是找到了一条爬出"集水沟"的出路。

19 世纪的最后几十年，疾病的细菌理论已在世界各地成为主流，瘴气学家也被新一代“微生物猎人”取代。后者深入研究肉眼看不到的细菌和病毒生态圈。在发现结核分枝杆菌后不久，1883 年，德国科学家罗伯特·科赫在埃及工作时分离出霍乱弧菌。科赫在无意中复制了帕西尼 30 年前的发现。但是一直以来，这位意大利科学家的研究成果都被科研机构忽视。因此，找出在过去一个世纪造成如此浩劫的病原体的功绩，最初落在了科赫的身上。不过，历史还是承认了这位意大利科学家的创举。1965 年，霍乱弧菌正式更名为“1854 帕西尼霍乱弧菌”。

即使有了这些新的演进，也不足以说服剩下的瘴气论的少数忠实拥护者，比如在 1890 年入土的埃德温·查德威克。然而，绝大多数的公共卫生机构还是围绕这门新科学进行了重新定位。建立卫生供水和污水处理系统，成了地球上每一座工业化城市的核心基础设施项目。在 19 世纪和 20 世纪之交出现的电网更能吸引人们的眼球，但让现代都市得以安全享受电力带来的无穷无尽的消费快感的，却是隐藏于地下的污水和淡水供应管道。巴扎尔杰特的项目成了全球效仿的典范。到了 1868 年，位于艾比米尔斯的泵站终于竣工，这意味着巴扎尔杰特大型下水道系统的北部支线完全投入使用。截至 19 世纪 70 年代中期，整个系统全线启用。1887 年，整个伦敦市开始将废水倾入外海，此前，污水一直被源源不断地泵入泰晤士河的东端。

下水道系统带来的变化是多重的：泰晤士河中重新出现了鱼，恶臭减轻，饮用水也明显变得甘甜可口。但是，有一个改变是最为突出的。自 1866 年亨利·怀特黑德协助追踪到老福特水库的污染源头以来，伦敦再也没有经历过一次霍乱暴发。大都市与微生物之间的战斗结束了，胜利属于大都市。

在 20 世纪的前几十年，霍乱仍然威胁着西方世界的城市，但以伦敦工程项目的成功案例为榜样，疫情的暴发通常会促使地方当局对市政基础设施进行现代化的改造。1885 年，一场暴雨将芝加哥河的污水冲入密歇根湖，最终流入了城市饮用水的进水系统，从而导致芝加哥暴发了一次类似的疫情。[143] 随后出现的霍乱和伤寒，使得该市 10% 的人口命丧黄泉。这些人的死亡，最终促使市政府付出了巨大的努力改变芝加哥河水流的方向，使得污水远离供水系统。19 世纪 70 年代，汉堡市建立了一个在很大程度上模仿伦敦的现代化污水处理系统，但其设计存在缺陷。1892 年，霍乱卷土重来，在这座人口只有伦敦的 1/7 的城市里夺去了将近 1 万人的生命。在之前的 60 年里，主要的霍乱疫情都是从汉堡越过英吉利海峡传播而来的。因此，随着德国暴发霍乱的消息通过电报传至伦敦，人们便坐立不安地等着厄运的到来，但是他们的担心是毫无道理的。巴扎尔杰特的防线经受住了挑战，这一次，霍乱从未在英国海岸露头。

到了 20 世纪 30 年代，霍乱在世界工业化城市中已经降至一种反常现象。这种 19 世纪大都市的大规模杀手，已经被科学、医学和工程合力制服。然而在发展中国家，这种疾病仍能构成一种严重的威胁。20 世纪 60 年代和 70 年代，一种名为“EI Tor”的霍乱弧菌在印度和孟加拉国夺去了数千人的生命。20 世纪 90 年代初在南美洲暴发的疫情，导致 100 多万人染病，其中至少有 1 万人不治身亡。2003 年夏天，伊拉克战争造成的供水系统破坏，引发了伊拉克巴士拉的霍乱暴发。

这些趋势中包含着一种可怕的对称性。从许多方面来说，发展中国家的困境便是 1854 年伦敦所面对问题的投射。巨型都市正在角力的未知且难以持续的增长问题，正是 100 多年前的伦敦所面对的。2015 年，东京、孟买、达卡、圣保罗和德里将成为世界上人口最多的五大城市，所有这些城市的人口都将超过 2 000万[①]。这种体量的人口增长主要由所谓的占屋区或棚户区开发驱动，即整座城市在非法占用的土地上杂乱无序地“蔓延”开来，而又没有任何传统的基础设施或城市规划为其发展奠定基础。维多利亚时代的伦敦拾荒者在这些巨型都市死灰复燃，其数量达到了令人瞠目结舌的程度。当今，整个地球上有 10 亿非法居住者，据一些人的估计，他们的数量会在未来 20 年翻上一番。到 2030 年，非法居住者的数量很可能会占到地球总人口的 1/4。清沟工、河沟拾荒者以及推车小贩，这些维多利亚时代地下经济中的角色或许已几乎在发达国家销声匿迹，但在地球的其他地方，他们的数量却仍处于爆炸式增长中。

---

① 此为预测数据。2023 年人口排名前五的城市为：东京、重庆、新德里、上海、墨西哥城。——译者注

发达大都市生活中的绝大多数基础设施和物质便利，都是棚户区城市可望而不可即的，即便如此，后者的城市空间经济仍具有旺盛的创新和创造力。无论是里约热内卢的罗西尼亚地区还是孟买的占屋社区，一些最古老的棚户区通过开发项目已然发展成了功能齐全的城市地区，拥有发达国家居民熟悉的大多数便利设施。临时搭建的木棚，被钢筋和混凝土、电、自来水，甚至有线电视取代。伊斯坦布尔的占屋村苏丹贝利，其主干道两旁矗立着六层建筑，银行、餐馆和商店这些普通城市生活中的商业活动比比皆是。[144] 所有这些都是在没有地契、城市规划者和政府创建的市政基础设施的条件下完成的，严格上说，这片土地是通过非法占用而来。无论以何种标准衡量，棚户区都不是贫困和犯罪的天坑，而是某些发展中国家摆脱贫困的途径。在《影子城市》这本描述占屋区的精彩著作中，作家罗伯特·纽沃思精辟地总结道："这些人使用临时替代的材料，在这里构建着未来，而在这个社会的眼中，他们却一向是一群毫无未来可言的人。通过这种非常具体的方式，他们证明着自己的存在。"

然而，这种希望也需要以谨慎的态度加以平衡。这些非法占地的居民，仍然面临各种巨大的障碍。可以说，其中一个最紧迫的障碍，就是伦敦在一个半多世纪前面对的清洁水不足的问题。全世界有超过 11 亿人无法喝到安全的饮用水。近 30 亿人没有厕所和下水道这些基本的卫生设施，这个数字几乎占到了全球总人口的一半。死于霍乱等不卫生条件直接导致的疾病的儿童，每年达到 200 多万。因此，21 世纪的特大城市必须再一次吸取伦敦在 19 世纪用血泪换来的教训。这些城市所面临的人口已不再是 200 多万人，而是已经增长到了 2 000 多万人。但是相应地，人们可用的科学和技术知识也远远超过了法尔、查德威克和巴泽尔杰特当时可用的。

人们当今提出的一些最巧妙的解决方案，让我们想到了曾经引得众多维多利亚时代的发明家为之着迷的废物回收愿景。发明家迪恩·卡门发明了两台洗碗机大小的配套机器，供缺乏电力和清洁水的农村或棚户区的居民搭配使用。发电机可以对牛粪这种现成的燃料加以利用，但卡门声称，这些机器可以用“任何可以燃烧的东西”作为燃料。这台机器的输出，能为多达 70 个节能灯泡供电。发电机周围产生的热量可以为净水器供能，卡门为净水器起了个绰号，叫作“弹弓”。这台机器可以接受包括未经处理的污水在内的任何形式的水，并通过蒸发将洁净的水提取出来。卡门的机器原型附有一本“手册”，其中只有一条说明——加水即可。就像曾经在伦敦四处游荡、捡拾狗粪交给鞣革工的拾狗粪者一样，未来的非法占地者最终或许也会通过利用动物和人类的排泄物解决社区的卫生问题。而这些排泄物，恰恰是造成这些卫生问题的罪魁祸首。

关于这些超大城市在未来几年如何面对潜在危机，我们不能过分乐观。能够让棚户区自行制定公共卫生解决方案的新科技或许会出现，但毋庸置疑，政府也需要发挥其作用。工业化的伦敦用了 100 年的时间才发展成一个拥有干净水源和可靠卫生设施的城市。梅休细致研究过的拾荒阶层在伦敦已经不复存在，但即使是在发达国家最富裕的城市，人们也仍然面临无家可归和贫困问题，其中尤以美国为甚。但现在看来，发达国家的城市已不再处于19世纪伦敦那样的自我冲突状态。因此，某些发展中国家的大城市可能要花上一个世纪才能达到与伦敦同样的平衡。在这段时间里，大规模人类悲剧的出现是不可避免的，其中包括死亡人数远超斯诺时代的霍乱暴发。但是，即便在这些庞大而不断蔓延的新建“有机体”中，都市生活方式的长远未来依然真实可期。超级城市很可能会比伦敦更快地成熟起来，这正是因为在宽街疫情期间，流行病学、公共基础设施工程、废物管理和回收等所有形式的专业知识都尚处于萌芽状态。当然，所有这些专业知识都被“网络”的联通威力极度放大，学院知识与业余爱好者的当地知识也因网络交织在一起。其广泛程度，是斯诺和怀特黑德无法想象的。

当地知识从未像现在这样在地图上触手可及，通过前所未有的方式将卫生和疾病（以及不那么紧迫的问题）的模式展现在专家和普通人的面前。现在，斯诺的宽街地图的后续版本在万维网上无处不在。我们不再需要斯诺和怀特黑德挨家挨户地敲响大门，也不需要威廉·法尔将医生们的报告制成表格。现在的我们拥有由向中央数据库汇报疫情的卫生服务提供者和政府官员组成的广泛网络，而且疫情分布地图会自动生成并被发布在网上。一项名为GeoSentinel的服务可以对旅行者中的传染性疾病进行持续跟踪。[145]美国疾病控制与预防中心（CDC）每周都会发布一份关于美国流感现状的最新报告，附加很多图表和地图，记录美国民众血液中流通的各种流感毒株。用户众多的ProMED邮件服务[①]的电子邮件列表每天都会提供世界上所有已知疫情暴发的最新信息，这无疑使之成为人类已知的最令人毛骨悚然的新闻来源。科技虽然已经出现了巨大的进步，但其背后的哲学却一仍其旧。将这些生死模式以地图的形式呈现出来的做法，具有深刻的启发意义。与1854年相比，鸟瞰图承载着一如既往的意义。当下一次大流行病真的到来时，地图将像疫苗一样在我们与疾病的斗争中扮演至关重要的角色。但到了那时，观察范围也将从一个街区拓展到整个地球，其规模不可同日而语。

宽街地图的影响已经超出了疾病的范畴。由于谷歌地球和雅虎地图等服务的出现，互联网上充斥着全新形式的非专业地图。就如斯诺在街道网格中记录了水泵和霍乱死亡病例的地点一样，今天的地图制图者则记录着不同的数据，比如优质的公立学校、中餐外卖门店、操场、酒吧和可随意参观的待售房屋。原本储存在附近居民脑中的当地知识，现在全都可以纳入地图，与世界其他网民共享。与1854年一样，业余爱好者之所以能创作出最有趣的作品，正是因为他们对所属群体有着最富质感的颗粒状的体验。任何人都可以创造出一张地图，向你展示街道的交叉点和酒店的位置。几百年来，这样的地图一直存在于我们的生活中。但当今出现的地图完全是另一种类型——由真正的当地人创造的富含当地知识的地图。他们拥有真正的街头生存智慧。天黑后不

① 成立于1994年的ProMED是一项电子邮件服务，也是全球最大的疫情公开监测系统。——译者注

安全的街区、需要翻修的游乐场、有婴儿车空间的当地餐馆、估值过高的房地产，这些触摸不到的无形因素，都被他们标记在了地图上。

当今，即便是普通的网页也可以按照地图的方式进行浏览。雅虎与谷歌都建立了一个添加“标签”的标准操作，人们可借此对博客文章或促销网站的具体信息添加搜索引擎自动识别的地理坐标。有人在线上社区论坛上写下了对当地公园的投诉，并在文章中标注出公园的确切位置；有人为一家新餐馆写了一篇短评；有人发布了一则夏季转租的消息。目前为止，所有这些单独的数据碎片都在网络的信息空间中占据了一个位置，通过 URL（统一资源定位符）关联。现在，这些信息也可以在现实世界中占据相应的位置。在不久的将来，探索一座全新的城市时，我们便可以像现今的人们使用搜索引擎探索网络空间一样使用这些图像地理标签。我们寻找的，不再是与关键字或短语相关的网页，而是与我们所处的街角相关的各种网页。斯诺与怀特黑德经过数月的调查，靠手工拼成的社区鸟瞰图，现今的人们能立即生成。

这些技术会在城市中心得到蓬勃的发展，因为环境的人口密度越大，这些技术就越有价值。郊区的某条无名小巷不大可能有大量相关的网页。然而，在大城市的某个街角，却很可能拥有上百条有趣的链接：人们亲身经历的故事、街角新开的热门酒吧的评论、住在三个街区外的潜在约会对象、鲜为人知的宝藏书店，甚至是某台喷泉式饮水机遭污染的警告。这些数字地图是用来建立新型街道连接的工具，因此在没有街道文化的社区中不太可能有实际用途。城市越大，社会团体、酒吧及其他当地知识的总体体量也就越大，建立起有趣联系的概率也会随之增加。

简·雅各布斯在多年前便发现，大都市生活中存在一个自相矛盾的效应，即大都市创造了可供利基市场蓬勃发展的环境。在一个拥有5万人口的小镇上，一家只卖纽扣的商店很可能根本找不到市场，但纽约存在一个完整的纽扣商店区。正因如此，亚文化在大城市才得以繁荣发展。如果你拥有特殊的品味，那就更有可能在一个人口900万的城市中找到与你品味相同的人。正如简·雅各布斯所写的那样。

> 城镇和郊区……是大型超市的天然家园，却难以容纳小型的杂货店；是标准电影院或汽车影院的天然家园，却难以容纳小型的戏院。就算多样性的商店场所的确存在，就算的确有极少数人光临，但根本没有足够的人支撑起这种丰富的多样性。然而，大都市不仅是超市和标准电影院的天然家园，还是熟食店、维也纳面包店、外国杂货店、艺术电影等的天然家园。所有这些元素都可以找到共存的落脚地。标准与奇特相交，庞大与微小相融。在城市中活力满满和人气爆棚的地方，小店和小众文化的数量都会远远超过大店和流行文化。[146]

当然，具有讽刺意味的是，数字网络的初衷应是降低而不是增加城市的吸引力。远程办公和即时连接的力量，本应使密集城市中心的理念像中世纪有城墙的城堡城市一样过时。为什么人们要挤在恶劣而人口过多的环境里，而不是在自家农场轻松工作呢？但事实证明，许多人其实更中意城市环境的高密度，因为这些环境提供了维也纳面包房和艺术电影的多样性。随着科技增强我们发现这些小众爱好的能力，这种城市的高密度只会变得越来越有吸引力。这些个人兴趣地图为大城市的规模、复杂性和危险提供了一剂解药。这种地图汇集了真正当地人的集体智慧，让每个人都觉得自己是当地土生土长的人。

市政府也在探索这些新的地图技术。几年前，纽约市推出了一项开拓性的市政热线311服务，这很可能是自威廉·法尔的《每周出生和死亡报告》以来对城市信息管理的一项最彻底的改进。纽约前市长迈克尔·布隆伯格曾通过在电脑终端设置按需技术支持热线发家致富。另外，巴尔的摩等城市中也设有一些规模较小的版本。从本质上说，市政热线311是在这些服务上进一步完善的产物，等于多种不同服务的融合。首先，这是911热线的一个更加友善温和的版本。换句话说，311是纽约人发现无家可归者睡在操场附近时拨打的电话号码，而不是在有人闯入其公寓时拨打的号码。（在311热线运营的第一年，纽约市的911报警电话总数出现了有史以来的首次下降。）其次，311热线还可以作为纽约市的一项信息礼宾服务，按需提供城市所有服务信息。市民可以打电话查询中央公园的音乐会是否因下雨而取消，是否有路边备用停车位，或是最近的诊所的位置。

然而这项服务背后的根本理念是，信息的传递其实是双向的。与311热线的拨打者一样，政府也对这座城市获取了同样多的信息。你可以把311热线想象成一种广泛分布的城市感知系统，利用数百万民众的“街道上的双眼”来发现新出现的问题或汇报未被满足的需求。（布隆伯格本人就因打电话报告路面凹陷而“声名远扬”。）在2003年的大停电期间，许多纽约的糖尿病患者越发担心常温胰岛素的保质问题。（传统的胰岛素是冷藏的。）纽约市的应急规划者没有预料到民众会出现这些担忧，但在几个小时内，布隆伯格就在当晚通过广播播出的一次新闻发布会上谈到了这个话题。（实际上，胰岛素在室温下可以保质数周。）多亏民众拨打311热线电话，胰岛素的问题已然渗透到了纽约市的指挥链中。那些在停电期间拨打电话的糖尿病患者如愿得到了问题的答案，市政府也同样获取了有价值的回报：这些电话让他们意识到了一个潜在的健康问题，而在停电之前，他们对此毫无察觉。

311热线已经对市政府工作的重点产生了影响。在运营的第一年，噪声问题是投诉的一大热点：建筑工地、深夜派对、酒吧和俱乐部的人流向人行道。随后，布隆伯格政府针对城市噪声问题发起了一项大规模生活质量倡议。就像CompStat[①]系统的问题区域精确制图彻底改变了警察部门打击犯罪的方式一样，311热线也会自动将每一个投诉的位置记录下来，存入庞大的Siebel系统呼叫中心数据库，并通过该数据库为整个市政府提供信息。地理信息制图软件可以显示出哪些街道长期存在凹陷问题，以及哪

① CompStat是全球各地警察部门使用一种计算机操作的量化程序，最初是由纽约市警察局在20世纪90年代建立。——译者注

些街区正被涂鸦问题困扰。

若能丰富政府对其选民所面对问题的认识，并让选民更加了解政府针对这些问题所提供的解决方案，你便得到了一份公民卫生问题的秘方，其意义远超“生活质量”运动[①]的表面价值。在讨论网络技术对政治的革新时，人们通常会把这个问题放在全国性竞选活动的背景下，如互联网筹款或政治博客。但最深远的影响或许发生在更接地气的领域，如保持社区安全、清洁和安静，将城市居民与政府提供的不计其数的便民项目连接在一起，并树立起一种理念，即仅仅通过拨打电话上的三个数字，每位市民都可以为提升其社区的整体卫生状况做出贡献。

所有这些卓越的新工具，都是宽街的调查及由此而来的地图的衍生品。高密度城市的宏伟前景在于，无论是业余还是专业，不同形式的各种智慧都被注入一个如此狭小的空间之中。最大的挑战是找到一种提炼这些信息的方法，并将其传播到整个社区。斯诺和怀特黑德寻求的信息，主要是针对一场恐怖与无情的致命疫情，但他们的方法得以延续至今，现在又被现代信息技术增强，为涉及广泛的问题提供了解决方案。其中的一些问题同样危及生命（“我的胰岛素什么时候会变质？”），但大多数问题只牵扯日常生活中的小麻烦。不过，把这些小麻烦综合在一起，你的居住环境便会得到彻底的改善，而至于一种全民参与的全新意识、一种对社区街道的实际了解可以在更大层面产生影响的理念，

① 20 世纪 90 年代纽约市兴起的一项运动。为提升生活质量，政府的惩戒性措施代替了城市自由主义。——译者注

就更不必说了。当斯诺和怀特黑德将其对苏豪区的当地知识转化为疫情暴发的鸟瞰图时，两人其实是在推动一种审视城市空间的方法的诞生。时至今日，我们仍在探索这种方式的各种可能。毋庸赘言，此举对医疗机构产生了深远的影响，同时也存在其他的意义：它提供了一种管理和共享信息的模式，其影响远远超出了流行病学的范畴。

这种模式涉及两个关键原则，二者都是城市产生和传播优质理念的核心。第一个原则是业余爱好者和非官方"当地专家"的重要性。尽管斯诺接受了高等的医学培训，但如果不是因为亨利·怀特黑德这位未经培训的当地专家，宽街疫情的原因最终很可能被归于瘴气。每座城市都是由其总体规划者和政府官员塑造的。查德威克和法尔对维多利亚时代的伦敦产生了巨大的影响。两人虽然因瘴气误入歧途，但大多数影响是积极的。在311热线的例子中，城市的能量、活力与创新来自千千万万个亨利·怀特黑德——他们是使得城市的引擎在大街小巷中发挥作用的联结者、企业家和公众人物。诸如311热线这样的技术的益处，就在于放大了当地专家的声音，从而更加方便当局从中提取经验教训。

第二个原则是横向跨学科的思想交流。与大多数大学或公司不同，传统城市中心的公共空间和咖啡馆并不按专业知识和兴趣严格划区。[147]这些空间是各种职业汇聚的地方，是供不同的人在途中交换故事、想法和技能的场所。斯诺本人就像一家一个人的咖啡馆。他之所以能穿越瘴气的迷雾，一个主要原因就在于其跨学科的研究方式。他是一名执业医生、地图制图师、发明家、化学家、人口统计学家和医学侦探。但即使拥有通识的背景，他仍然需要利用一套截然不同的技能——对当地的了解。相比智力，这套技能更属于社交范畴。

当斯诺对好友预言两人可能不能活着看到介水传播理论被验证时，他只说对了一半。斯诺在他的思想能够改变世界之前就去世了，怀特黑德又活了 40 年，足够目睹伦敦如何抵御 1892 年汉堡瘟疫的暴发。怀特黑德在圣路加教区一直待到 1857 年，在接下来的 17 年里，他在伦敦各个教区担任牧师，倾注大量时间研究青少年犯罪问题。1874 年，他离开伦敦，在英格兰北部的几家部委任职。在他离开伦敦前不久，1866 年伦敦东区疫情暴发时的调查员同事约翰·奈特·拉德克利夫描写了怀特黑德在宽街事件中扮演的角色。

> 在宽街暴发的霍乱中，怀特黑德先生不仅兢兢业业地履行了教区助理牧师的职责，而且在随后的超过四个月的调查中，他也继续表现出独一无二的个性……他为霍乱可通过饮用水传播的学说奠定了坚实的基础……这个现已被医学界完全接受的学说，最初是由已故的斯诺博士提出的。但毫无疑问，首次拿出近乎确凿的证据来证

明此学说具有高度可能性的荣誉，非怀特黑德先生莫属。[148]

亨利·怀特黑德于1896年去世，享年70岁。直到离世，他的书房里一直挂着一幅老友约翰·斯诺的肖像。用怀特黑德的话来说，这幅肖像提醒他："在任何职业中，想要完成最重要的工作，都不能只去填补'不得不做之事'带来的烦琐的实证需求，而要通过耐心研习永恒之法。"[149]

如果亨利·怀特黑德能在今天漫步于苏豪区的街道上，他能辨识出多少以前的痕迹？宽街瘟疫暴发的显著迹象早就销声匿迹。的确，流行病的特点是带来可怕的城市杀戮，但在城市的基础设施上却几乎不留任何痕迹。火灾、地震、飓风、轰炸，这些其他侵袭城市的大灾难在带来人口大规模死亡的同时，几乎无一例外地伴随着对建筑的严重损毁。实际上，摧毁人类的住所就是这些灾难造成杀戮的方式。瘟疫却更加阴险狡猾。微生物不关心建筑物，因为建筑物对其繁殖无甚帮助。因此，这些建筑能得以继续屹立，而倒下的是一具具尸体。

尽管如此，这些建筑还是发生了变化。1854年夏末，宽街上几乎所有的老建筑被新建筑取代。部分原因是纳粹德国空军的轰炸，还有部分原因是日渐繁荣的城市房地产市场带来的创造性破坏①。就连街道的名字也被人改动。(1936年，宽街更名为布罗

① 创造性破坏是美籍奥地利经济学家约瑟夫·熊彼特提出的思想。这是一种工业突变，通过不断从经济体系内部改变经济结构，使得旧的结构不断遭到摧毁，新的结构不断被创造出来。——译者注

德维克街。）不消说，那个水泵早就消失不见了，不过，在宽街原址的几个街区之外，还矗立着一座带有小牌匾的复制品。水泵原址以东的一个街区，是由理查德·罗杰斯[①]设计的一座时尚的玻璃办公楼，裸露的管道被漆成了醒目的橙色。办公楼的玻璃大厅里有一家时尚的寿司店，常年顾客不断。1936 年拆毁的圣路加堂被 20 世纪 60 年代开发的肯普之家取代。这座 14 层高的建筑物，是一家集聚了办公室、公寓和商店的多功能楼。波兰街济贫院的入口现已变成了一座普普通通的城市停车场，但济贫院的结构仍然完好地保留了下来。我们从杜福尔道可以看见，建筑的结构在战后平淡无奇的布罗德维克街的背景中久久不愿离去，就像是一些维多利亚时代的宏伟化石。

然而当今，虽然许多建筑物已经旧貌换了新颜，租金也节节蹿升，但怀特黑德仍然能在苏豪区的大街上辨识出许多从前的踪迹。虽然现在的咖啡厅大多数是全国连锁门店，但社区的其他地方仍然遍布当地创业家开的生机勃勃的小规模门店。那些瓷牙作坊已经变成了视频制作工作室、橱窗里摆着黑胶唱片的时髦音乐商店、网页设计公司、精品广告公司和“酷不列颠”[②]小餐吧，更不用说那些偶然出现、让人想起苏豪区 20 世纪 70 年代那段黑暗岁月的性工作者。这个社区到处充斥着密集都市生活的激情和诱惑。这些街道之所以给人一种鲜活的感觉，正是因为诸多不同

---

① 理查德·罗杰斯是一名出生于意大利的英国建筑师，以高科技建筑的现代主义设计闻名。——译者注

② 酷不列颠是一个描述 20 世纪 90 年代英国文化界的繁荣景象的用词，灵感来自 20 世纪 60 年代的“摇摆伦敦”。——译者注

生命的交叉为其注入的活力。这些分岔路口的背后并非隐藏着死亡的恐惧，而是散发着安全、活力和诸多的可能。在一定程度上，这是100多年前在这些街道上发生的战斗所遗留下来的东西，或许也是那些战斗遗留下的最重要的传承。

在将我们与1854年9月的那些悲惨日子隔开的一个半多世纪里，在宽街这条街上，只有一家小店延续至今。在剑桥街拐角处的那家酒吧里，离曾几乎将整个社区毁于一旦的水泵不到15步的地方，人们仍可以买到1品脱[①]的啤酒。只是时过境迁，酒吧的名字已经发生了变化。现在，这里已被更名为“约翰·斯诺酒吧”。

① 品脱，容积单位，主要用于英美及爱尔兰。在英国，1品脱大约等于568毫升。——译者注

诺埃尔街
伯维克街
小教堂街
波兰街
波特兰街
沃德马厩
沃德街
波特兰马厩
济贫院
本特尼克街
伯维克街
爱德华街
波兰街
达克巷
杜福尔道
伯维克街
哈姆广场
啤酒厂
马歇尔街
南小道
水泵
宽街
新街
考克小街
霍普金斯街
马尔伯勒小道
赫斯本德街
佩尔特街
威廉玛丽巷
小温特米尔街
大普尔特尼街
银街
上詹姆斯街
布赖德尔街
小普尔特尼街
上约翰街
昆斯黑德巷
黄金广场
大温特米尔街
水泵
酿酒街
沃里克街
史密斯巷
史密斯巷
水泵
下詹姆斯街
哈姆巷
惠灵顿马厩
下约翰街
酿酒街
谢拉德街
黄金道
惠灵顿马厩
布尔巷

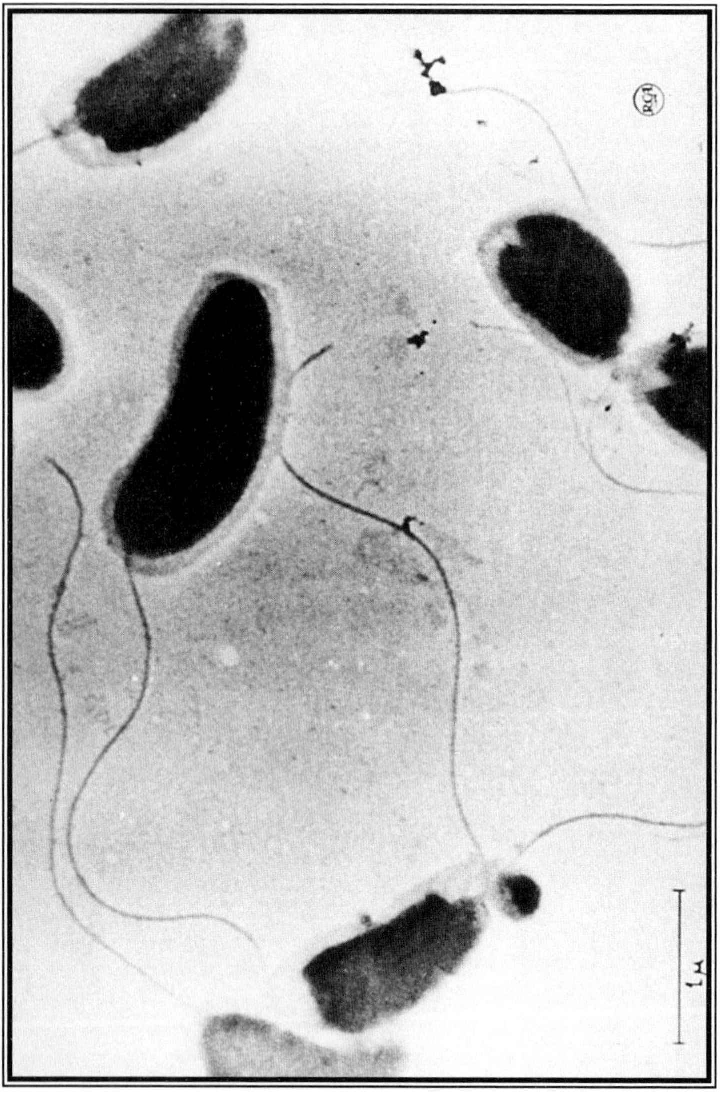

霍乱弧菌

后记　重访宽街

就在此刻，在世界的某个地方，一位村民正在把一家人迁到某座城市中，某位城市居民正在把新生命诞生于世，而某位农民则正处于生死的边缘。这种具有地域性而彼此独立的行动，却能让世界的天平出现决定性的倾斜。我们即将进入一个全新的时代：在我们的星球上，超过 50% 的人口都是城市居民。一些专家认为，这个数字一路飙升至 80% 之时，我们才能抵达一个全球性的稳定点。1854 年，当约翰·斯诺和亨利·怀特黑德在伦敦的城市走廊漫步之时，全球只有不到 10% 的人口居住在城市，而 19 世纪初，这一比例仅为 3%。不到两个世纪后，城市人口已占到人口的绝大多数。无论是世界大战的爆发、民主的传播、电力的使用还是互联网的普及，这一时期的任何发展都未能对人类的生活体验产生如此具有颠覆性的广泛影响。历史书籍往往围绕着民族主义的故事主线展开：推翻国王，选举总统，参与战争。然而，一部关于近代智人作为一个物种的历史书，则应以一条叙事线作为开头和结尾：我们成了城市居民。

如果你穿越到1854年9月的伦敦，从人口统计学的角度向一些典型的伦敦人描述他们的后代即将面对的未来，那么毫无疑问，许多人都会对斯图尔特·布兰德① 习惯称为"城市星球"的前景感到恐惧。19世纪的伦敦已经是一个过度生长的癌变怪物，注定迟早要以内爆收场。200多万人聚集在一个密集的城市中心，已经算是一种群体性的疯狂行为。怎么会有人愿意建立起2 000万人口的城市来重蹈覆辙呢？

当今，这些担忧已被证明是毫无根据的。到目前为止，现代城市化所带来的答案多于问题。城市仍然是财富、革新和创造力的巨大引擎，但在斯诺和怀特黑德目睹装运尸体的手推车穿梭于苏豪区以来的100多年中，城市也演化出了另一重身份，即卫生事业的引擎。在农村地区，在产前曾接受某种护理的女性占2/3；在城市，这一数字已超过90%。[150] 在城市，有近80%的分娩在医院或其他医疗机构中进行；在农村，这一数字则是35%。出于这些原因，当人们从农村地区搬往城市地区时，婴儿的死亡率便容易出现下降。世界上最先进的医院大多数位于大都市的中心。联合国《全球人类住区报告》的协调员表示："相比农村地区，城市地区的居民预期寿命更高、绝对贫困比例更低，城市还可提供更廉价和更大规模的基本服务。"在当今世界上的大多数国家里，城市生活可以延长而非缩短人们的预期寿命。由于20

① 斯图尔特·布兰德，美国作家，《全球概览》期刊的创始人，先后创办The WELL（虚拟社区）、全球商业网络以及今日永存基金会等机构。——译者注

世纪七八十年代的政府干预措施，许多城市的空气质量已经达到了工业化初期的水平。

除此之外，城市也提供了促进环境健康的力量。这或许是绿色政治①最出人意料的新信条，因为在过去绿色政治大多数与回归自然的道德思想联系在一起，带有明显的反城市价值观。密集的城市环境可能会彻底破坏自然（在巴黎或曼哈顿许多蓬勃发展的社区中，连一棵树都找不到），但是，这种环境也为减少人类的生态足迹②做出了至关重要的贡献。一是诸如俄勒冈州波特兰市的中等规模城市的污水处理系统，二是分散于乡村的相同人口所需的污水管理资源，我们将二者进行比较。波特兰的50万居民需要两个污水处理厂，由约3 219千米的管道连接。一群农村居民则需要超过10万个化粪池和约11 256千米的管道。农村污水处理系统的成本可达城市系统的几倍。正如环境学者托比·海明威所说："电力、燃料、食品等几乎任何服务体系，都遵循着同样无情的规模比例。与一群集中的人口相比，为一群分散的人口提供服务和将其联系在一起，需要动用更多的资源。"[151]从整个生态系统的角度来看，如果你想拥有一个1 000万人努力与其他生命形式共享的环境，那么，将这些人全部集中在一个面积为250多平方千米的地方，要比让他们分散在面积大10倍或100

① 绿色政治，亦称生态政治，是一种旨在建设生态可持续社会的政治意识形态。——译者注

② 生态足迹是全球足迹网络倡导的一种衡量人类对自然资源需求的方法，表示人类或某个经济体所需的自然资源的多少。——译者注

倍的边缘城市①合理得多。如果我们想在一个人口超过60亿②的星球上生存下去，而又不破坏自然生态系统复杂精密的平衡，最好的办法就是尽量把人们塞进大都市的空间，让地球上的其他地方回归自然状态。[152]

迄今为止，城市与人口控制联系紧密，这也影响了环保事业的发展。出于许多原因，农村居民生孩子更多。从经济层面而言，生更多的孩子在农村背景下较为合理，因为这意味着有更多劳动力在田间和住宅提供帮助，而不必受到城市生活环境的空间限制。以第三世界为首的农村生活环境，无法提供与城市同等便利的人口控制措施。城市的趋势却恰恰相反，这里不仅为女性提供了越来越多的经济机会，还提供了昂贵的房地产和便利的避孕措施。这些因素的影响如此大，甚至逆转了过去几个世纪地球人口的一大主流趋势，即无数世界末日假设所讨论的人口爆炸问题。无论是马尔萨斯③，还是保罗·埃尔利希在20世纪70年代颇具影响力的《人口爆炸》中，都提到过这个问题。在那些很早以前就组建了现代大都市的国家，出生率已经下降到每名妇女生育2.1个孩子的生育更替水平④以下。意大利、俄罗斯、西班牙、日本，所

---

① 边缘城市的概念源于美国，指在传统的市中心或中央商务区以外形成的相对独立的商业、购物以及娱乐经济集聚区。——译者注

② 这是2006年的数据。据联合国统计，2022年11月15日，世界人口达到80亿。——译者注

③ 托马斯·罗伯特·马尔萨斯（1766—1834年），英国人口学家和政治经济学家。他在其著作《人口论》中指出，人口的快速增长将导致战争与疾病。——译者注

④ 生育更替水平，指保持每一代人口不变所需的生育水平，即让人口保持不增不减的总和生育率。人口的总和生育率等于2.1，称达到生育更替水平。——译者注

有这些国家的女性平均生育率都在 1.5 左右。这意味着未来几十年，这些国家的人口将开始出现下降。第三世界出现了同样的趋势：20 世纪 70 年代，每名妇女的生育率高达 6；而今，这个数字已经下降到 2.9。根据目前的估算，随着全球城市化进程的继续，地球人口将在 2050 年达到 92 亿左右的峰值。之后，我们需要担心的就是人口坍缩了。

在斯诺和怀特黑德的推动下，一颗由城市组成的星球成为现实的世界。维多利亚时代的伦敦人会为如毒瘤般不断蔓延的都市的长期可行性担忧。但与他们不同的是，现在的我们已不再怀疑，由数千万人口组成的都市中心，会成为一个可持续发展的命题。实际上，事实或许会证明，大都市中心的失控增长对人类在地球上建立一个可持续的未来至关重要。这场命运的逆转对微生物和大都市之间关系的转变作用巨大，而这一关系的转变，正是由宽街疫情促成的。在《美国大城市的死与生》的诸多经典段落中，简·雅各布斯写道："曾是疾病面前最绝望无助和受荼毒最深的受害者的城市，却成了疾病伟大的征服者。"

> 城市内外的人都可以依靠外科手术、卫生、微生物学、化学、电信、公共卫生措施、教学和研究医院、救护车等诸多器械和机构，与过早到来的死亡进行永不停歇的斗争。而这些因素根植于大城市，离开这一环境便无法存续。过剩的财富、生产力以及人才的紧密结合，使得社会能为这些进步提供支持。而这些进步本身，也是人类聚合成城市，尤其是大型密集城市的产物。[153]

想要解释宽街疫情为何是一道如此重要的分水岭，最简单的方法或许可借用雅各布斯的表达：宽街疫情标志着，一个理性之人有史以来第一次对城市生活进行了审视调查，并得出城市有朝一日能成为疾病伟大征服者的结论。而在此之前，这场战斗一直以城市彻头彻尾的失败收场。

从根本上说，宽街疫情推动的，是人口密度的转型，它在将各种危险最小化的同时，也利用了城市密集生活的优势。每公顷容纳约 500 人，建设数百万人口共享供水的城市，努力寻找清理人类和动物产生的大量垃圾的方法，从本质上说，这样的生活方式似乎与个人和环境健康相左。然而，那些经历了一波三折的转型、首先围绕大都市聚居区建立起来的国家，现如今却成了这个星球最富裕的地方，其人均预期寿命几乎是农业国家的两倍。宽街事件发生 100 多年后，我们已将密集视为一种积极的力量，即推动财富创造、人口减少和环境可持续性的引擎。时至今日，人类这一物种已经将密集的城市生活奉为一种生存策略。

但是，关于80%的人口将居住在大都市的“城市星球”的预测，也仅仅只是预测。这场巨大转型有可能在未来几十年或几个世纪里遭到废止。可持续都市环境的兴起并非历史的必然，也是特定技术、制度、经济和科学发展的结果，其中的许多因素都在宽街疫情中发挥了一定的作用。危及我们“城市星球”的新势力有可能露头，而顽疾也有可能重来。但是，这些新势力和顽疾究竟会是什么呢？

虽然未来主义者在互联网首次进入主流文化时曾预言过远程办公的图景，但是，这些“反城市”的势力通过某种新的激励因素吸引人们重返田间的可能性并不大。

对那些在何处安家的问题上几乎拥有无限选择空间的世界上最富裕的阶层而言，他们始终选择居住在地球上人口最稠密的地区，原因也就在此。归根结底，他们选择住在这些空间的原因，与圣保罗的占屋阶层大同小异——城市才是精彩生活的发生地。城市是机遇、容纳度、财富创造、社交网络、健康、人口控制和创造力的中心。毫无疑问，在未来的几十年里，互联网及其衍生品将继续把这些价值观中的一部分输送至农村社区。但毋庸置疑，互联网也会继续丰富城市生活的体验。与乡村的农场主相比，城市中的漫游者通过网络获取到的内容可能更多。

全球变暖和化石燃料的有限供应这两大21世纪迫在眉睫的威胁，很可能在未来几十年对现有城市造成巨大的毁灭性影响。但是，除非你相信环境危机很可能以某种全球灾难的形式告终，从而逼迫人们回到农耕或狩猎采集的生活方式，否则，从长远来看，这些威胁是不太可能扰乱城市化的宏观模式的。世界上大多数城市中心都只比海平面高出几十米，如果冰盖真以目前预测的速度融化，那么大批居住在都市中的人类后代都要在21世纪中叶重新定居。但是，我们没有理由认为他们会迁居到农村或郊区。最有可能的情况是，他们直接撤离到海拔更高的地方，又会在其所在地形成全新的都市集群。世界上最富有的城市将会效法威尼斯[①]，通过对城市进行设计规划来解决问题；而最贫穷的城市将模仿新奥尔良的做法，直接搬迁到附近的其他城市去。无论选择哪种方式，人口最终还是会留在城市之中。

另外，石油的终结也并非预示城市的终结。近年来，许多城市被贴上“绿色”的荣誉标签，并不是因为这里真的绿叶成荫。（空气质量得到了显著改善，倾注在公园的资金也比以往任何时候都要充裕，但这些城市在很大程度上仍算是钢筋水泥砌成的丛林。）我们现在将城市视为有利于环保的社区，因为其生态足迹要比其他形式的人类居住地小得多。在某种意义上，环保主义者逐渐认识到资本家在几个世纪前就已明白的东西：城市生活的高效便利超过了它带来的所有恼人问题。城市居民花在居家供暖和制冷上的钱更少，生的孩子更少，回收废物的方式更经济。最重要的是，由于高密度生活带来较短通勤时间和公共交通，因此他们在日常交通中所消耗的能源也较少。《纽约客》的大卫·欧

① 非洲板块上升造成威尼斯下沉，致使大批居民从主岛迁移至威尼托大陆一侧。——译者注

文这样写道："以最主要的标准衡量，纽约是全美最环保的社区，也是世界上最环保的城市之一。人类对环境造成的最严重的破坏，是由于肆无忌惮地燃烧化石燃料产生的。[154] 在这一领域，纽约人几乎达到了史前人类的水平。自 20 世纪 20 年代中期以来，曼哈顿居民的人均汽油消费量就一直低于全美平均水平。当时，美国普及度最高的汽车还是福特 T 型车。曼哈顿居民中有 82% 的人都搭乘公共交通工具、骑自行车或是徒步上班。这个数字是一般美国居民的 10 倍，是洛杉矶县居民的 8 倍。除了 11 个州，纽约市的人口要比美国其他任何州都要多。如果建州，纽约的人均能源使用量将会排在第 51 位。"换句话说，不可再生能源的严峻危机很可能会加速而非阻止城市化趋势。

这些内容并非在轻视全球变暖和人类对化石燃料的依赖造成的长期问题。如果放任不管，这两大趋势都可能导致灾难性的后果。我们越能尽早认真思考这两大问题的解决方案，效果也就越好。但事实或许会证明，对于这两大问题，一个重要的解决方案便是鼓励人们搬到大都市地区居住。无论好坏，变暖的地球仍会成为一颗"城市星球"。

但这并不意味着持续的城市化是不可避免的，潜在的威胁可能来自其他地方。如果真有某种新的势力阻碍了人类向城市的大规模迁移，那么这种势力最有可能针对人口高密度对人类造成侵害，就像约 200 年前的霍乱弧菌一样。

许多评论人士在“9 · 11”袭击发生后不久便注意到，恐怖分子使用的技术手段中隐含着某些阴暗的讽刺意味。使用刀具这种能追溯到石器时代的工具，恐怖分子便劫持了 4 架美国先进的波音 7 系列的飞机，后又将这一先进科技用作对付其创造者的武器。虽然这些飞机明显在袭击中起到了关键作用，但造成最大伤亡的是另一种先进科技：恐怖分子利用的还有让 110 层高的大楼容纳下 2.5 万人的技术知识。（想想看，与五层高的五角大楼的正面碰撞，只在现场造成了 79 人遇难。）飞机燃料的高温和时速约 644 千米的碰撞的冲击力，是当天早晨恐怖袭击的致命武器。但如果没有坍塌的地板释放出的可怕势能，那么死亡人数会减少一个数量级。

从根本上说，“9 · 11”袭击利用的，是使人口密集成为可能的科技的巨大进步。自 19 世纪末摩天大楼诞生以来，我们就一直享受着这一进步带来的便利。1854 年，在伦敦人口最密集的苏豪区，每公顷的人口为 988 人。双子塔坐落在一片约为 0.4 公顷的土地上，然而在工作日，这两座塔中容纳的人数却能达到 5 万。这种密度提供了一长串的潜在好处，但也为大规模的屠杀提供了条件。更糟糕的是，这种大规模的屠杀并不需要军队出马。只需要足够摧毁两栋建筑的弹药，就能造成相当于美国在越南战争中 10 年的死亡人数。

在关于非对称战争的讨论中，人口密度是一个经常被忽略的关键因素。科技的确为规模越来越小的组织提供了越来越致命的武器。这无疑是一半的原因，但除此之外，与穿越时空回到1800年引爆这些武器相比，人类住区200多年来构筑的发展模式也是使这些武器更加致命的原因。在约翰·斯诺的时代，即使能劫持一架飞机，你也很难找到一个密集到足以当场杀死100名平民的城市区域。当今，覆盖地球的成千上万座城市所提供的目标要诱人得多。如果恐怖主义支持的非对称战争是人类面临的唯一威胁，那么，将郊区扩展至全球，完全从城市中撤离，这种做法或许会为人类带来更美好的未来，但我们没有做此选择的权利。[155] 因此，就像维多利亚时代的伦敦人不得不接受每隔几年就要席卷城市的可怕瘟疫一样，我们要么适应一定程度上可预见的恐怖主义的威胁，要么就得以约翰·斯诺为榜样，通过一种可靠的方式将威胁消除。

然而，某些威胁可能是不可容忍的。21世纪的城市所面临的最严重的威胁之一，是冷战遗留下来的核武器。相信大家都不难想象这样的世界末日场景：一颗百万吨级氢弹在宽街水泵原址被引爆，使得海德公园西侧一直到滑铁卢桥的整片地区化为乌有。该氢弹虽然大于“手提箱式炸弹”，但要比当今2 500万吨级的最先进炸弹小得多。任选一个工作日进行袭击，便能有效摧毁整个英国政府，将议会大厦和唐宁街10号化为放射性尘埃。白金汉宫、大本钟、威斯敏斯特大教堂等伦敦大部分地标将不复存在。向切尔西、肯辛顿和老城东部边缘延伸的更大区域中，将有98%

的人口失去生命。往外走几千米，来到卡姆登镇，再到诺丁山或伦敦东区，半数人口已灰飞烟灭，大多数建筑已被损毁得无法辨认。任何不巧直接观察到爆炸的人都会终身失明；大多数幸存者将被可怕的辐射病缠身，被折磨得生不如死。即便从原爆点撤离，放射性尘埃遗留的大规模癌症发病率上升和基因缺陷却木已成舟。

除此之外，还有各种各样的次级效应，即所谓的附带伤害。整个政府必须在一夜之间换届。这座城市的金融中心受到的破坏会对世界经济带来灾难性的影响。爆炸地点在几十年内都不适宜居住。无论是纽约人、巴黎人，还是日本东京和中国香港每条街上的居民，世界主要城市的每位居民都会发现自己的居住地发生了剧变：这些本想“人多势众”的聚落，却成了“大规模杀伤”的目标。世界上的大都市将成为恐怖组织的巨大靶心：数以百万计的潜在受害者被集中在易于摧毁的摩天大厦之中。一次这样的袭击或许不会阻挡人们向大城市迁移的步伐。毕竟，广岛和长崎的原子弹爆炸就没有阻碍东京成为世界上最大的城市之一。然而，数次爆炸则很可能会打破平衡。若是真的将大都市中心变成核目标，我们便有可能面临一种截然不同的“核冬天”[①]，即人类历史上一场前所未有的人口大撤离。

换句话说，一旦如此，后果不堪设想。而带来这种重创的，很可能是世界历史舞台上的一个无名小卒，比如一个驾驶着装载了核武器的越野车进入苏豪区并按下引爆按钮的人。世界上现有

① 核冬天是一种关于严重且持久的全球降温效应的假说。该假说推测这种现象会发生在大规模核战争的核爆之后。——译者注

2 万枚能造成这种程度破坏的核武器，而这也仅仅是我们已知的数字。在一颗人口超过 60 亿[①] 的星球上，必定会有成千上万的迷途人做好了准备，愿意在某个拥挤的城市中心引爆其中一枚核武器。那么，这两个集合还有多久会出现交集呢？

那位驾驶装载了核武器的越野车司机，不会被国际紧张局势缓和时期所通用的核政治逻辑吓倒。对此人而言，“相互保证毁灭”[②] 没有多大的威慑作用。不仅如此，在此人看来，“相互保证毁灭”是个不错的结局。一直以来，博弈论都无法解释那些不带合理私利之心的参与者的行为，核威慑理论也不例外。在核弹爆炸面前，我们没有第二道防线，也就是说我们没有疫苗或隔离措施来阻止最坏情况的发生。人们会制作地图，但这些地图标注的是焚毁地点、放射性尘埃和乱葬岗。这些地图不会像斯诺的地图帮人们认识霍乱一样让我们对核威胁有所了解，而只是对伤亡规模的一种记录。

无论是化学或生物武器，还是某种只为了实现繁殖的本能

① 2022 年 11 月，联合国宣布世界人口达到 80 亿。——编者注

② “相互保证毁灭”亦称“共同毁灭原则”，即对立双方中有一方使用核武器，则两方都会同归于尽。——译者注

需求而席卷全球的自由流动的病毒或细菌，随着这些21世纪恐怖“货币”的加速流通，人口密度也让我们处于更易受到伤害或感染的境地。当人们还在担心高密度人类住区的长期可持续性时，引人想起世界末日场景的，却往往是这些能自我复制的“武器”。人类和微生物之间紧密相连的网络，为研究指数级增长的威力提供了一个绝佳案例。在蒙大拿州，如果10个人感染了埃博拉病毒则可能会导致其他100个人死亡，这个数字取决于零号病人何时被送往高密度环境的医院。但如果在曼哈顿市中心，10个人感染了埃博拉病毒，则可能导致超过100万人死亡。显然，传统的炸弹会随着目标人口规模的增多而更加致命，但在这种情况下，其上升趋势是呈线性的；而对流行病的蔓延来说，死亡率却会出现指数级增长。

2004年9月，泰国的卫生官员开始采取一种措施，让家禽饲养场的工人接种西方国家每年流感季伊始时定期发放的常规流感疫苗。[156] 几个月来，世界各地的卫生专家一直在呼吁采取这种干预措施。这个例子本身就很能说明问题。常规流感疫苗只对甲型和乙型流感有效，这些流感虽然会让人因发烧和头晕而一周都不在状态，但除了非常年幼或年长的患者，这种病几乎不会致命。由这些病毒引发全球大流行的风险微乎其微，正因如此，此前，西方的公共卫生官员从未关心过世界另一头的家禽饲养场的工人是否注射过流感疫苗的问题。对于这些公共卫生官员所担心的被称为禽流感的H5N1病毒，常规流感疫苗是完全无效的。既然如此，为什么会有那么多全球卫生组织呼吁亚洲人接种疫苗呢？如果它们担心的是禽流感，为什么又要开一种已知对禽流感无效的疫苗？

这个问题的答案是一把标尺，可以用来衡量自宽街疫情暴发以来人类在两个领域取得的进展：一是对疾病传播途径的理解，二是对主导细菌和病毒行动的潜在遗传密码的认识。但与此同时，这也是一种延续性的衡量标准：斯诺和怀特黑德曾在伦敦街头遇到的问题卷土重来，而且这一次，威胁的影响范围已不仅局限于一座城市，还扩展到了全球。在当代，这些具体的威胁也与之前有所不同。从某些方面而言，威胁虽然更具危险性，但我们可用的工具也要比斯诺在统计学上的敏锐洞察力和挨家挨户的调查手段先进得多。然而，想要应对这些威胁，我们仍要具备斯诺和怀特黑德在宽街疫情暴发时运用得淋漓尽致的思考方式，并像他们一样全身心投入。

在关于此前席卷全球的禽流感的演讲、大肆渲染和冷静分析中，有一个令人震惊的事实非常引人注目：据我们所知，这种已经引发全球恐慌的病毒尚不存在。的确，H5N1 是一种极具杀伤力的病毒，对人类的致死率接近 75%。但就目前的情况而言，由于缺乏在人与人之间直接传播的能力，这种病毒还无法引发大规模的流行。这种病毒可以像野火一样通过鸡群或鸭群传播，而这些禽类又可以感染人类。但是，感染的链条到此便出现了断裂：只要地球上大多数人不直接接触活禽，H5N1 病毒就不可能导致全球范围的暴发。

那么，为什么伦敦、华盛顿和罗马的卫生官员会为泰国家禽饲养场的工人的处境担忧？尤其是为什么这些官员会把关注点放在禽流感上呢？这是因为微生物具有一种神秘莫测的突变和进化的本领。只要有一种 H5N1 病毒株变异成一种人传人的形式，这种病毒便可在全球引发一场疫情大暴发，其规模可以轻易赶超 1918 年导致全球多达 1 亿人[①]死亡的大流感。

这种新的能力或许会来自 H5N1 病毒基因的某种随机突变。在 H5N1 病毒的例子中，这就像是抽中了概率只有万亿分之一的基因彩票的大奖一般，但在一个拥有数以万亿计的 H5N1 病毒的世界里，这并非不可想象。但更可能的情况是，H5N1 将直接通过一种被称为基因转移的过程从另一种生物体借用相关的遗传密码。不要忘记，与所有多细胞生物体的受控垂直传递相比，单细胞细菌和病毒之间的基因传递要混杂得多。病毒可以非常轻易地与其他病毒交换基因。想象一下，一位深褐色头发的女士与一位红发同事一起工作了一年，一天早上醒来，她却发现自己长出来一缕红发。这是因为红发的基因在某天恰巧跃过了办公隔间，在一个新的身体中实现了自我表达。这听起来非常荒谬，因为我们已经习惯了基因在真核生物中的运作方式，但在细菌和病毒生态圈所在的微观世界中，这种现象却很普遍。

大多数传统的流感病毒已经拥有可以在人与人之间直接传播的遗传信息。由于 H5N1 病毒与传统流感病毒关系密切，对它而言，只需刷几行相关编码，就能立即获得人际传播的能力。不消

① 据光明日报 2020 年文章《全球史视角下的 1918 年大流感》，全球死于 1918 年大流感的人数，保守估计为 3 000 万，也有人估计高达 1 亿。——编者注

说，这要比通过突变随机产生正确的序列容易得多。

全世界突然开始关注泰国的家禽饲养场的工人是否注射了流感疫苗，原因就在于，人们都想尽可能拉开 H5N1 病毒与普通流感病毒之间的距离。如果这两种病毒真的在人类宿主体内相遇，一种杀伤力要大得多的 H5N1 毒株就有可能出现。其传染性或许与 1918 年席卷全球的流感病毒不相上下，但致死率要高出几倍。另外，与 1918 年相比，这种病毒当今所处的星球的居民不仅联系更紧密，聚居的密度也要高出许多。

想要了解基因转移的致命程度，我们只需把目光投向宽街疫情即可。1996 年，哈佛大学的两位科学家约翰 · 麦卡拉诺斯和马修 · K. 沃尔多针对霍乱弧菌“杀手本能”的根源得出了惊人的发现。这种细菌对人体的伤害牵扯两个关键因素：使之能够在小肠内以指数级高速复制的毒素共调菌毛，还有实际引发宿主快速脱水的霍乱毒素（CT）。麦卡拉诺斯和沃尔多发现，霍乱毒素的基因其实是一个外部来源提供的，即一种叫作 CTX 噬菌体的病毒。如果缺少这种病毒的基因，霍乱弧菌就不会有成为病原体的途径。也就是说，霍乱弧菌是通过借用全然不同物种的基因经过后天学习成为杀手的。噬菌体和细菌之间的交易是共同进化发展的经典案例，两种生物体在基因层面进行合作，进一步促进双方的繁殖利益。CTX 噬菌体在霍乱弧菌内繁殖，同时，前者也奉上了一份大幅提升细菌感染其他宿主概率的回礼。虽然听起来难以置信，但霍乱弧菌并非天生的杀手，它需要 CTX 噬菌体的加入，才能“黑化”至阴暗的一面。[157]

因此，我们有充分的理由担心 H5N1 病毒和普通人类流感病毒之间会产生基因的混合。但值得欣慰的是，在对这些跨物种传播能力的预测上，我们已经取得了长足的进步。约翰·斯诺在 19 世纪中期确定霍乱的介水传播性质时，其实是借助科学和统计学工具规避了空间对感知带来的基本局限。他寻找的生物太过微小，是无法通过肉眼看见的。因此，他不得不通过间接的方式来检测，即在熙熙攘攘的大都市中心街道和住宅寻找生死模式。如今，我们已经攻克了这个空间维度，能够随意窥视细菌王国的动向；我们甚至可以一直放大到 DNA 的分子链，甚至可以瞥见将它们连接在一起的原子。然而，我们面临另一个基本的感知局限：不是空间的，而是时间的。从方法论而言，我们与斯诺使用的工具是一样的，只是现在，我们使用这些工具追踪的病菌非肉眼能见，是因为这种病菌尚不存在。泰国的流感疫苗是人们针对可能发生的未来采取的先发制人的一击。没有人知道 H5N1 将何时学会在人与人之间直接传播，至少从理论而言，它或许永远也不会发展出这种特征。但为这种可能的出现做准备是有意义的，因为如果这样的菌株真的出现并在全球蔓延，我们就不能通过拆除类似水泵的手柄的东西救急了。

我们给泰国的家禽饲养场的工人接种疫苗，关于某种迁徙候鸟误入土耳其的消息让洛杉矶的居民忧心忡忡，原因就在于此。帮助人们理解宽街疫情的模式识别、当地知识以及疾病分布图如此重要，原因也在于此。时至今日，坚持维护公共卫生机构仍是国家和国际组织最重要的职能之一，原因还在于此。如果 H5N1

病毒真的碰巧能够从某个甲型流感病毒中置换出 DNA 的正确片段，那么，由于全球都市人口的超高密度以及飞机旅行带来的全球联通，我们很可能会目睹一场失控的流行病，它将以风驰电掣般的速度摧毁世界上一些最大规模的都市。数以百万计的民众可能会在数月内离世。一些专家认为，规模与 1918 年大流感相当的疫情几乎是不可避免的。以城市居民为主的 1 亿人的死亡，足以使地球的城市化进程偏离正轨吗？只要新的流行病不像飓风一样在每个流感季肆虐，这种可能性就不大。但是我们也可以想一想“9 · 11”事件给每个纽约人带来的挥之不去的创伤，这让他们对留在这座城市心生动摇。当然，几乎所有人都选择了留下。令人惊叹的是，主要由于来自发展中国家移民的迁入，这座城市的人口仍在继续膨胀。

但是我们可以想象另外一种场景，假设 2001 年 9 月死亡的是 50 万纽约的流感患者，而不是 2 500 名[①] 因摩天大楼倒塌而遇难的人。仅仅死亡人数一项，就足以使这一年蒙上纽约历史上人口下降幅度最大年份的污名，而毫无疑问，向相对安全的农村迁移的人口数量，一定会赶超这一数字。我和妻子虽然坚决致力于在城市环境下抚养孩子，但如果 50 万纽约人在几个月间丧命，那么我们一定会寻找另一个落户之地。在搬离时，我们虽然心怀不舍，也希望再过几年等风波平息后还能返回，但即便如此，我们仍会选择搬离。

---

① 据新华网数据，“9 · 11”事件共造成 2 977 名无辜者死亡。——编者注

可想而知，无论是进化还是基因工程衍生出的某种生物体，都可能威胁到我们通往“城市星球”的大转型。但是，希望还是有的。在几十年的窗口期，基于DNA的微生物便可能具备引发灾难性疫情的条件，使得大批人口死于非命。但10年后或50年后的某个时间点，这扇窗户可能会关闭，就像曾经的脊髓灰质炎、天花和水痘等具体的生物威胁一样，这种威胁也有可能逐渐平息。

如果这种情况成为现实，那么疫情的威胁最终将会被另一种不同的地图战胜。这不是标注城市街道上生死情况的地图，也不是标明禽流感暴发情况的地图，而是显示包裹在双螺旋结构中的核苷酸的“地图”。在过去10年中，我们针对任何生命形式基因构造的分析能力都取得了惊人的进步，但在很多方面，我们尚处于基因组革命的初始阶段。对基因构建生物体的方式，人类的认识已经有了令人叹为观止的进步，但这种认识的应用成果——尤其是在医学领域——才刚刚凸显。在10年或20年后，我们拥有的工具或许会让我们既可以分析新发现细菌的基因组成，又可以利用计算机建模在几天内制造出有效的疫苗或抗病毒药物。到那时，主要的问题便是药物的生产和运输。我们将有办法制造出能够治愈任何失控病毒的药剂，问题在于我们能否生产出足够的药物来阻止疾病的蔓延。这很可能会需要一种新型的城市基础设施，一种巴扎尔杰特建造的下水道的21世纪版本：在每个大都市的中心设置生产设备，一旦出现流行病，这些设备便能做好大规模生产数百万种疫苗的准备。这需要在部分发展中国家创建目前尚不存在的公共卫生机构，也需要工业化国家重新担负起公共卫生事业的义务。但毋庸置疑，我们如果能掌握利用这些工具的方法，将会拥有足以应对新出现的威胁的工具。

在很大程度上，20世纪对抗病毒的方式与微生物进化本身处于同一时间尺度。这是一场典型的达尔文式的“军备竞赛”。我们从上一年繁殖数量最多的流感病毒中提取样本，将其用作一种疫苗的基础，并传播至普通民众的免疫系统中。随后，病毒进化出新的方式，规避开这些疫苗，因此我们又发明出新型疫苗，以求对付这些新型的病毒。然而，基因组革命意味着，从现在开始，我们的防御机制要以比进化快出很多的速度运作。我们不再局限于通过上一年的模型制造出临时应急的疫苗，而是能够向前展望，预测未来出现的变种，并更好地解决当下最活跃的病毒构成的具体威胁。我们对生命构建模块的认识正在以近乎指数级的速度向前发展。在一定程度上，这要归功于我们称为摩尔定律的计算能力的指数级演进。然而，生命的构建模块本身并没有变得更加复杂。甲型流感病毒的基因组只含有8个基因。由于微生物的转基因变化，这8个基因能够产生数量惊人的变异。但这些可能终归有限，无法与2025年前后的科技建模能力相匹敌。现在我们正处于与微生物之间的“军备竞赛”中，因为从实际上说，我们与病毒的演化速度处于同一个数量级。这些病毒既是我们的敌人，又是我们的武器制造商。但是，快速分子类型分析和原型制作的时代一旦来临，我们的整个方针都会发生变化。相比微生物本身复杂度的发展速度，人类对微生物疾病认识的复杂度的发展速度已经快出许多。终有一天，微生物的速度将落后于人。

然而在未来，“军备竞赛”这种说法或许并不只是一种比喻。流感病毒本身虽然可能无法复杂到挑战基因组科学技术的程度，但如果有人用基因组科学技术对病毒进行“武器化”，又会是怎样的场景？基因工程或许能够最终赶超进化，但如果病毒本身就是基因工程的产物，那后果会不会另当别论？越来越先进的技术逐渐掌握在越来越小的群体手中，一旦牵扯生物武器，非对称战争本就险恶的动向，是否会有所加剧？如果使用自制炸药的自杀式炸弹袭击者能够有效劫持美国军方，那么想象一下，他们又会用生物武器做些什么。

关键的区别在于，生物武器可以用疫苗抵抗，但炸药没有疫苗。任何基于 DNA 的病原体在释放后都可以通过以下机制被有效杀灭：早期检测和制图、隔离、快速接种疫苗以及抗病毒药物。但一旦炸弹爆炸，后果却不可逆转。只要怂恿人们在密集处进行自我引爆的恐怖主义存在，自杀式炸弹袭击者就很可能注定存在于人类文明之中。然而，基于 DNA 的武器的前景却有所不同，因为每出现一个试图制造生物武器的恐怖分子，就会出现 1000 名研究治疗方法的科研人员。当然，某地一家失控的实验室研制的传染性病原体被释放出来的情况也很可能出现。不难想象，这样的侵袭可能会引发一场让成千上万或数百万人死亡的流行病。若这场暴发发生在未来 10 年左右，即人类的防御工具尚未成熟之前，后果更是不堪设想。但是我们有理由相信，我们的防御工具终将在这一领域取得胜利，因为它们将以对基因本身的元理解[①]为基础，也因为投入它们的开发中的资源将大大超过投入武器开发的资源，但这要以世界各国继续禁止生物武器制造为前提。生物恐怖主义很可能在我们的未来出现，也可能成为人类战争史上最可怕的篇章之一。但从长远来看，如果我们继续鼓励针对防御性疫苗和其他治疗方法的科学研究，并保持警惕，抵制国家资助的生物武器研究，那么，这种恐怖主义就不大可能阻碍我们向"城市星球"演进的道路。

在这场战斗中，斯诺的地图所留下的影响也发挥了重要的作用。生物武器袭击的特殊威胁在于，人们可能要到感染源首次释放几周后才能意识到危险的发生。一场有预谋的城市流行病的最大危险并非无法生产疫苗，而是等到我们意识到疫情的暴发时，用疫苗阻止疾病传播为时已晚。为了解决这一新出现的问题，我们便要借用 21 世纪版本的约翰 · 斯诺地图，即为构成城市新陈代谢的日常生死规律建立起可见模式，从而将生死存亡、生老病死视觉化。我们虽然能够拥有可用来抵御生物武器袭击的卓越工具，但也要先识别危险，才能应用这些防御工具。无论是基因组测序仪，还是大批量生产抗病毒药物的设备，在动用这些斯诺无

① 元理解，指对理解事物本身的方式的理解。——译者注

法理解的技术之前，我们还是应该先尝试一下能让斯诺一目了然的技术。也就是说，让我们先拿地图试试水。但是这里说的地图，并非将挨家挨户收集到的数据手工绘制出来的那种，而是要利用嗅探城市中心潜在威胁的精密传感器网络、报告病人反常症状的医院应急人员，抑或搜寻污染迹象的公共用水监控设施。在威廉·法尔首次提出每周收集英国人口死亡率统计数据的想法近两个世纪后，他开创的这项技术的精确度和范围，已经发展到了足以令他瞠目的程度。维多利亚时代的人们很少能看见在他们面前的培养皿中游动的微生物。当今，若有一个可疑分子飘过拉斯维加斯的传感器，只需几个小时，亚特兰大疾病控制中心当局便会着手调查。

而在核武器的问题上，我们就没有这么多乐观的理由了。任何一系列积极的研究，都可能研发出某种有效消除流感病毒威胁的技术。其根据或许是我们对病毒本身的理解，或许是我们对人类免疫系统的认识，甚至是我们对呼吸系统运作原理的分析。每年都有成千上万的科学家和数十亿美元的资金被用于探索对抗致命传染病的新方法。但是，没有一个人在研究抵御核爆的方式，这完全无可厚非，因为核爆是不太可能被抵御的。我们已经在探测方面取得了一定的进展——所有释放出放射性信号的核装置都可以被传感器识别。然而，探测并不是一个保险的选择。[158]（如果我们完全依赖于检测新出现病毒的能力，那么从长远来看，流行病的未来同样是一片黯淡。）一些很有前景的药物研究或许能阻断辐射中毒的影响，在都市核爆事故发生时挽救数百万人的生命，即便如此，仍将有数百万人因爆炸而丧命。

如果只关注等式的威胁一端，那么流行病和核爆在未来几十年构成的威胁似乎都会越来越严峻：由于城市高密度和全球飞机通航，因此某种失控病毒如今可能更容易在全球传播，而苏联的解体和科技专业知识的发展也降低了获取放射性材料与制造核弹的难度。（就在我写本书的时候，全世界都在因伊朗重新发展核计划可能带来的后果而忧心。①）但如果看看等式的另一端，即人类抵抗威胁的能力，那么情况就大不相同了。人类抵御病毒侵害的能力正在以指数级的速度增长，但几乎不具备消除核装置爆炸所造成的破坏的能力，除此之外，也没有任何迹象可以验证它在技术上是可行的。

在某种程度上，核问题或许是人类永远无法解决的一个难题，其根源在于某个失控的国家或恐怖组织使用核武器的频率。或许，城市核爆将会变成一场百年一遇的风暴：每个世纪都会有一颗核弹被引爆，造成数百万人死亡，引得整个地球在恐惧中颤动，然后再缓缓回到正轨上来。如果灾难以这样的频率发生，那么无论灾难有多么可怕，城市可持续的长远发展或许仍会不受影响地延续下去。然而，如果非对称战争的趋势延续，自杀式炸弹袭击者开始每隔 10 年就引爆一次手提箱式核弹，那么到了那时，人类便前途未卜了。[159]

① 本书英文版于 2006 年出版。2006 年年初，伊朗恢复中止了两年多的核燃料研究。——译者注

综上所述，我们向“城市星球”的转变绝非不可逆转的。无论是密集城市生活方式的规模还是联通性，这些最初推动城市化革命的力量都可能反过来对我们产生不利的影响。失控的病毒或武器有可能再次把城市变成大规模死亡和恐怖袭击的场地。但是，若想要延续斯诺和怀特黑德在100多年前推动建立的可持续都市生活模式，我们至少有责任把两件事做好。第一，我们要从哲学和公共政策的角度接受科学的洞见，尤其是在斯诺死后短短数年开创的伟大达尔文革命中衍生出的遗传学、进化论和环境科学。在斯诺生活的时代，人类的安全取决于科学方法在公共卫生问题上的合理运用，同样，人类当今的安危也取决于预测病毒和细菌未来几十年进化路径的能力。无论是过去还是现在，迷信都不仅是对真相的威胁，还是对国家安全的威胁。

第二，我们要重新致力于完善宽街疫情后在发达国家和发展中国家发展起来的公共卫生系统：清洁水供应、环保污水排放以及回收利用系统、早期疫苗接种项目、疾病检测和绘图项目。霍乱证明了19世纪世界各地的联系比以往任何时候都要紧密，地方性的公共卫生问题很快就能在全球产生影响。在超大城市和飞机通航的时代，无论是好还是坏，这种联通性都要比之前更加明显。

从很多方面来说，就上述两个目标而言，过去几年的情况并不乐观。“智创论”[①] 继续在法庭和公众舆论上挑战达尔文模型；相比销毁现有的核武器，美国似乎将更多的金钱和时间花在了提议建造新的核武器上；人均公共卫生支出有所下降；在撰写本书之时，安哥拉正在遭受10年来最严重的霍乱暴发[160]。

但是，若说目前的前景看似黯淡，我们只需想想100多年前奔走于伦敦街头的斯诺和怀特黑德。霍乱在当时引发的灾难似乎也难以应对，迷信似乎注定要成为当时的主流。但最终，或者至少在接近终点之时，理性的力量占了上风。水泵的手柄被拆除，地图被绘制出，瘴气理论被终结，下水道被建成，水质得到了改善。在我们应对目前面临的困境及其带来的所有独特的挑战时，这便是宽街疫情为我们带来的最大的慰藉。无论当今面临的威胁有多么严峻，如果我们认识到潜在的问题，如果我们听从科学而非迷信，如果我们打开一条渠道来聆听有可能引出真正答案的反对声，那么，这些问题就都是可以解决的。我们所面临的全球性挑战不一定意味着资本主义的末日，也不一定意味着人类的傲慢最终与大地女神盖娅的平衡精神起了冲突。同样可怕的危机，我们也经历过。唯一的问题在于，我们能否在不造成1 000万或更多人丧命的情况下规避这些危机。因此，让我们面对现实，勇敢前进吧！

---

① “智创论”是有关上帝存在的论证。其支持者认为，自然界的一些现象无法解释，必须归结于某种超级智慧的设计。此理论被主流科学认为属于伪科学范畴。——译者注

作者说明

本书是对 1854 年 9 月发生于伦敦的事件的历史评述，信息来源为疫情平息数月后搜集到的幸存目击者描述以及当局的详尽调查。文中任何直接援引的对话都出自这些第一手的叙述，在名字或事件发生时间存在歧义的地方，我已在正文或注释中做了解释。我所用到的唯一一种惯常的文学手法，就是在叙述的特定节点将一些思想归因于具体的个人。在每一个例子中，都有历史记录清楚表明这些人在疫情暴发期间及之后的某个时间点的确有过这些想法，而我只是对这些想法首次出现的时间点做了一些据理推测。

致谢

在《死亡街区》的写作过半时，我突然意识到，从决定在本科毕业论文中探讨文化对流行病的反应开始，我已经为本书做了将近20年的准备。本科毕业几年之后，攻读研究生时，我将主要关注点放在维多利亚时代的都市小说上，尤其是所有那些想要表现那个时代的伦敦人所面对的艰难时世的创作挑战。我要感谢当时为我提供指导的教授和朋友们。罗伯特·斯科尔斯、尼尔·拉扎勒斯、佛朗哥·莫雷蒂、史蒂文·马库斯以及已故的爱德华·赛伊德，感谢你们用智慧和耐心引我走向宽街。

有很多人都阅读了原稿并提出想法，予以指正，让本书熠熠生辉，我要对他们表示真挚的谢意：卡尔·齐默、保罗·米勒、霍华德·布罗迪、奈杰尔·帕内斯、彼得·文特-约翰森和汤姆·科赫。许多学者都非常热心地对手稿的具体内容给出了评论，或者回答了我针对素材提出的问题。感谢舍温·纽兰、史蒂文·平克、拉尔夫·弗雷瑞克斯、约翰·麦卡拉诺斯、莎莉·帕特尔和斯图尔特·布兰德。与以往一样，我的研究助理伊万·阿斯奎斯提供了无价的协助。我还要感谢拉塞尔·戴维斯的协助，在最后关头，是他从伦敦的街头和图书馆挖掘到了各种补充资料。相关内容若还存在任何错误，责任都在我个人。

我要对许多图书馆表示感谢，我的许多研究中利用的诸多资源都出自这些地方——哈佛大学图书馆、麻省理工学院图书馆、纽约大学图书馆以及纽约公共图书馆。我要特别感谢伦敦的两家机构：威康医学历史与认知图书馆，以及无与伦比的英国国家图书馆。即便是位于科林代尔的偏远的报纸阅览室，也让我受益匪浅。感谢史蒂夫·佩特拉内克、戴夫·格罗根、克里斯·安德森、泰德·格林沃尔德、克里斯·贝克、马克·罗宾逊和罗布·莱文。在过去的几年中，这些《连线》和《发现》杂志的编辑协助我一起探索了本书最后几章的一些主题。我还要感谢几位朋友的热情接待，是他们让伦敦成了一个如此值得一游的好去处。我之所以第一次动笔创作关于这座城市的书，也是因为他们的激励。这些人是休·沃伦德、理查德·罗杰斯、露丝·罗杰斯、鲁奥·罗杰斯、布莱恩·伊诺、海伦·康福德和斯特凡·麦格拉思。

我要感谢里弗黑德出版社宣传团队的支持，感谢金·马尔萨、马修·文松和朱莉亚·弗莱舍克。他们让我在创作本书的过程中得以熬过消极负面的媒体轰炸。感谢拉瑞萨·杜利，感谢她以一当十的工作能力。感谢我勇敢无畏的编辑肖恩·麦克唐纳，作为负责我两部作品的第一位编辑，他无异完成了一大“创举”。至于我的经纪人莉迪亚·威尔斯，我在前几本书的致谢中用了太多的溢美之词，让她从那时开始便有些“扬扬自得”，所以这次，我决定不感谢她。

和以往一样，本书开头和末尾的致谢都要献给最亲密的读者：我的妻子亚历克莎，还有我们的三个儿子——克莱、罗文以及五天前刚刚出生的新成员迪恩。

史蒂文·约翰逊

2006 年 7 月，于布鲁克林

注释

1. Mayhew, p. 150.
2. “捡来的狗粪会被制革工和鞣革工拿来使用，尤其是那些用大量进口的老山羊和小山羊皮制作摩洛哥皮革和上光山羊皮的人；还有染色带毛绵羊皮和小羊皮的制造商，这些是‘劣等’皮革贸易中被用来冒充摩洛哥皮革和上光山羊皮的材料，利用这些材料，制造较高档货品的制鞋工人、装订工人和手套工人便可以满足人们对劣等货品的消费需求了。另外，和鸽子粪一样，狗粪也会被鞣革工用来为牛皮等较薄的皮革上色，为达到上色目的，人们会将这些皮革与石灰和树皮混起来埋在坑中。在制造摩洛哥皮革和染色带毛绵羊皮时，工人们会用手将狗粪涂抹在加工的皮革上。一位精明的制革工告诉我，这道程序是为了对皮革起到‘净化’（purify）作用，而狗粪的别名‘pure’也就是从这里来的。狗粪具有收敛性和高碱性，或者借用我的线人的说法，狗粪具有‘侵蚀’的特性。当狗粪被鞣进皮子的嫩面和粗面（‘嫩面’原意是指皮子的内里，‘粗面’则是指角质层的外侧），经过这些净化程序的皮子被挂起晾干，粪便会将水分除去，这些水分如果留在皮子中，就可能让皮革的质量或是做工打折扣。”（Mayhew, p. 143.）
3. Dickens 1997, p. 7.
4. Mayhew, p. 139.
5. Mayhew, p. 143.
6. “当今，伦敦垃圾的清除可不是一项简单的任务，要涉及约 2 800 千米的大街小巷的打扫，收集 30 万个垃圾桶中的垃圾，从同样数量的化粪池中清除粪便

（根据卫生局报告），还要清扫大约 300 万个烟囱。”（Mayhew, p. 162.）

7. Rathje and Murphy,p. 192.
8. “事实上，细菌及其进化有着重要的意义，以至于地球上生命形式的根本划分并非公认的动植物之间的划分，而是原核生物（由无细胞核的细胞组成的生物体，即细菌）和真核生物（所有其他生命形式）的区别。在存活于地球的头 20 亿年里，原核生物不断地改变着地球的表面和大气层。它们创造了生命所有必要的微型化学体系——这样的成就是人类至今尚未企及的。这种古老的高等生物科技引发出发酵、光合作用、氧气呼吸以及空气中氮气的去除，但也带来了世界范围内的饥荒、污染和灭绝。而这些早在更大形式的生命出现之前就已存在许久。”（Margulis, p. 28.）
9. 1854 年 9 月 27 日的英国《笨拙》杂志第 102 页甚至用诗歌的形式记录了这座大都市恶臭熏天的情景：每条街上都有一条张着大口的下水道 / 每座院落里都有一条肮脏的阴沟 / 水流令人掩鼻，河岸边也充斥着各色刺鼻的臭气：那里的熬骨人、煤油工和制羊肠弦工人，正在毒害大地、污染大气 / 但谁也不敢碰他们 / 谁也不能阻挡他们 / 在财富面前，人的健康值几个钱?
10. Halliday 1999, p. 119.
11. Halliday 1999, p. 40.
12. Picard, p. 60.
13. Mayhew, London, *Morning Chronicle*, September 24, 1849.
14. Halliday 1999, p. 42.
15. Engels, p. 55.
16. Picard, p. 297.
17. Dickens 1996, p. 165.
18. Benjamin, p. 256.
19. Summers, pp. 15–17.
20. Summers, p. 121.
21. Charles Dickens, *Nicholas Nickleby*(London: Penguin, 1999), pp. 162–63.
22. Summers, p. 91.
23. Vinten-Johansen et al., p. 283.
24. 激进派民主党人詹姆斯·凯-夏特尔沃斯将霍乱描述成一次探索的机会：“寒酸的寓所……封闭的小巷，拥挤的院落，过度拥挤的贫贱住宅，在这里，贫穷和疾病聚集在位于我们庞大城镇中心地带的社会分歧和政治动乱的源头，在这瘟疫肆虐、疾病暗中滋生的温床，睁大双眼瞧瞧啊，看那社会的正中心。”（Vinten-Johansen et al., p. 170.）
25. Rawnsley, p. 4.

26. Rawnsley, p. 32.
27. Picard, p. 2.
28. Rawnsley, p. 34.
29. 济贫院已经以各种形式存在了几个世纪，1834 年的《济贫法修正案》使其数量急剧增加，极大地提高了济贫院对贫民阶层施用“惩罚”的严苛程度。“在这新颁布的法案下，联合济贫院意在震慑……那些有劳动能力的贫民。这条原则被编入了重新编写的《济贫院考核》条款中——贫民救济金只能给予那些落魄到不得不进入济贫院极端恶劣环境中的穷人。如果有劳动能力的人进入济贫院，他的所有家人也必须跟随他一起进入。济贫院中的生活环境……应极尽恶劣。男人、女人、小孩、体弱者以及有劳动能力者应当分开居住，给予最基本且寡淡无味的食物，比如燕麦粥或面包和奶酪。所有居民都必须身着粗布的济贫院制服，在公共宿舍里休息。每周可以在有人监督的情况下洗一次澡。有劳动能力的人应被给予高强度的工作，比如敲碎石头或拆旧绳子……老人或体弱者则坐在公共休息室或病房里，几乎不让人来访。父母们……有少量机会与他们的孩子共处，比如每周日下午见面一个小时左右。”（ http://www.workhouses.org.uk/. ）
30. Charles Dickens, *Little Dorrit* (London:Wordsworth, 1996), p. 778.
31. London *Times*,September 12, 1849, p. 2.
32. Koch, p. 42.
33. London *Times*, September 13,1849, p. 6.
34. Shephard, p. 158.
35. “路易 · 巴斯德证实，口蹄疫和鼠疫等毁灭性的疾病以及葡萄酒发酵，都是由微生物引起的，这一发现一早便为人体与细菌的关系定下了基调。知识分子与细菌之间的较量，被医学界定义为一片战场：细菌被视为需要被摧毁的‘病菌’。直到今天我们才开始认识到，细菌对人体是正常且必要的存在，健康并非意味着毁灭微生物，而是恢复适当的菌群。”（Margulis, p. 95. ）
36. 关于霍乱弧菌的大小、可见性和繁殖速度的大部分信息，来自对哈佛大学的约翰 · 麦卡拉诺斯的采访。疾病控制中心有一份关于霍乱的精彩概述，见 http:www.cdc.gov/ncidod/dbmd/diseaseinfo/cholera_g.htm。
37. Margulis, p. 183.
38. 丽莎 · 皮卡德原文：“虽然世界博览会要比宽街的疫情更有名，但奇怪的是，这两个事件却有一种具有可比性的甚至彼此相反的象征意义：世界博览会标志着真正意义上的全球文化的出现，展示由此带来的活力与多样性；宽街却将希望与危难悉数带来，标志着一种都市文化的出现。最终，20 世纪成了一段逐渐扩大的城市开始紧密联系的故事，世界博览会和宽街以各自不同的方式将这段故事变成了现实。”（Picard, p. 215.）

39. Margulis, p. 30.
40. Shephard, p. 158.
41. “举例来说，‘基德医生’出售的‘生命神仙水’，就承诺治疗‘所有已知的病症……尝试了两三次之后，瘸腿的人就丢掉了拐杖……风湿病、神经痛、胃病、心脏病、肝病、肾病、血液病和皮肤病就像被施了魔法一样消失了’。刊登此类广告的人从不提出任何疑问。他们对广告收入举起双手欢迎，报纸产业得以大幅扩张……声称治疗‘肌肉酸痛’的圣雅各布精油，在 1881 年就花费了 50 万美元的广告费，到了 1895 年，一些刊登广告者每年的花费竟超过了 100 万美元。”（Standage, p. 234.）
42. London *Morning Chronicle*, September 7,1854.
43. London *Morning Chronicle*, August 25, 1854.
44. London *Times*, August 18, 1854, p. 9.
45. London *Times*, September 21, 1854, p. 7.
46. *Punch*, 27 (September 2, 1854), p. 86.
47. London *Morning Chronicle*, September 1,1854, p. 4.
48. 此处展现的亨利 · 怀特黑德的经历和想法，大部分摘自他本人撰写的四则关于这场流行病的记述，其中内容有部分重叠，包括：一本名为《伯维克街的霍乱》的原创的小册子，在疫情结束后不久出版；一份他向霍乱调查委员会提交的于次年发表的正式报告；一篇 1865 年在《麦克米伦杂志》上发表的回顾疫情的文章；1873 年他离开伦敦前夕，在告别晚宴上进行了一场长得惊人的演讲，演讲稿发表于 1898 年 H. D. 罗恩斯利为他撰写的传记中。
49. Whitehead 1854, p. 5.
50. 约翰 · 斯诺对宽街疫情暴发的调查细节，主要来自他在 1855 年《霍乱调查委员会报告》中发表的关于疫情及其后果的叙述，以及他在经过修订后的专著《霍乱传播方式研究》中的阐释。
51. 关于斯诺展开霍乱调查之前的生活细节，主要有四个来源：理查森的带有美化性质的传记《约翰 · 斯诺的一生》，在斯诺死后不久出版；大卫 · 谢泼德的传记《约翰 · 斯诺——女王的麻醉师和国家的流行病学家》；《霍乱、氯仿及医学科学》一书精彩的记录；拉尔夫 · 弗雷里希斯建立的宝贵的约翰 · 斯诺网络档案，托管于加州大学洛杉矶分校公共卫生学院网站。
52. “有了一家咨询诊所，加上伦敦某所教学医院的几张供病人使用的床位，一位品格和背景良好的人便可以通过为上流人士治病而获得某种程度的名声了。在私立医院或养老院中治疗有钱病人的诱惑，吸引了不少医师。对他们而言，一张大学的文凭——医学硕士或是医学博士的文凭，尤其是牛津大学或剑桥大学的——之所以重要，与其说是出于学术价值，不如说是出于它所带来的社会声望，因为如果一个人想要在上流圈子里执业，那么，被人视作绅士就与被人视为受过良好训练的医生同样重要。与对医学本身的了解一样，对拉丁文和希腊文的熟识，也是这项事业的入场券。”（Shephard, p. 21.）

53. 彼得·文特-约翰森等在《霍乱、氯仿及医学科学》中表示：“对含砷蜡烛的调查表明，在遵循医疗领域中最新引进的科学方法上，斯诺也兼为一名科学家，而这也是他培训中不可或缺的一部分内容。斯诺进行这些调查的方式，展现出一个会在其针对麻醉和霍乱的研究中不断重现的模式。在职业生涯早期，他就表现出了一种架构一系列实验的能力，能够在医学院的解剖室、燃烧含砷蜡烛的房间以及房间中所有人的身体内找到病原的传播踪迹。也就是说，当时的他已经开始涉及化学分析的领域，利用动物实验，以及通过被他后来称为沟通模式的方式提问——病原是通过哪种途径进入社群以及如何寄生于体内的。”（Vinten-Johansen et al., p. 73.）

54. “(《柳叶刀》编辑）沃克利的评论可以理解为一种嗤之以鼻的态度：斯诺是一位自命不凡的新手，试图通过对长辈吹毛求疵来扬名。这也可以理解为一位敏感易怒的编辑的反应，因为他认为斯诺是在批评他在自己的杂志上刊登了不严谨的文章。这也可以理解为一位资深同行的温和甚至笨拙的警告，意在指出在职业生涯开始之际，斯诺应该学会控制自己的脾气才是。无论沃克利的意图是什么，毋庸置疑，他的评论对斯诺是不公平的。斯诺写给编辑的第一封信介绍了砷实验的细节，《柳叶刀》也报道了威斯敏斯特医疗学会的会议，会上，斯诺还朗读了几篇关于其研究活动的论文。斯诺似乎受了冒犯，因为他在《伦敦医学学报》寻得了一个更加友善的环境。”（Vinten-Johansen et al., p. 89.）

55. 约翰·苏利文在《麻醉药出现前的手术中》提道：“在有效麻醉药出现之前，人们很少进行非急需性外科手术。从 1821 年到 1846 年，麻省总医院的年度报告记录了 333 例手术，平均每个月不到一例。手术是人们走投无路时的最终手段。1897 年，在回忆一例麻醉药出现前的手术时，一位波士顿的老医师只能将其与西班牙宗教裁判所做比较。他回忆说，‘经过这么多年的间隔后，最可怕的嘶吼与尖叫仍存在他的脑海中’……在医院的高级外科医生、医学博士约翰·柯林斯·沃伦的一次手术中，一名年轻人患癌的舌头一端被突然而迅速地一刀截下，然后，伤口上又放上了一块烧灼用的通红的烙铁。钻心之痛和嘴里被灼烧的皮肉发出的嗞嗞声让这位年轻人失去了理智，他猛地使劲儿，从束缚中解脱出来，医护人员不得不追赶着他，直到烧灼完成，在此过程中，他的下唇被烧得焦黑。”（Sullivan 1996.）

56. 斯诺的第一位传记作者理查森称，斯诺对以下几种药剂进行了研究：“碳酸、酰胺、一氧化碳、氰、氢氰酸、二氯乙烷、氨、氮、淀粉烯醚、马勃菌粉、烯丙基、乙二醇氰化物、戊二烯氯化物，还有一种从戊烯中提取的碳氢化合物。”他接着写道：“通过研究，如果这些药剂的效果看似不错，那就开始在人身上做实验，而第一个实验对象，无一例外总是他自己。”（Richardson, p. xxviii.）

57. Snow and Ellis, p. 271.

58. Wilson, p. 8.

59. 彼得·文特-约翰森等人以一贯的雄辩式的文笔写道：“斯诺是一种系统网络架构型的推理人才。他很少会去处理线性链型的因果关系，而是会选择交互网络型的因果关系。在他的眼中，人类机体及其所在的世界就是一个由相互作用的变量组成的复杂系统。在这些变量之中，如果将任何一个分离出来进行仔细研究，都有可能为临床科学难题提供有用的线索。但前提是，变量必须放在适当的背景下审视，而且被分离出来的用于研究的变量需在事后被放回系统中属于自己的位置上，然后在自然环境的背景下重新研究。”（Vinten-Johansen et al., p. 95.）

60. “History of the Rise, Progress, Ravages etc. of the Blue Cholera of India,” *Lancet*, 1831,pp. 241–84.

61. 宽街疫情前的几乎所有霍乱暴发的细节以及斯诺对这些细节的调查，都来自斯诺自己的叙述，发表在《霍乱传播方式研究》的不同版本中。

62. J. M. Eyler, “The Changing Assessments of John Snow’s and William Farr’s Cholera Studies,” Sozial- und Präventivmedizin 46 (2001), pp. 225–32.

63. London Medical Gazette 9 (1849), p. 466.

64. 在伦敦中部地区，邮件有时只需一个小时就能送达。在工作日，每户人家可定期收到 12 封邮件。（Picard, p. 68.）

65. *Observer*, September 3, 1854, p. 5.

66. Picard, p. 180.

67. Dickens 1996, p. 475.

68. Rosenberg 1987, p. 28.

69. Porter, p. 162.

70. Porter, p. 164.

71. 有关蚂蚁殖民地自下而上的组织和智能与城市整体发展之间的联系的更多信息，请参阅 2001 年出版的《涌现——蚂蚁、大脑、城市和软件的互联生活》一书。华兹华斯的这一段诗句较为完整的表述为：“矗立起来吧，你这平原上有如野兽般的蚁丘 / 如此喧嚣的世界！在我面前流动 / 你那川流不息的人和流动不止的物！ / 你那平日里的样貌，倏忽出现在我眼前——/ 男女老少，陌生人的惊奇 / 皆因崇敬而加剧，而升华——/ 惊叹你那色彩、光影和形状的跃动……”

72. Porter, p. 186.

73. 关于茶（及其他饮料）对社会历史的影响，请参阅斯坦达奇的《饮品观世界》，这是一本翔实且非常有趣的著作。

74. Iberall 1987, pp. 531–33.

75. “如果说为世界市场进行生产的蒸汽动力工厂是导致城市拥挤面积增加的首要因素，那么 1830 年之后新建的铁路运输系统的确极大地助长了这一趋势。在此之前，能源集中于煤田。在煤炭可以通过开采或廉价的运输获取的地方，工业部门可以全年定期生产，不再因季节性供能中断而停工。在一个基于定期合同和定时支付的商业系统中，这种规律性是至关重要的。因此，煤炭和钢铁对许多辅助和附属产业产生了引力：首先是通过运河，在 1830 年后则是通过新建的铁路。与矿区的直接联系是城市集中的一个首要条件。如今，铁路运输的主要商品仍是用于取暖和发电的煤。”刘易斯·芒福德，《城市发展史——起源演变和前景》。（Mumford, p. 457.）

76. Picard, p. 82.

77. Standage, p. 201.

78. 关于霍乱弧菌发现过程的概述，包括帕西尼本人的传记，可在加州大学洛杉矶分校的约翰·斯诺网络档案中找到：http:www.ph.ucla.edu/EPI/snow/firstdiscoveredcholera.html。

79. “他找到了皇家内外科医学院的几位院长以及药剂师学会的会长，说服他们给他们分布于整个王国的成员写信，敦促成员‘针对我们所监管的领域中的所有病例，提供致死疾病的全部真实名称’，以便将其记录在当地的登记簿中，并由法尔从中归纳统计数据。与此同时，法尔也编制出一份《统计疾病分类学表》，列举并定义出 27 类致命疾病，供当地登记人员记录死亡原因时参考使用。其中，他将痢疾（‘赤痢’）与腹泻（‘大便不成形、泻肚、下痢’）加以区分。另外，法尔还提供了当地民众称呼这些疾病所用的‘同义词’和‘乡省名’。这些信件以登记总长的名义起草，规定了当地登记官所必备的资格，也向船只的船长发出了关于其相关职责的指示。”斯蒂芬·哈利迪，《大恶臭》。（Halliday 2000, p. 223.）

80. 《霍乱、氯仿及医学科学》一书的作者彼得·文特–约翰森等对这一术语阐述如下：“法尔对斯诺在其发表的第一本专著中所用的这个最先由培根提出的术语的选用，表明了这一代的部分医生对假设演绎法的重视。这种‘决断实验’可以在实验室中进行，除了存在争议的因素，处理两个样本的其他方式都完全相同。实验的结果可以确切表明研究的基础理论是否正确。但是，伦敦不是一间实验室。”（VintenJohansen et al., p. 160.）

81. Ridley, p. 192.

82. Margulis, p. 75.

83. 从很多方面而言，斯诺对大都会供水系统开展的“伟大的实验”，是一次比宽街的调查更加令人印象深刻也更具说服力的医学侦查。（Vinten-Johansen et al., pp. 254–82.）
84. Snow, 1855a, p. 75.
85. *Observer*, September 3,1854, p. 5.
86. London *Times*, September 6, 1854, p. 5.
87. 想要得到更多关于查德威克生平的信息，请见《埃德温·查德威克的生平与时代》。
88. Halliday 1999, p. 127.
89. Halliday 1999, p. 133.
90. 在这些问题上，梅休也有能力拿出哲学的姿态，用明显领先于他所处时代的语言进行描述：“当今，在自然界中，一切都在循环运转——永远处于变化之中，但又总会回到原点。我们的身体在不断地分解和重组——其实，呼吸本身就是一个分解的过程。正如动物靠蔬菜生存，动物的排泄物也是蔬菜的食物。来自我们的肺部且对我们而言吸入有害的碳酸，不仅是植物赖以生存的重要空气，还是它们必不可缺的养料。一切造物都具有同样奇妙的系统，在不宜支持高级有机体的物质中，注定包含着最适合为低级有机体提供力量和活力的物质。那些我们当作身体系统废弃物而排出体外的排泄物，却被植物当作其系统的营养物储存起来。植物不仅是大自然的清道夫，还是大自然的净化器。它们清除了地球上的污染，也为空气消毒，使之适于被更高等的生物吸入。没有植物的创造，动物不会诞生，也不会存续。植物不仅使得地球适合人类和牲畜居住，而且直到今天，它们仍继续为人类创造着宜居环境。从这一方面而言，它们的特性与我们的完全相反。我们生存所遵循的过程，是它们毁灭的过程。支持我们呼吸的物质，却会使它们腐化。我们肺部排出去的物质，却被它们的“肺部”吸入；我们身体排斥的东西，却被它们的根茎吸收……因此，在每一个井然有序的国家里，一个亟待思考的最重要的问题，就是如何有效而迅速地把人们的排泄物运到一个地点，使之产生积极效应，而不是造成破坏。国家的健康和财富都有赖于此。如果说让之前只有一片小麦生长的土壤长出两片是为世界造福，那么，清除曾为我们带来如此收成的肥料，净化我们吸入的空气以及饮用的水，定然对社会更有益处。事实上，这不仅是为市民提供双倍的食物，还将享受这食物的市民身体之健康翻了一番。对于这一点，我们才刚刚开始有所了解。到目前为止，我们只考虑过如何清除我们的废弃物，加以利用的想法却从未进入我们的脑海。直到科学让我们看到一种创造秩序与另一种的依赖关系，我们才开始意识到，那在我们看来曾经比无用还要糟糕的物质，竟是自然界的一笔资产，是为未来的生产留下的财富。”（Mayhew,p. 160.）

91. 一位名叫威廉·霍普的幻想家认为，这些新的污水处理场可作为一种排泄物主题的休闲中心来吸引游客：“伦敦的红男绿女可能会在一季结束时来此补充他们所耗损的能量，而且……还可以一边听农民开展的农业讲座，一边喝农民的牛产出的奶，享受抚慰身心的微风。”（Halliday 1999, p. 133.）

92. Nuisances Act, September 4, 1848, p. 1.

93. Halliday 1999, pp. 30–34.

94. Halliday 1999, p. 35.

95. “A Visit to the Cholera Districts of Bermondsey,” London *Morning Chronicle*, September 24, 1849.

96. London *Times*, September 13, 1854, p. 6.

97. London *Times*, September 13, 1849, p. 6.

98. Florence Nightingale, *Notes on Nursing* (New York: Dover, 1969), p. 12.

99. Nightingale, p. 17.

100. Mayhew, p. 152.

101. Hippocrates, p. 4.

102. Whitehead 1854, p. 13.

103. Royet et al., pp. 724–26.

104. 针对那个时期用来为瘴气论辩论的数据和制图学研究，汤姆·科赫提供了一份精准清晰的报告，其中包括法尔撰写的关于海拔的论著。科赫指出，在大多数情况下，即便其最后支持的结论有误，这些研究本身是细致、缜密且具有内部一致性的。科赫在《疾病地图绘制》中称：“虽然瘴气论和接触传染的结论有误，但用来为这一结论辩论的逆向关系却是准确的。阿克兰和法尔没能理解这种关系的意义，这既不是研究人员的错，也不是他们所制图表的错。当时，疾病的不同理论、对城市的不同看法以及疾病研究所需数据的不同假设之间，存在着巨大的矛盾。我们不能因为科学家被当时的科学和知识所局限而加以指责。”（Koch, p. 126.）

105. Vinten–Johansen et al., p. 174.

106. 在历史记录中，这些调查的时间有些模糊。斯诺对宽街的调查主要分为两个阶段：一是在疫情仍在肆虐时对周边地区进行的快速调查；二是在疫情平息几周后开始的一项更长时间的研究，研究中的部分内容来源于该地区其他外科医生的二手记录。事实上，斯诺或许是在第二阶段的调查中注意到了啤酒厂和济贫院的信息，但是这两家机构的员工数量及其与水泵的距离都很引人注目，因此斯诺很可能在疫情暴发期间就已上门拜访过。斯诺在他发表的文章中轻描淡写地表示：“宽街靠近水泵的地方有一家啤酒厂，发现厂里没有员工被登入死亡记录后，我便去拜访了酒厂老板哈金斯先生。”描述完自己于 9 月 2 日后不久向登记总长办公室索取《每周出生和死亡报告》的情景，又隔了几段文字后，斯诺写下了这句话。

107. “斯诺对吸入气体的麻醉性质与机制的研究或许会让他确信，单靠普遍或局部的气体，无法像瘴气论者假定的那样引发特定流行病。除此之外，与瘴气和地域性恶臭污染均会带来发烧的理论不同，斯诺关于含砷蜡烛的研究表明，当人体吸入某种毒性物质时，表现出的是这种毒性物质的具体效应。与那些将气体扩散定律斥为毫无实践验证的空谈的老一代从医者不同，斯诺的训练和施用麻醉剂的日常经验让他相信，仔细观察气体的化学和物理性质具有实际的意义。也正是出于这个原因，他才得以安全使用这种危险的药剂，并精确地应用于每位病人和每场外科手术的特殊需求。”彼得 · 文特-约翰森等，《霍乱、氯仿及医学科学》。（Vinten-Johansen et al., p. 202.）

108. Lilienfeld, p. 5.

109. 斯诺原文：“只要对霍乱的病理加以考虑，我们就能认识到这种疾病的传播方式。如果疾病是由发烧或任何其他一般性的身体紊乱造成的，那我们便无法获悉这种致病毒素进入人体系统的方式，如通过消化道、肺部或其他方式，于是应根据与疾病病理无关的因素决定。但是根据我通过个人观察以及他人描述得出的对霍乱的所有认识，我认定，霍乱无一例外地始于对消化道的影响。这种疾病在发展过程中很少产生常见病的病症，使得病人不认为自己处于危险之中，甚至不去看病，直到病情发展到非常严重的程度。少数病例中，在呕吐和腹泻真正开始之前，病人的确会有头晕、昏厥和下坠的感觉，但毫无疑问，这些症状是黏膜渗出物带来的，而在症状出现后，这些渗出物很快就被大量排出体外。”（Snow 1855a, pp. 6–9.）

110. 斯诺一周的全部工作活动，都被记录在他的病例簿中：“星期六，2 日，在达芬斯医生的诊所中为一位来自布莱克希斯区的 3 岁小女孩输送了氯仿。同时，达芬斯医生为她进行了脚趾连同跖骨的截肢手术。星期一，4 日，在卡特赖特医生的诊所为一位女士输送氯仿，同时，卡特赖特医生为她拔下两颗（？）牙齿。星期三，6 日，在埃奇韦尔路为绸布商詹纳先生输送氯仿，同时，萨蒙先生对病人进行了痔疮结扎手术。病人因过去失血过多而面色惨白，并伴有出血性跳脉。氯仿并未造成病人晕厥或精神不振。在汉诺威广场 16 号为拔掉两颗牙的 A. 罗杰斯先生输送氯仿。星期四，7 日，国王街考文特花园，在帕特里奇先生进行痔疮手术时为爱德华兹先生输送氯仿。无恶心、晕眩等不良反应。星期五，8 日，威格莫尔街 46 号，在萨蒙先生进行肛瘘手术时输送氯仿。无恶心、晕眩症状。”约翰 · 斯诺和理查德 · H. 埃利斯，《约翰 · 斯诺博士病例簿》。（Snow and Ellis, pp. 342–43.）

111. 非常感谢哈佛大学的约翰 · 麦卡拉诺斯提出的这段设想。

112. Richardson, p. xix.

113. *Lancet*, September 16,1854, p. 244.

114. 斯诺只用寥寥数语描述了这次对话："我于 9 月 7 日星期四晚与圣詹姆斯教区的监护理事会进行了交谈，针对上述情况予以说明。由于我的讲话，水泵的手柄在翌日便被拆除。"最后一句话，现已被铭刻在约翰·斯诺协会会员所佩戴的胸针上。(Snow 1855a.)

115. *Globe*, September 8, 1854, p. 3.

116. *Globe*, September 9, 1854, p. 3.

117. 在编造水泵的手柄的拆除是如何凭"一己之力"结束疫情的故事上，理查森的贡献或许比任何人都大。"水泵的手柄被移走了，"他欢欣鼓舞地宣布："瘟疫也就此止住。"宽街故事的流行版本通常遵循的都是这种引人入胜的叙事线。斯诺找出了罪魁祸首，并立即结束了其恐怖统治。在我的研究中，有将近一半对疫情的描述在情节上大同小异。

    斯诺并非通过拆除水泵的手柄来证明水泵与霍乱之间的关系。他是通过挨家挨户地上门访问，并对积累的数据进行统计分析，才证明了这一联系的存在。当然，这个水泵里的水并非附近居民的唯一水源，只是最受欢迎的选择。实际上，现有的其他水源在斯诺的调查中发挥了至关重要的作用。然而，对事实最严重也最常见的曲解，就是认为禁用水泵是疫情结束的唯一原因。水泵的禁用很可能对疫情的发展几乎没有任何影响。在斯诺建议拆除水泵的手柄之前，新的暴发就已经出现了下降趋势，而且水在当局采取措施之前已经不再有毒的可能性也是完全存在的。

    宽街疫情的最终统计数据表明，水泵的手柄的拆除很可能在疫情的最终发展轨迹中扮演了一个不甚重要的角色。死亡人数最大幅度的下降出现在 9 月 4 日至 5 日之间，其次出现在 9 月 10 日至 12 日之间。疫情暴发的时间线在当周初出现了一个较为明显的高峰，之后则平稳回落，而死亡人数的时间线并非如此。该区的新增感染人数只在 12 日时才达到了统计常态。如果假设从摄入霍乱弧菌到首次出现症状之间有 24~48 个小时的潜伏期，那么宽街水井的关闭或许只是扑灭了疫情的残余，就像消防部门赶来扑灭已被烧毁的一幢建筑物的余烬。斯诺的干预也许抑制了瘟疫的蔓延，但这场瘟疫本身已命若悬丝。然而，正如我们在本章结尾看到的，在约翰·刘易斯感染了这种疾病之后，如果斯诺未能说服当局关闭水泵，那么流行病很可能会卷土重来。

118. Committee for Scientific Inquiries, pp. 138–64.

119. Whitehead 1854, p. 4.

120. Whitehead 1854, p. 6.

121. Whitehead 1854, p. 14.

122. Cholera Inquiry Committee, p. v.

123. 怀特黑德曾在他 1865 年的回忆录中记录过对斯诺的理论的看法："第一次听到这种理论，我便跟一位行医的友人说，我相信一番仔细的调查就能将之推翻，还表示几个病倒之人的康复就是此理论不合理的明证。病人之所以康复，或许正是因为他们经常饮用宽街的水，至少也未因喝井水而受影响。我补充道，我对宽街的居民非常熟悉，几乎每天都有机会和他们相处很长时间，因此不会在必要的调查上遇到什么大的困难。于是我便开始进行询问，内容也最终变得非常详细且深入。然而，在调查初期的某天，那位友人遇见我，问我在盘点水泵不寻常之处上有什么进展，我不得不承认，在这件事上，我的观点没有上次谈话时那样坚定了。"（Whitehead 1865, p. 116.）

124. Whitehead 1865,p. 116.

125. Whitehead 1865,p. 121.

126. Rawnsley, p. 206.

127. Cholera Inquiry Committee, p. 55.

128. Committee for Scientific Inquiries, p. 51.

129. Committee for Scientific Inquiries, p. 52.

130. Committee for Scientific Inquiries, p. iv.

131. Committee for Scientific Inquiries, p. 52.

132. Koch, pp. 106–8.

133. 文特-约翰森等人还写了一段关于斯诺为制图学留下的遗产的章节，涉及这些主题。（Koch, pp 75–101.）。

134. Koch, p. 100.

135. 最初的重绘版本出现在塞奇威克 1911 年的公共卫生教科书中。有关宽街地图错综复杂的历史的详细调查，请参阅：Koch, pp.129–5。

136. 斯诺对这些论文做出了回应："阁下，我直到本月 2 日才在《柳叶刀》上读到 J. K. 巴特 · 沙特尔沃思爵士那篇意义重大、妙趣横生的演说。我发现，他对蒂尔施和佩滕科费尔博士修订的我关于霍乱传播的结论用了赞美之词，但错误地将这些经过修订的观点归于威廉 · 巴德医生……1849 年，在我关于霍乱的第一版论著发表几周后，威廉 · 巴德医生出版了一本关于霍乱的小册子，对我的观点予以采纳，并对我的优先权给予了充分、有力的肯定。"《柳叶刀》，1856 年 2 月 16 日。（*Lancet*, February 16, 1856, p. 184.）

137. *Lancet*, June 23, 1855, p. 635.

138. Halliday 1999, p. 82.

139. *Lancet*, June 26, 1858, p. 635.

140. Halliday 1999, p. 183.

141. 这段东伦敦暴发的描述主要出自：Halliday 1999, pp. 137–43。

142. Parliamentary Papers, 1867–1868, vol. 37, pp. 79–82.

143. http:www.sewerhistory.org/chronos/new_amer_roots.htm.

144. Neuwirth, pp. 1–11.

145. http:www.istm.org/geosentinel/main.html.

146. 摘自雅各布斯《美国大城市的死与生》。当前，形容这种趋势的流行词是“长尾”经济学。在线商业可以瞄准更加独特、个性的“长尾”趋势，而不是只专注于大规模的流行文化。旧的经济模式决定了一张专辑卖出 100 万张一定是更好的选择。但在数字时代，将 1 000 种不同的专辑每种售出 100 张，同样有利可图。城市信息制图体系为长尾理论提供了一个有趣的推论。科技的发展，让我们得以满足更多兼容并蓄的需求，只要这些需求需要物理存在的支撑时，长尾逻辑都会偏向于城市环境，而不是人口密度相对较小的其他环境。如果你正在下载一张冷门的斯堪的纳维亚嘟·喔普音乐的最新专辑，那么地理位置并不重要：无论在怀俄明州还是曼哈顿，你都能轻易获取这些信息。但如果你想和其他嘟·喔普音乐的乐迷见面，那么在曼哈顿或伦敦实现这个目标的概率会更大。长尾理论很可能会让我们远离主导市场的大众流行音乐和流行巨星，转向风格更加个性化和更小众的艺术家。但同时，长尾理论也具有将我们引到更大城市之中的力量。（Jacobs 1969,pp. 146–47.）

147. “‘咖啡馆就是伦敦人的家，凡是想找一位绅士，一般都不会问他家是在弗利特街还是法院巷，而是会打听他常去希腊咖啡馆还是彩虹咖啡馆。’有些人会经常光顾好几家咖啡馆，选择哪家咖啡馆，是他们的兴趣所在。比如，一位商人可能会在一家金融主题的咖啡馆和专门从事波罗的海、西印度或东印度航运的咖啡馆之间摇摆不定。17 世纪 70 年代，英国科学家罗伯特·胡克光顾了伦敦大约 60 家咖啡馆，反映出他广泛的兴趣。这些都在他的日记中有记录。谣言、新闻和八卦由顾客在咖啡馆之间传播。有的时候，传话者会从一家咖啡馆跑到另一家，以便报道诸如战争爆发或国家元首死亡等重大新闻。”摘自汤姆·斯坦达奇，《饮品观世界》。（Standage, p. 155.）

148. Rawnsley, p. 76.

149. Rawnsley, p. 206.

150. 数据来自《1996 年世界人口》，详见：http://www.unfpa.org/swp/1996/。

151. Toby Hemenway, “Cities,Peak Oil, and Sustainability.” http://www.patternliteracy.com/urban2.html.

152. 无论是当今现代城市的生态足迹，还是支持城市人口能源摄取所需的土地面积，都引起了各界的热切关注。例如，伦敦的生态足迹几乎和整个英国一样大。如此巨大的生态足迹，已经被用作反对城市环境的论据之一。但实际上，这一论点针对的是工业化，而不是城市化。无论伦敦现今的生态足迹有多大，如果城市的人口分散在近郊或远郊，其生态足迹便要大出很多倍。除非我们完全放弃后工业时代的生活方式，否则与其他低密度的生活环境相比，从环保角度而言，城市仍是更可取的选择。联合国的《全球环境展望》报告中有这样的描述："在一定程度上，相对不成比例的城市生态足迹是可以接受的，出于一些原因，城市的人均环境影响要小于农村环境中同等数量人口所造成的影响。城市将人口集中起来，从而减少土地压力，并提供规模经济和集中而便捷的基础设施与服务……城市地区有能力在为大量民众提供资源的同时限制人口对自然环境的人均影响，因此有希望实现可持续发展。"

153. Jacobs 1969, pp. 447–48.

154. 欧文和他的家人从曼哈顿搬到康涅狄格州西北部农村，他描述了这件事从环境上带来的影响："然而，这次举家搬迁可谓一场环境的灾难。在纽约生活的最后一段时间，我们的用电量大约为 4 000 千瓦时，到了 2003 年，这个数字上升至近 3 万千瓦时，而我们的房子连中央空调都没有。我们在搬家前不久买了一辆车，到达目的地后不久又买了一辆，10 年后又买了第三辆。（在乡下，如果没有两辆车，你就没法在其中一辆修好后从修理工那儿取车。第三辆车本是轻度中年危机的产物，但很快就成了必需品。）妻子和我都在家里工作，但两人一年竟然开了差不多 5 万千米的里程，主要就是处理一些日常事务。几乎所有在住家之外完成的事情都需要开车。比如说，租一部电影再归还就要用掉七八升的汽油，因为距离最近的百视达门店也在 16 千米开外，而且每借一次都要往返一次。住在纽约时，从公寓里逸出的热气可以帮楼上的公寓供暖，但现在我们新买的超高效燃油炉所产生的大量热气，却透过有 200 年历史的屋顶漏了出去，飘入了头顶上星光熠熠的冬日天空。"（Owen, p. 47.）

155. 解决这个问题的一种"中立"的方法，是采用中世纪的人口密度分散体系。这种体系在意大利北部的山城中仍然可见：由一定规模的多用途节点组成的紧密网络，由大片低密度的葡萄园和农场隔开。这种体系采取的并非城市边缘扩张的去中心化方式。中世纪体系中的城镇不像大多数现代城市中心那样密集且具有经济多样化，但其整体发展有一个上限，通常由圈定城镇边界的城墙定义。经受恐怖袭击后的城市可以遵循类似的方式进行建设：将传统大都市分布式节点的空间密度限制在每个节点 5 万 ~10 万人，中间由大片的低密度区域隔开，如公园绿地、自然保护区和体育设施，在气候允许的条件下，甚至还可以采用葡萄园。这种体系将颠覆美国景观设计奠基人奥姆斯特德对城市绿化的愿景。新的体系不是在一个巨大的城市中央开辟一个公园，而是在城市中心的边缘开辟自然空间：可以将其称为外围公园，而不是中央公园。在中世纪，城镇人口由城墙保护。而在这些理论上的定居点中，保护城市安全的是将节点分割开来的开放空间。想象一个由 20 个节点构成的拥有 200 多万人口的城市。在最糟糕的情况下，一个背着一包天花病毒的恐怖分子很可能会对单个节点造成严重破坏，或许在此过程中导致数万人死亡，但其余的节点基本上不会受到影响，百万人口则得以保全。与阿帕网及其现已广为流传的通过分散分布规避损害的方法如出一辙。双子塔这样的恐怖袭击仍然可以造成巨大的破坏，但高度集中且具有象征性的节点目标将不复存在。在这样一个大都市综合体中的生活绝不会有郊区的感觉：都市街头文化和城市密度的生发力将会得到保留，甚至焕发更多活力。

156. "Asian Shots Are Proposed as Flu Fighter," *New York Times*, October 13, 2005.

157. Mekalanos et al.,pp. 241–48.

158. 在《连线》杂志 2002 年 11 月发表的一篇名为《如何阻止核武器失控》的文章中，我描述了辐射探测方面的一些最新进展，并对运用辐射探测保护大城市免受核恐怖主义袭击的途径进行了推测。(*Wired*, November 2002.)

159. 但是，如果非对称战争的趋势继续下去，我们现在可以采取的一项防止如此黑暗的未来降临的措施就是，即使不能消除，也要大幅减少世界上目前的核武器库存。仅在美国的现役武器库中，就有约 1 万件核武器。在这个"相互保证毁灭"毫无意义的非对称战争时代，这种做法堪称疯狂。(此做法在冷战时期也是疯狂的，但具体原因有所不同。) 如果所有核大国同意限制其库存核武器不超过 10 件，从而将全世界核武器的总数从 2 万件减少至 100 件以下，那么某件核武器落到图谋不轨之人手中的风险便至少会减少一个数量级。运用这 10 件核武器，我们仍有能力杀死 1 亿人并造成难以估量的环境破坏，但这至少是在对抗日益增长的核扩散方面取得的重大进展。这项事业虽然艰巨，但历史表明，如果全力以赴，人类是有能力完成如此规模的项目的，因为毕竟我们已经在野外消灭了天花。如果有能力铲除一种微型病毒，我们就有能力铲除大小与货运卡车相当的武器。坊间充斥着很多关于反恐战争的辞令，诱使我们在面对威胁时要直面现实，不要动恻隐之心或运用愚蠢的理想主义。本可避免的战争和非法窃听的出现，原因就在于此：我们都变成了现实主义者，或者说，是各种辞令让我们相信自己是在直面现实。但无论每个人在战争和窃听问题上采取何种立场，我们都必须认识到，保持 1 万枚核武器的库存与现实背道而驰。事实上，这是一种最不切实际的理想主义。这种理念竟然认为，花费数十亿美元储备一旦全部引爆便可能让地球上所知的一切生命化为乌有的武器，是明智之举。对在睡觉时会在枕头下放枪的人而言，将这些弹药储存在触手可及的地方或许会感到安心，可是，这些弹药终有被引爆的一天。

160. "根据无国界医生的数据，安哥拉正在经历 10 多年来最严重的霍乱暴发，在短短两个多月的时间里，死亡人数达 554 人，感染人数达 12 052 人。该组织的业务协调员斯蒂芬·戈特布尔表示，这种疾病的传播速度快得异乎寻常，即便在霍乱频发且往往难以控制的非洲也属罕见。无国界医生已经在安哥拉建立了8家诊所为病人提供治疗，并计划开设更多。”摘自《纽约时报》2006年4月20日文章《安哥拉暴发霍乱》。(*New York Times*, April 20, 2006.)

附录 补充阅读资料

如果想要了解约翰·斯诺的生平和作品，有两个资源是不可或缺的。第一个资源是由加州大学洛杉矶分校的流行病学教授拉尔夫·弗雷里希斯维护的关于斯诺所有信息的详尽的网络档案。这一内容丰富的网站网址为www.ph.ucla.edu/epi/snow.html。从当时各种地图的注释版复制图，到宽街疫情的多媒体导览，再到完整数字版的斯诺作品集，网站上应有尽有。第二个资源是一本名为《霍乱、氯仿及医学科学》的著作，由密歇根州立大学的一支由彼得·文特–约翰森等人组成的跨学科团队撰写。这本书既是斯诺本人的传记，也是对他一生学术探索全貌的清晰且深刻的调查。这两个资源对本书的写作不可或缺，我要强烈推荐给任何有兴趣深入探索约翰·斯诺成就的读者。

对地图感兴趣以及跟随斯诺的脚步从事信息设计事业的读者来说，爱德华·塔夫特的著作是迄今为止最权威的经典。在其1983年的著作《定量信息的视觉展示》中，他对这段故事的最初描述在几个方面存在事实性的错误，但已在其后续作品《视觉解释》中一一指出，并对宽街的疫情提供了更细致的刻画，而且成功重现了斯诺的原版地图以代替第一本书中出现的二手副本。在其精彩的著作《疾病地图绘制》中，汤姆·科赫提供了一种全面的视角，帮助我们审视斯诺在疾病地图绘制这一特殊传统事业中的地位。

关于维多利亚时代伦敦的描述不计其数，但亨利·梅休的《伦敦劳工和伦敦贫户》仍然是对这座城市广大下层阶级最引人入胜和翔实的描述，能够与之媲美的，只有恩格斯的《英国工人阶级状况》中关于伦敦的章节。在当代的记述中，丽莎·皮卡德的《维多利亚时代的伦敦》、罗伊·波特的《伦敦——社会史》和彼得·阿克罗伊德的《伦敦传》都值得一读。关于城市的未来这个话题，我推荐斯图尔特·布兰德的《城市星球》和理查德·罗杰斯的《小行星上的城市》。关于城市化带来的心理和文化影响，雷蒙·威廉斯的杰作《乡村与城市》能够为读者提供最精彩的叙述。斯蒂芬·哈利迪的《大恶臭》讲述了约瑟夫·巴扎尔杰特建造伦敦下水道系统的精彩故事。如果想要对当代的垃圾管理有所了解，我推荐威廉·拉什杰和库伦·默菲的《垃圾之歌——垃圾的考古学研究》。对饮料包括茶、咖啡和烈酒的社会史感兴趣的读者，可以阅读汤姆·斯坦达奇的《饮品观世界》。

细菌领域的开创性著作仍是林恩·马古利斯和多里昂·萨根的《小宇宙——细菌主演的地球生命史》。卡尔·齐默的《霸王寄生物》虽然没有直接谈论霍乱，但对我们这些微观世界的旅行者而言仍是一次精彩的探索之旅。若要了解现代公共卫生基础设施的缺陷，请参阅劳丽·加勒特的《失信——公共卫生体系的崩溃》。

许多著作都描述了宽街疫情的故事，但通常都存在严重的歪曲。许多说法认为，斯诺在疫情暴发期间创造了这幅地图，或是从宽街的调查过程中发展出了介水传播理论。亨利·怀特黑德往往被完全忽视。因此，想要了解疫情暴发的情况，最好的信息来源仍然是约翰·斯诺和亨利·怀特黑德本人。读者可以在加州大学洛杉矶分校的网站和密歇根州立大学建立的约翰·斯诺特别档案中找到他们发表的关于这段疫情的各种论述。

参考书目

Ackroyd, Peter. *London: The Biography.* Anchor, New York: 2000.

Barry, John M. *The Great Influenza: The Epic Story of the Deadliest Plague in History.* New York: Penguin, 2005.

Benjamin, Walter. *Illuminations.* New York: Schocken, 1986.

Bingham, P., N. O. Verlander, and M. J. Cheal. "John Snow, William Farr and the 1849 Outbreak of Cholera That Affected London: A Reworking of the Data Highlights the Importance of the Water Supply." *Public Health* 118 (2004): 387–94.

Brand, Stewart. "City Planet." http://www.strategy-business.com/press/16635507/06109.

Brody, H., et al. "John Snow Revisited: Getting a Handle on the Broad Street Pump." *Pharos Alpha Omega Alpha Honor Med. Soc.* 62 (1999): 2–8.

Buechner, Jay S., Herbert Constantine, and Annie Gjelsvik. "John Snow and the Broad Street Pump: 150 Years of Epidemiology." *Medicine & Health Rhode Island* 87 (2004): 314–15.

Cadbury, Deborah. *Dreams of Iron and Steel: Seven Wonders of the Nineteenth Century, from the Building of the London Sewers to the Panama Canal.* New York: Fourth Estate, 2004.

Chadwick, Edwin. *Report on the Sanitary Condition of the Labouring Population of Great Britain: A Supplementary Report on the Results of a Special Inquiry into the Practice of Interment in Towns.* London, 1843.

The Challenge of Slums: Global Report on Human Settlements, 2003. Sterling, VA:

Earthscan, 2003.

Cholera Inquiry Committee. *Report on the Cholera Outbreak in the Parish of St. James, Westminster, during the Autumn of 1854.* London, 1855.

Committee for Scientific Inquiries. *Report of the Committee for Scientific Inquiries in Relation to the Cholera-Epidemic of 1854.* London: HMSO, 1855.

Cooper, Edmund. "Report on an Enquiry and Examination into the State of the Drainage of the Houses Situate in That Part of the Parish of St. James, Westminster..." September 22, 1854.

Creaton, Heather. *Victorian Diaries: The Daily Lives of Victorian Men and Women.* London: Mitchell Beazley, 2001.

De Landa, Manuel. *A Thousand Years of Nonlinear History.* New York: Zone, 1997.

Dickens, Charles. *Bleak House.* London: Penguin, 1996.

———. *Our Mutual Friend.* New York: Penguin, 1997.

Engels, Friedrich. *The Condition of the Working Class in England.* Palo Alto, CA: Stanford University Press, 1968.

Eyler, J. M., "The Changing Assessments of John Snow's and William Farr's Cholera Studies," *Sozial-und Präventivmedizin* 46 (2001), pp. 225–32.

Farr, William. "Report on the Cholera Epidemic of 1866 in England." In U.K. Parliament, Sessional Papers, 1867–1868, vol. 37.

Faruque, S. M., M. J. Albert, and J. J. Mekalanos. "Epidemiology, Genetics, and Ecology of Toxigenic *Vibrio cholerae.*" *Microbiology and Molecular Biology Reviews* 62 (1998): 1301–14.

Faruque, Shah M., et al. "Self-Limiting Nature of Seasonal Cholera Epidemics: Role of Host-Mediated Amplification of Phage." *Proceedings of the National Academy of Science U.S.A.* 102 (2005): 6119–24.

Finer, S. E. *The Life and Times of Sir Edwin Chadwick.* New York: Barnes & Noble, 1970.

Garrett, Laurie. *The Coming Plague: Newly Emerging Diseases in a World out of Balance.* New York: Farrar, Straus & Giroux, 1994.

———. *Betrayal of Trust: The Collapse of Global Health.* New York: Oxford University Press, 2001.

Gould, Stephen Jay. *Full House: The Spread of Excellence from Plato to Darwin.* New York: Harmony, 1996.

Halliday, Stephen. *The Great Stink of London: Sir Joseph Bazalgette and the Cleansing of the Victorian Metropolis.* Phoenix Mill, England: Sutton, 1999.

———. "William Farr: Campaigning Statistician." *Journal of Medical Biography* 8 (2000):

220–27.

Häse, C. C., and J. J. Mekalanos. "TcpP Protein Is a Positive Regulator of Virulence Gene Expression in *Vibrio cholerae*." *Proceedings of the National Academy of Science U.S.A.* 95 (1998): 730–34.

Hippocrates. *Hippocrates on Airs, Waters, and Places.* Translated by Emile Littré and Janus Cornarius and Johannes Antonides van der Linden and Francis Adams. London, 1881.

Hohenberg, Paul M., and Lynn Hollen Lees. *The Making of Urban Europe, 1000–1994.* Cambridge, MA: Harvard University Press, 1995.

Iberall, Arthur S. "A Physics for Studies of Civilization." *Self-Organizing Systems: The Emergence of Order,* ed. F. Eugene Yates. New York and London: Plenum Press, 1987.

Jacobs, Jane. *The Economy of Cities.* New York: Random House, 1969.

———. *The Death and Life of Great American Cities.* New York: Vintage, 1992.

———. *The Nature of Economies.* New York: Modern Library, 2000.

Kelly, John. *The Great Mortality: An Intimate History of the Black Death, the Most Devastating Plague of All Time.* New York: HarperCollins, 2005.

Koch, Tom. *Cartographies of Disease: Maps, Mapping, and Medicine.* Redlands, CA: ESRI Press, 2005.

Kostof, Spiro. *The City Shaped: Urban Patterns and Meanings Through History.* Boston: Little, Brown, 1991.

Lilienfeld, A. M., and D. E. Lilienfeld. "John Snow, the Broad Street Pump and Modern Epidemiology." *International Journal of Epidemiology,* 1984.

Lilienfeld, D. E. "John Snow: The First Hired Gun?" *American Journal of Epidemiology* 152 (2000): 4–9.

McLeod, K. S. "Our Sense of Snow: The Myth of John Snow in Medical Geography." *Social Science in Medicine* 50 (2000): 923–35.

McNeill, William Hardy. *Plagues and Peoples.* New York: Anchor Press, 1976.

Marcus, Steven. *Engels, Manchester, and the Working Class.* New York: Norton, 1985.

Margulis, Lynn, with Dorion Sagan. *Microcosmos: Four Billion Years of Evolution from Our Microbial Ancestors.* Berkeley: University of California Press, 1997.

Mayhew, Henry. *London Labour and the London Poor.* New York: Penguin, 1985.

Mekalanos, J. J., E. J. Rubin, and M. K. Waldor. "Cholera: Molecular Basis for Emergence and Pathogenesis." *FEMS Immunol. Med. Microbiol.* 18 (1997): 241–48.

Mumford, Lewis. *The City in History: Its Origins, Its Transformations and Its Prospects.* New York and London: Harcourt Brace Jovanovich, 1961.

Neuwirth, Robert. *Shadow Cities: A Billion Squatters, a New Urban World.* New York: Routledge, 2005.

Nightingale, Florence. *Notes on Nursing: What It Is, and What It Is Not.* Philadelphia: Lippincott, 1992.

Owen, David. "Green Manhattan." *The New Yorker,* October 18, 2004.

Paneth, Nigel. "Assessing the Contributions of John Snow to Epidemiology: 150 Years After Removal of the Broad Street Pump Handle." *Epidemiology* 15 (2004): 514–16.

Picard, Liza. *Victorian London: The Life of a City, 1840–1870.* New York: St. Martin's, 2006.

Porter, Roy. *London: A Social History.* Cambridge: Harvard University Press, 1995.

Rathje, William L., and Cullen Murphy. *Rubbish! The Archaeology of Garbage.* Tucson: University of Arizona Press, 2001.

Rawnsley, Hardwicke D. *Henry Whitehead. 1825–1896: A Memorial Sketch.* Glasgow, 1898.

Richardson, Benjamin W. "The Life of John Snow." In John Snow, *On Chloroform and Other Anaesthetics,* ed. B. W. Richardson. London, 1858.

Ridley, Matt. *Genome: The Autobiography of a Species in 23 Chapters.* New York: Harper Collins, 1999.

Rogers, Richard. *Cities for a Small Planet.* Boulder, CO: Westview, 1998.

Rosenberg, Charles E. *The Cholera Years: The United States in 1832, 1849, and 1866.* Chicago: University of Chicago Press, 1987.

———. *Explaining Epidemics and Other Studies in the History of Medicine.* New York: Cambridge University Press, 1992.

Royet, Jean-P., et al. "fMRI of Emotional Responses to Odors: Influence of Hedonic Valence and Judgment, Handedness, and Gender." *Neuroimage* 20 (2003): 713–28.

Schonfeld, Erick. "Segway Creator Unveils His Next Act." *Business 2.0,* February 16, 2006.

Sedgwick, W. T. *Principles of Sanitary Science and the Public Health with Special Reference to the Causation and Prevention of Infectious Diseases.* New York, 1902.

Shephard, David A. E. *John Snow: Anaesthetist to a Queen and Epidemiologist to a Nation: A Biography.* Cornwall, Prince Edward Island: York Point, 1995.

Smith, George Davey. "Commentary: Behind the Broad Street Pump: Aetiology, Epidemiology and Prevention of Cholera in Mid-19th Century Britain." *International Journal of Epidemiology* 31 (2002): 920–32.

Snow, John. "The Principles on Which the Treatment of Cholera Should Be Based." *Medical*

Times and Gazette 8 (1854a): 180–82.

———. "Communication of Cholera by Thames Water." *Medical Times and Gazette* 9 (1854b): 247–48.

———. "The Cholera Near Golden-square, and at Deptford." *Medical Times and Gazette* 9 (1854c): 321–22.

———. "On the Communication of Cholera by Impure Thames Water." *Medical Times and Gazette* 9 (1854d): 365–66.

———. *On the Mode of Communication of Cholera.* 2nd ed. London: Churchill; 1855a.

———. "Further Remarks on the Mode of Communication of Cholera; Including Some Comments on the Recent Reports on Cholera by the General Board of Health." *Medical Times and Gazette* 11 (1855b): 31–35, 84–88.

———. "On the Supposed Influence of Offensive Trades on Mortality." *Lancet* 2 (1856): 95–97.

———. "On Continuous Molecular Changes, More Particularly in Their Relation to Epidemic Diseases." London: Churchill, 1853. In *Snow on Cholera,* ed. Wade Hampton Frost. New York: Hafner, 1965.

Snow, John, and Richard H. Ellis. *The Case Books of Dr. John Snow.* London: Wellcome Institute for the History of Medicine, 1994.

Snow, John, Wade Hampton Frost, and Benjamin Ward Richardson. *Snow on Cholera: Being a Reprint of Two Papers.* New York: The Commonwealth Fund, 1965.

Specter, Michael. "Nature's Bioterrorist." *The New Yorker,* February 28, 2005: 50–62.

Standage, Tom. *A History of the World in Six Glasses.* New York: Holtzbrinck, 2005.

Stanwell-Smith, R. "The Making of an Epidemiologist." *Communicable Disease and Public Health,* 2002: 269–70.

Sullivan, John. "Surgery Before Anesthesia." *ASA Newsletter* 60.

Summers, Judith. *Soho: A History of London's Most Colourful Neighbourhood.* London: Bloomsbury, 1989.

Tufte, Edward R. *The Visual Display of Quantitative Information.* Cheshire, CT: Graphics Press, 1983.

———. *Envisioning Information.* Cheshire, CT: Graphics Press, 1990.

———. *Visual Explanations: Images and Quantities, Evidence and Narrative.* Cheshire, CT: Graphics Press, 1997.

United Kingdom General Board of Health. "Report of the Committee for Scientific Inquiries in Relation to the Cholera-Epidemic of 1854." London: HMSO, 1855.

Vandenbroucke, J. P. "Snow and the Broad Street Pump: A Rediscovery." *Lancet,* November 11, 2000, pp. 64–68.

Vandenbroucke, J. P., H. M. Eelkman Rooda, and H. Beukers. "Who Made John Snow a Hero?" *American Journal of Epidemiology* 133, no. 10 (1991): 967–73.

Vinten-Johansen, Peter, et al. *Cholera, Chloroform, and the Science of Medicine: A Life of John Snow.* New York: Oxford University Press, 2003.

White, G. L. "Epidemiologic Adventure: The Broad Street Pump." *South. Med. J.* 92 (1999): 961–62.

Whitehead, Henry. *The Cholera in Berwick Street,* 2nd ed. London: Hope & Co., 1854.

———. "The Broad Street Pump: An Episode in the Cholera Epidemic of 1854." *Macmillan's Magazine,* 1865: 113–22.

———. "The Influence of Impure Water on the Spread of Cholera." *Macmillan's Magazine,* 1866: 182–90.

Williams, Raymond. *The Country and the City.* New York: Oxford University Press, 1973.

Zimmer, Carl. *Parasite Rex: Inside the Bizarre World of Nature's Most Dangerous Creatures.* New York: Free Press, 2000.

Zinsser, Hans. *Rats, Lice, and History.* New York: Black Dog & Leventhal, 1996 (orig. pub. 1934).